本书系国家社科基金冷门绝学研究专项学术团队项目

"19—20 世纪国外收藏多种失传记音符号记录蒙古语口头文学汇编、选译与研究"

（批准号 20VJXT010）阶段性成果

玉兰——著

《格斯尔》史诗叙事结构研究

以《隆福寺格斯尔》为中心

A Study on the Narrative Structure of the Epic Geser

With the Longfusi Geser as the Center

社会科学文献出版社
SOCIAL SCIENCES ACADEMIC PRESS (CHINA)

序　言

　　玉兰博士的学术专著《〈格斯尔〉史诗叙事结构研究：以〈隆福寺格斯尔〉为中心》即将由社会科学文献出版社出版，我很高兴为我的博士研究生的第一部学术著作撰写序言。

　　玉兰是我 2015 年在北京大学招收的博士生，研究方向为蒙古语言文化研究，她毕业于 2020 年，当时正是新冠肺炎疫情肆虐的时候。玉兰本科毕业于我的母校北京师范大学的英语系，精通蒙汉英三种语言，又在北京师范大学完成了外国语言学与应用语言学专业的硕士学业，接受了良好的文本分析尤其是结构研究的专业训练。后来玉兰到中国社会科学院民族文学研究所工作，史诗学是该所的学术强项和优势学科。在这种研究氛围的熏陶下，玉兰自然而然对史诗研究产生了兴趣。但是由于专业的转变，在报考博士和攻读博士学位的初期，玉兰显得有些迷茫和忐忑不安。

　　考上博士之后，玉兰接受了系统的蒙古语言文化研究、民间文学和文献研究训练，在蒙古文献研究、民间文学研究方面都进行了深入的理解和思考，从而真正踏入了史诗学与民间文学研究领域。同样重要的是，在五年的学习过程中，玉兰从不太自信、忐忑不安的学生，成长为相当成熟和充满自信的青年学者。她的优缺点都比较突出，缺点是看书、写东西比较慢，优点则是慢条斯理、慢工出细活。更重要的是，玉兰在文学研究中发挥了语言学训练的优势，其学理性思考的特点和严密的逻辑分析能力也体现在这本书中。

《格斯尔》是一部极其复杂的史诗，融合了多种文化因素，尤其是书面传统和口头传统的交织、交错发展，使其形成了奇异而独特的文本结构。以往的蒙古史诗研究理论都基于传统的蒙古口传史诗，很难用来解释《格斯尔》的结构和发展史的问题，玉兰则对这种结构产生了浓厚的兴趣。玉兰对发现文本的规律性很有兴趣，也有较敏锐的洞察力，因此我就鼓励她在这方面进行探索。

玉兰的博士学位论文是《蒙古国收藏〈策旺格斯尔〉的叙事结构与文本化过程研究》。论文结合文献研究和史诗学理论研究，对《策旺格斯尔》的文本形成过程做了深入的理论探讨，提出了自己的原创性结论和观点。同时，玉兰通过《策旺格斯尔》的文本研究，进一步对蒙古英雄史诗的口头传统与书面化过程的关系做了深入的理论阐释，在《格斯尔》史诗研究方面提出了较独特而新颖的结论，其博士学位论文获得了答辩委员会的一致好评。

毕业后，玉兰继续深入和拓展《格斯尔》的比较研究。在这期间，她和我一起翻译了《隆福寺格斯尔》。《隆福寺格斯尔》与《策旺格斯尔》是同源异本，有些许差异，但整体上保持一致。在这个过程中，相信玉兰对《隆福寺格斯尔》的内容又有了一些深入的理解和思考，为其《隆福寺格斯尔》的研究提供了很多新的思路。她在此基础上，扩展并完成了这本《〈格斯尔〉史诗叙事结构研究：以〈隆福寺格斯尔〉为中心》。

我通读了这本书的书稿，认为此书有两个亮点。第一，玉兰在总结、归纳《格斯尔》文本的三大特点的基础上，探索了新的研究视角和方法，方法论上有较大的创新，这种视角和方法的选择正符合《格斯尔》抄本的本质特点。一是在方法上结合了文献研究和口头传统研究，这对蒙古史诗研究而言是一个较新的研究方法和视角。以往的蒙古史诗研究通常将研究对象视作书面文本或口头传统，并相应地使用书面文本、文献研究方法或口头诗学研究方法，这对于具有书面与口头双重性的《格斯尔》传统而言在方法论上有一定的局限性。玉兰的研究通过结合两种视角和方法，探讨了以往研究中通常被忽略的文本口头性及其文本化问题。二是此书以诗章为分析单位，相比于以抄本作为分析单位的方式，更好地体现了《隆福寺格斯尔》等《格斯尔》抄本由不同诗章组合而成的文本特点，从而能更加客观地体现《格斯尔》抄本形成的规律。三是玉兰对《隆福寺格斯尔》抄本的每个诗章都进行了以结构为核心的分析，而不是对其某种文本特点进行选择性的样本分析。结构是史诗中最为稳定且核心的部分，因此结构研究对《格斯尔》史诗的形成、传承和演变问题有很好的阐释力。

第二，玉兰的研究形成了一些具有一定原创性的观点。《隆福寺格斯尔》是《格斯尔》史诗在蒙古民间独立发展的部分。玉兰对该文本的叙事结构和文本化过程做了研究，通过详细的文本对比分析，解构了《隆福寺格斯尔》各诗章的结构，阐释了各诗章的叙事结构特点，并分别对其中复杂的组成成分进行了分析和阐释，从中归纳出整体的结构特点和文本化规律，提出该文本主要在《格斯尔》的两个核心诗章的基础上以不同的组合方式形成了深层结构一致而表层结构各异的多个诗章。在这一点上，玉兰对以往主要探讨版本关系的《格斯尔》文本研究做出了一定的弥补和突破，阐释了《格斯尔》史诗形成和传播过程中的结构性生成机制和规律。此书提出的"组合型诗章"和"功能型诗章"的概念是自仁钦道尔吉先生提出"单篇史诗""复合型史诗"等概念以来对蒙古英雄史诗叙事结构的理论性概括和对分析性单元的丰富和发展。此书在具体分析概括的基础上对《隆福寺格斯尔》各章节叙事结构深层机制和文本化规律的探讨，在蒙古英雄史诗研究和《格斯尔》研究方面都具有原创性意义，会实质性地推动今后蒙古《格斯尔》的文本研究和理论研究。我充满信心地认为，玉兰的这本书是今后蒙古文《格斯尔》研究不能绕开的一部重要著作。

玉兰具有蒙古族女孩子的优秀品质，平时话不多，而且说话声音比较小，但是阐述自己的观点和意见的时候思路清晰、思维敏捷并且意志坚定，尤其让人赞赏的是，玉兰还很有吃苦耐劳的精神。玉兰是幸运的，在北京师范大学接受了良好的英语专业训练和语言学专业训练，在北京大学攻读完博士学位之后又去美国哈佛大学深造，在国内外的优质学术环境中接受了系统的学术训练，并且在中国社会科学院这样的学术单位工作，因此我相信玉兰今后在学术研究的路上会越走越远，并且取得更大的成绩！

陈岗龙

2024 年 3 月 5 日

目　录

第一章

《格斯尔》与《隆福寺格斯尔》概述

　　《格斯尔》（《格斯尔可汗传》）是一部蒙古族英雄史诗，内容宏大，流传广泛，与藏族英雄史诗《格萨尔王传》一同被称作《格萨（斯）尔》，是中华民族三大史诗之一。

　　《格萨（斯）尔》讲述了天子被派到人间，转生为格萨尔/格斯尔，成为国王，降妖伏魔，为民除害，建立安泰福乐之国的故事。同时，蒙古文《格斯尔》也有其独特的人物、情节、内容、结构和演述风格。《隆福寺格斯尔》便是蒙古文《格斯尔》独有的内容。

　　《格斯尔》在蒙古族文学中有重要地位，其与《蒙古秘史》以及英雄史诗《江格尔》一同被誉为蒙古文学三大高峰。与后两者相比，《格斯尔》独具特色：《蒙古秘史》作为黄金家族内部秘传的家族史，代表着古代蒙古族历史文献和书面文学的最高成就；《江格尔》是卫拉特蒙古族民间千百年来口头流传的史诗集群，是蒙古族口头传统之巅峰；而《格斯尔》则自古以书面和口头双重形态交互传播，内容最为庞大、流传最为广泛、各地传统间的变异性也最大。首先，《格斯尔》内容庞大，流传范围十分广泛，在我国内蒙古、新疆、青海地区蒙古族民间，蒙古国以及俄罗斯布里亚特共和国、卡尔梅克共和国均有流传。其次，《格斯尔》蕴含着丰富的蒙古民俗文化和叙事传统，又经历了与不同文化的交流和交融，在蒙古族书面与口头文学史上均有独特地位和价值。最后，《格斯尔》文本量大，不同文本之间既联系密切又差异较大，其形成与演变过程相当复杂。两个世纪以来，东西方学者对此议题众说纷纭、各抒己见，但至今仍有诸多疑问待解。正因为该传统支系庞大，文本异文众多，且异文之间差异较大，故关于《格斯尔》的研究容易流于表面，陷于对具体的字词、细节的讨论中，而整体的、系统的研究实为罕见。

探讨蒙古文《格斯尔》的形成与演变问题，不仅要观照其与藏族《格萨尔》的同源关系，更要观照其在蒙古族丰富而悠久的口头传统土壤中生根、发芽的过程。本书以《隆福寺格斯尔》的各诗章为中心展开分析和研究。但本书的目的不是对《隆福寺格斯尔》进行版本考察，而是通过对其中各诗章的讨论以及其与北京木刻版《格斯尔》等其他异文之间的关系和渊源的探索，揭示蒙古文《格斯尔》所独有诗章的形成与演变过程，从而对《格斯尔》的形成和传承进行整体思考。具体而言，本书以兼顾书面文学和口头传统的研究方法，结合共时与历时的研究视角，对蒙古文《格斯尔》中独有的各诗章的生成、演变、组合、书面化等过程及其背后的生成机制和演变规律进行探索。

本研究为什么选择《隆福寺格斯尔》呢？《隆福寺格斯尔》是蒙古文《格斯尔》中的一部重要但受关注较少的手抄本。学界通常将北京木刻版《格斯尔》与《隆福寺格斯尔》一同视作蒙古文《格斯尔》的代表性文本。《隆福寺格斯尔》被视作北京木刻版《格斯尔》的"续本"，二者共13章被视作蒙古文《格斯尔》的主要内容。因此，可以说《隆福寺格斯尔》是蒙古文《格斯尔》最重要的两个文本之一，但以往的研究几乎都只关注北京木刻版《格斯尔》。更重要的是，《隆福寺格斯尔》各诗章不见于藏族《格萨尔》，是蒙古族《格斯尔》独立发展的内容，对于考察《格斯尔》在蒙古族民间的独立发展和演变有重要意义。为保证研究对象的系统性，考虑到《隆福寺格斯尔》与《策旺格斯尔》的同源异文关系，本书的研究对象包含了《隆福寺格斯尔》的所有诗章及其同源异文《策旺格斯尔》中多出来的一章——"格斯尔镇压黑纹虎之部"。这里包含了北京木刻版《格斯尔》中独有而藏族《格萨尔》中未见的两个诗章（第二、第六章）的异文。换句话说，本书的研究对象涵盖了已知的蒙古文《格斯尔》中独有的所有诗章，即蒙古文《格斯尔》独立发展的全部内容，可为《格斯尔》的形成和发展研究提供有力的依据。

第一节 《格斯尔》文本概况

《格斯尔》以书面和口头两种形态广泛流传，各地口头传统之间差异很大，但书面文本有较一致的内容和范围。早期形成的书面文本主要有1716 年在北京刊刻发行的北京木刻版《格斯尔》，以及发现于中国、蒙古国、俄罗斯卡尔梅克共和国与布里亚特共和国的多种手抄本。这些文本多数成书年代不详，不同抄本在内容上较一致，但也存在或多或少的差异，因此，各个抄本的来源和相互关系不甚明确。本节主要对这些文本的内容和版本情况进行简要介绍，以便于后文开展异文文本分析。

一 《格斯尔》文本概况

《格斯尔》有多种早期形成的书面文本，主要发现于中国、蒙古国、俄罗斯卡尔梅克共和国与布里亚特共和国等国家和地区，如今主要收藏于世界各大图书馆。

我国国内发现的重要《格斯尔》版本有北京木刻版《格斯尔》和《隆福寺格斯尔》、《鄂尔多斯格斯尔》、《乌素图召格斯尔》、《喀喇沁格斯尔》等抄本以及一些单章本《格斯尔》。其中，北京木刻版《格斯尔》于1716 年刊行，流传十分广泛。俄罗斯、匈牙利、丹麦、德国等国家的一些图书馆也收藏有木刻本或其抄本，它们主要是西方勘察队在蒙古民族聚居区搜集的资料以及蒙古国机构或个人赠送的文本。① 多数抄本形成年代不详，不同文本之间有密切的关联，也有或多或少的差异。

发现并收藏于蒙古国的抄本有《诺木齐哈屯格斯尔》、《策旺格斯尔》、《扎雅格斯尔》、《托忒文格斯尔》、《赞岭曾钦传》（或称《岭·格斯尔》)② 以及一些《格斯尔》的单章抄本。这些《格斯尔》抄本几乎没有年代等信息，但是内容各具特色，其中有一些独特的内容不见于我国迄今为止发现的蒙古文《格斯尔》中。因此，这些抄本的发现和研究在整个《格斯尔》研究体系中也具有重要意义和价值。

另外，在俄罗斯卡尔梅克共和国、布里亚特共和国等地发现了多个单章本或多章本抄本，目前主要收藏于俄罗斯科学院的各个分部图书馆。

除此之外，现存的还有从我国蒙古族聚居区以及蒙古国、俄罗斯布里亚特共和国和卡尔梅克共和国等蒙古民族聚居区记载的口头《格斯尔》记录文本。已记录、整理、出版的口头演述文本有在中国记录的《卫拉特格斯尔》《青海格斯尔》《琶杰格斯尔》《金巴札木苏格斯尔》《霍尔格斯尔》《巴林格斯尔》等多种异文，在蒙古国记录的四部《格斯尔故事》、《乌仁高娃仙女的故事》，在俄罗斯记录、出版的《布里亚特格斯尔》《卡尔梅克格斯尔》等。口头演述的文本与早期书面文本之间有复杂的亲缘关系，它们通常是木刻本或抄本内容与其他地方叙事传统相结合后形成的一些变异文本。本书的主要研究对象为《格斯尔》书面文本中的诗章，因此不对《格斯尔》的口头文本作过多介绍。

---

① 如匈牙利科学院图书馆收藏的北京木刻版《格斯尔》上记录着宾·仁钦（B. Rintchen，20 世纪蒙古国知名学者）所赠。

② 上述名称是学界为区别不同版本《格斯尔》而命名的简称，主要根据文本所属地或人物命名。

二 蒙古文《格斯尔》的内容与版本

蒙古文《格斯尔》文本众多，但相应章节的内容差异不大。若不算异文，蒙古文书面本《格斯尔》一共有 13 个诗章。表 1 – 1 中列出了 13 个诗章的题目以及其在现存 7 种主要版本中的章节序号，这 7 种版本分别为北京木刻版《格斯尔》以及《隆福寺格斯尔》《策旺格斯尔》《扎雅格斯尔》《诺木齐哈屯格斯尔》《鄂尔多斯格斯尔》《乌素图召格斯尔》。

表 1 – 1　《格斯尔》13 个诗章的题目与 7 种主要版本所含章节①

	木刻本	隆福寺本	策旺本	扎雅本	诺木齐哈屯本	鄂尔多斯本	乌素图召本
格斯尔投生人间并称大汗之部*	1			1 + 2 + 3 + 4 + 5	1	1	1
格斯尔娶阿鲁 – 莫日根之部				6		3	
格斯尔镇压黑纹虎之部	2		15	7	2	2	2
格斯尔征服汉地贡玛汗之部*	3			8	3	4	3
格斯尔杀死十二头蟒古思，解救阿尔鲁 – 高娃夫人之部*	4			9、10	4	5	4

---

① 根据作者参与翻译的《十方圣主格斯尔可汗传》（上、下）译文，北京木刻版《格斯尔》各章题目为：第一章"根除十方十恶之源的圣主格斯尔可汗享誉天下"；第二章"十方圣主格斯尔可汗镇压北方巨大如山的黑纹虎"；第三章"格斯尔可汗治理汉地贡玛汗"；第四章"格斯尔消灭十二头蟒古思，夺回阿尔鲁 – 高娃夫人"；第五章"镇压锡莱河三汗，夺回茹格牡 – 高娃夫人"；第六章"杀死蟒古思化身魔法喇嘛"；第七章"格斯尔可汗地狱救母，造福一切生灵"。《隆福寺格斯尔》各章题目为：第八章"格斯尔复活勇士之部"；第九章"格斯尔镇压多黑古尔洲昂都拉姆可汗之部"；第十章"格斯尔镇压罗布沙蟒古思之部"；第十一章"格斯尔镇压二十一颗头颅的罗刹可汗之部"；第十二章"格斯尔镇压十八首魔王贡布可汗之部"；第十三章"格斯尔镇压豹尾那钦可汗之部"。为使各章题目更加简练、统一，此处使用简化题目。

续表

	木刻本	隆福寺本	策旺本	扎雅本	诺木齐哈屯本	鄂尔多斯本	乌素图召本
锡莱河之战之部*	5			11 + 12 + 13	5a + 6、5b	6 + 7 + 8	5
格斯尔变驴之部	6	10		14	8、9	9、13	6
格斯尔地狱救母之部*	7			15	10	10	7
格斯尔复活勇士之部		8	8	17	7	11	8
格斯尔镇压昂都拉姆汗之部		9	9	16		12	
格斯尔镇压罗刹汗之部		11	10	18			
格斯尔镇压魔鬼的贡布汗之部		12	12				
格斯尔镇压那钦汗之部		13	13				

说明：①*表示此5章为蒙藏《格斯（萨）尔》同源诗章，其余诗章为蒙古文《格斯尔》独有的诗章。②数字表示该内容在对应文本中的章节序号，如数字1表示"格斯尔投生人间并称大汗之部"和"格斯尔娶阿鲁－莫日根之部"构成了北京木刻版《格斯尔》的第一章。

本书的主要研究对象为《隆福寺格斯尔》的各诗章及其异文。《隆福寺格斯尔》是蒙古文《格斯尔》的一个重要组成部分，有其独特的文本特点和版本价值。本书涉及的其他文本主要有北京木刻版《格斯尔》以及《策旺格斯尔》《诺木齐哈屯格斯尔》《扎雅格斯尔》等抄本。下面对本研究重点涉及的几个《格斯尔》文本作简单概述。

1. 《隆福寺格斯尔》（Longfu Si keyid-ün Geser）

《隆福寺格斯尔》是1954年内蒙古语文历史研究所工作人员默尔根巴特尔在北京隆福寺街大雅堂旧书店发现的清代竹笔抄本，梵夹装经文版式，规格18.34cm×50.24cm，共276叶，每页行数与木刻本相同，为26行，每行6~9个字。其内容从第八章开始到第十三章结束，共6章，其中5章与现存《策旺格斯尔》高度对应，两者为同源抄本。今藏内蒙古社会科学院图书馆。

2. 北京木刻版《格斯尔》

北京木刻版《格斯尔》是流传最广、影响最大的《格斯尔》文本。其

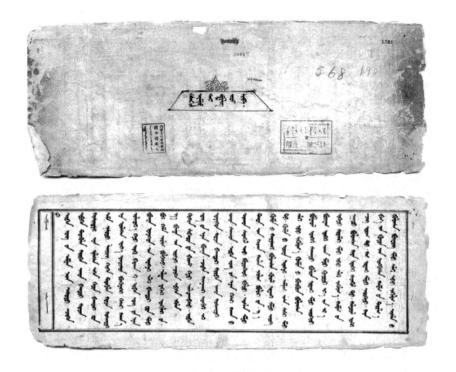

图 1 - 1 《隆福寺格斯尔》首两页

资料来源：内蒙古自治区古少数民族古籍与《格斯尔》征集研究室编《蒙古〈格斯尔〉影印本》系列丛书（9 卷），内蒙古文化出版社，2016。

题目为 "Arban ǰüg-ün eǰen Geser qaɣan-u tuɣuǰi orušiba"（《十方圣主格斯尔可汗传》），文本末尾明确记录其刊行年代为康熙五十五年（1716 年），版式和规格与当时刊刻的佛经一致：标准的梵夹装，规格 14cm × 46.5cm。扉画与拖尾画均为红印版画，扉画为霍尔穆斯塔和格斯尔，拖尾画为格斯尔的四位勇士。正文共计 178 叶，每章首页文字为朱墨二色（墨三行 + 朱四行 + 墨五行 + 朱四行 + 墨三行），其余每页 26 行，共 7 章，章节次序清晰。

北京木刻版《格斯尔》是迄今所见的蒙藏《格斯（萨）尔》中成书时间最早的版本，也是西方学者最早接触的蒙藏《格斯（萨）尔》文本。如今，国内外多家图书馆藏有该木刻本。在国内，1956 年内蒙古人民出版

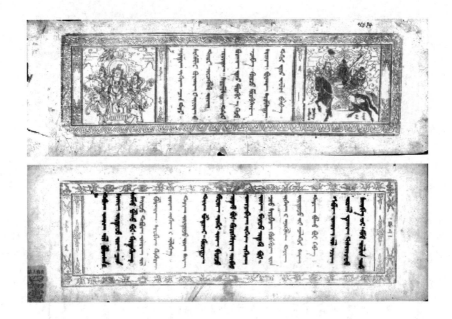

图 1-2　北京木刻版《格斯尔》扉页与第一章首页

资料来源：内蒙古自治区古少数民族古籍与《格斯尔》征集研究室编《蒙古〈格斯尔〉影印本》系列丛书（9卷），内蒙古文化出版社，2016。

社将其与《隆福寺格斯尔》一同以上、下册的形式出版。① 后来也有若干版本出现，如 2002 年斯钦孟和主编的《格斯尔全书》第一卷中影印出版了北京木刻版《格斯尔》②，并做了现代蒙古文抄写和拉丁字母转写。2016年由内蒙古自治区古少数民族古籍与《格斯尔》征集研究室整理出版的《蒙古〈格斯尔〉影印本》系列丛书③中彩色影印出版了该文本。北京木刻版《格斯尔》的全文汉译本有两个版本，分别为 1960 年的桑杰扎布译本④和

---

① 即《格斯尔的故事》（上、下册），内蒙古人民出版社，1956。

② 斯钦孟和主编《格斯尔全书》（第一卷），民族出版社，2002。

③ 《北京木刻版〈格斯尔传〉》（蒙古文），载内蒙古自治区古少数民族古籍与《格斯尔》征集研究室编《蒙古〈格斯尔〉影印本》系列丛书（9卷），内蒙古文化出版社，2016。

④ 《格斯尔传》，桑杰扎布译，人民文学出版社，1960。

2016 年由陈岗龙、哈达奇刚等译的译本①。

北京木刻版《格斯尔》因其木刻印刷术和经典化的内容，成为"蒙古文《格斯尔》中流传最广、影响最大的版本"②，不仅对蒙古文学、文化产生了很大的影响，在蒙古学研究中也有着非常重要的文献价值。自 1776 年被介绍到西方学界时起，与北京木刻版《格斯尔》相关的研究延续至今，主要涉及的议题有：其是口头演述的记录还是文人创作的作品；其是否为最早形成的《格斯尔》文本；其与各种抄本有何文本关系；等等。

3. 《策旺格斯尔》(Čewang-un Geser)

《策旺格斯尔》是俄罗斯布里亚特学者策旺·扎姆察拉诺（C. Zamcarano）于 1918 年在喀尔喀大库伦（今蒙古国首都乌兰巴托）发现的文本，也叫"喀尔喀文本"③，现收藏于蒙古国国家图书馆。该抄本为梵夹装，共 261 叶，每页 22 行，每行 5～8 字，字迹工整，文字四周为双边栏。据蒙古国著名学者宾·仁钦介绍，扎姆察拉诺于 1918 年在喀尔喀大库伦从一位内蒙古人手中得到一部《格斯尔传》手抄本，他找抄写员按北京木刻版《格斯尔》的格式抄写了一份，即后来被命名为《策旺格斯尔》的抄本。抄录后，扎姆察拉诺将原书归还原主，此书现已不知去向。④ 此抄本内容从第八章开始，原本共有 8 章，但因在一次战乱中被踩踏，第十一章和第十四章不幸散佚，只留存下来其余 6 章。1960 年，宾·仁钦将该抄本再次抄写、作序并石印出版。据宾·仁钦介绍，散佚的一章⑤是格斯尔镇压鬃毛拖地的红驼汗的故事。此后，蒙古人民共和国经书院派学者走访民间艺

---

① 《十方圣主格斯尔可汗传》，陈岗龙、哈达奇刚等译，作家出版社，2016。

② 陈岗龙：《北京木刻版〈格斯尔〉的价值及其翻译（代译序）》，载《十方圣主格斯尔可汗传》，陈岗龙、哈达奇刚等译，作家出版社，2016，第 3 页。

③ 石泰安在介绍《格萨尔》《格斯尔》抄本时称之为"喀尔喀文本"。见石泰安《西藏史诗和说唱艺人》，耿昇译，中国藏学出版社，2012，第 100 页。

④ 宾·仁钦：《〈策旺格斯尔〉序》（蒙古文），载《策旺格斯尔》，科研出版厂，1960。

⑤ 此抄本实际散佚两章，但宾·仁钦在序中只提及了其中一章。

人，搜寻该章异文，但至今尚未有所发现。有消息称，一位老人曾唱过这个故事，但不幸的是，当搜集者前去拜访时，这位老人已离世。

我国于2016年首次影印出版了《策旺格斯尔》，该抄本因此得以以原貌出版，但因出版时间晚，相关研究甚少。

4. 《诺木齐哈屯格斯尔》（Nomči qatun-u Geser）

该抄本为1930年在蒙古国后杭盖省发现的《格斯尔》抄本，首叶上有抄本题目 "Arban ǰüg-ün eǰen Geser qaγan-u tuγuǰi orušiba"（《十方圣主格斯尔可汗传》），该题目与木刻本完全一致。《诺木齐哈屯格斯尔》为梵夹装经文版式，共160叶，每页34～36行，每行7～10个字，字迹小而紧凑，文字外为双边栏。内容共11章，此外还有末尾的一部题为《达赖喇嘛与格斯尔可汗二人会晤》的短篇经文，经文中记载"铁虎年一月三日夜……二人会晤后，对杀死六道众生深表慈悲而转写的此部经典，经虔诚的诺木齐哈屯提议，由苏玛迪、嘎日迪的堪布喇嘛额尔德尼绰尔济翻译……"。《诺木齐哈屯格斯尔》中的11章对应木刻本中的7章和其中"锡莱河之战之部"与"格斯尔变驴之部"的另一种异文，以及《隆福寺格斯尔》中"格斯尔复活勇士之部"与"格斯尔镇压昂都拉姆汗之部"两章，但章节顺序与木刻本和《隆福寺格斯尔》均有所不同。

5. 《扎雅格斯尔》（Zay-a-yin Geser）

《扎雅格斯尔》是1936年在喀尔喀扎雅班智达书院中发现的一部《格斯尔》抄本，现收藏于蒙古国国家图书馆。该抄本共267叶，每页32行，每行7～10字，文字外为双线栏。《扎雅格斯尔》由18章组成，前15章情节内容与木刻本大致相同，但在语言、篇幅上差距较大，章节顺序也不同：其前6章对应木刻本的第一章，后3章对应《隆福寺格斯尔》中的"格斯尔镇压昂都拉姆汗之部"、"格斯尔复活勇士之部"和"格斯尔镇压罗刹汗之部"。

以上为本研究将涉及的5种《格斯尔》文本，它们的形成时间都比较早，格式均为梵夹装早期佛经文献格式。除此之外，本研究还将涉及少量早期记录的口头文本，如 19 世纪初在卡尔梅克、布里亚特记录的"镇压昂都拉姆之部"口头文本，以及在布里亚特和青海民间记录的"格斯尔变驴之部"口头文本等，以作为参考和对照。本书将以《隆福寺格斯尔》各诗章与以上文本中的异文为研究对象，通过文本对比分析，对异文的文本关系、形成与演变历程进行系统研究。

第二节　《隆福寺格斯尔》与其他《格斯尔》文本的关系

本节主要对《隆福寺格斯尔》和与其对应度最高的抄本《策旺格斯尔》的关系，以及与之常被合为"上下册"的北京木刻版《格斯尔》之间的关系进行初步探讨。

一　《隆福寺格斯尔》与《策旺格斯尔》

《隆福寺格斯尔》与《策旺格斯尔》两个文本都从第八章开始，现存内容均为 6 章。两个文本中有 5 章的内容可以相互对应且对应程度很高，而剩余 1 章互不对应，即《隆福寺格斯尔》中的"格斯尔镇压罗布沙蟒古思之部"和《策旺格斯尔》中的"格斯尔镇压黑纹虎之部"都是对方所没有的（见表 1 - 2）。

表 1 - 2　《隆福寺格斯尔》与《策旺格斯尔》的诗章对比

《隆福寺格斯尔》	《策旺格斯尔》
第八章　格斯尔复活勇士之部	第八章　格斯尔复活勇士之部
第九章　格斯尔镇压昂都拉姆汗之部	第九章　格斯尔镇压昂都拉姆汗之部
第十章　格斯尔镇压罗布沙蟒古思之部	

《隆福寺格斯尔》	《策旺格斯尔》
第十一章　格斯尔镇压罗刹汗之部	第十章　格斯尔镇压罗刹汗之部
	（第十一章　散佚）
第十二章　格斯尔镇压魔鬼的贡布汗之部	第十二章　格斯尔镇压魔鬼的贡布汗之部
第十三章　格斯尔镇压那钦汗之部	第十三章　格斯尔镇压那钦汗之部
	（第十四章　散佚）
	第十五章　格斯尔镇压黑纹虎之部

通过对两个抄本中 5 个对应的诗章进行简单对比可知，《隆福寺格斯尔》与《策旺格斯尔》之间除文字的细微差异和少数内容不能对应之外，其余部分对应程度很高。不能对应的内容主要有三个部分。

其一，《隆福寺格斯尔》第八章开头与《策旺格斯尔》第八章相比少了大段回顾"锡莱河之战"的内容，却保留着此段开头的"Arban jüg-ün amitan"（十方人兽）几个词，可见《隆福寺格斯尔》删减了此处大段回顾前文的内容。

其二，《隆福寺格斯尔》第十章"格斯尔镇压罗布沙蟒古思之部"开头讲述了嘉萨控诉晁通在"锡莱河之战"中背叛格斯尔，导致勇士们战死沙场的内容，并在结尾写着"晁通之第十部"。在《策旺格斯尔》中此部分则位于第九章"格斯尔镇压昂都拉姆汗之部"的结尾处。在《诺木齐哈屯格斯尔》《鄂尔多斯格斯尔》等其他抄本中，此部分与《策旺格斯尔》相同，都位于"格斯尔镇压昂都拉姆汗之部"的结尾。因此可以断定，是《隆福寺格斯尔》将此部分移至第十章开头，从而将两部分内容合并为一章。

其三，《隆福寺格斯尔》第十二章与《策旺格斯尔》第十二章均为"格斯尔镇压魔鬼的贡布汗之部"。两个异文相比，《策旺格斯尔》第十二章的开头少了大段内容，而《隆福寺格斯尔》的结尾少了一段内容。《策旺格斯尔》中缺少的部分主要讲述了战争起因以及格斯尔勇士们突破贡布汗关卡的内容，即格斯尔在镇压罗刹汗之后吃了赛胡来夫人的黑色魔食、不肯回家乡，一直到格斯尔回到家乡之间发生的故事。巴·布和朝鲁等对《隆福寺格斯尔》和《策旺格斯尔》进行对比分析后指出，因为第十二章开头讲述的是格斯尔回到家乡之前的事件，与格斯尔并无密切关联，所以《策旺格斯尔》中删去了此段内容，直接从格斯尔回到家乡出征贡布汗的内容讲起。① 央·特古斯巴雅尔搜集到"镇压魔鬼的贡布汗之部"的一部抄本，在对比此诗章的三个异文（即《隆福寺格斯尔》第十二章、《策旺格斯尔》第十二章以及他自己搜集到的一部抄本）后指出，他所购得的异文与《策旺格斯尔》更为接近，差异度很小；这两个文本均删去了开头的出征原因等内容，而《隆福寺格斯尔》第十二章中则删去了结尾部分。

综上，《隆福寺格斯尔》与《策旺格斯尔》对应程度很高，又各有删减、修改的内容。可以推断，两者来自同一个底本，即为同源抄本，但并不是直接传抄的关系。从现存版本的章节顺序、文本特点来看，《隆福寺格斯尔》更加完整，文本化程度更高。

二 《隆福寺格斯尔》与北京木刻版《格斯尔》

作为流传最广、影响最大的《格斯尔》文本，七章本北京木刻版《格斯尔》在《格斯尔》研究领域拥有核心地位，而《隆福寺格斯尔》常被视为木刻本的"续本"。因此，其与北京木刻版《格斯尔》之间的关系是《隆福寺格斯尔》研究中的一个重要议题。在此对北京木刻版《格斯尔》中的 7 章作简要介绍，并对两者的表层关系进行简单梳理，以便为后文的对比分析提供基础。

---

① 《隆福寺格斯尔传》，巴·布和朝鲁、图娅校勘注释，内蒙古人民出版社，1989，第 3 ~ 5 页。

表 1 - 3　北京木刻版《格斯尔》7 章的内容简介

诗章题目	内容简介
第一章 格斯尔投生人间 并称大汗之部	人间大乱，霍尔穆斯塔遵照释迦牟尼之令，派次子威勒布图格齐投生人间做黑发人的大汗格斯尔。格斯尔投生的父母在其叔叔晁通的迫害下颠沛流离，格斯尔出生后克服重重困难，杀死各路敌人和妖魔，并在与叔叔晁通的种种竞争中打败他，先后娶得阿尔鲁 - 高娃、茹格牡 - 高娃、阿鲁 - 莫日根三位夫人并称大汗。第一章末尾以格斯尔向茹格牡 - 高娃夫人转述的方式列数了格斯尔降生至 15 岁期间的奇功伟绩
第二章 格斯尔镇压黑纹虎之部	格斯尔 15 岁时得知巨大如山的黑纹虎入侵其疆域，遂带领勇士们讨伐黑纹虎。格斯尔跳入虎口中，在天上三神姊的帮助下用刀将黑纹虎喉咙割断并杀死了它，用它的皮给勇士们做了盔甲
第三章 格斯尔征服汉地贡玛汗之部	汉地贡玛汗的爱妃病死后，汗王整日守着爱妃尸体不务国事，并下令举国哀悼。正当大臣们束手无策时，一个爱管闲事的秃头工匠提议去请格斯尔来安抚汗王。格斯尔想办法杀死了秃头工匠和他的兄弟，然后备齐宝物，去贡玛汗的宫殿，趁其熟睡时把他怀抱中的爱妃尸体换成了死狗。汗王试图用各种方式杀格斯尔，格斯尔用神奇的方法化解了危难，最后迎娶了贡玛汗的公主贡玛 - 高娃，在汉地留居三年后带着贡玛 - 高娃回到家乡
第四章 格斯尔杀死十二头蟒古思， 解救阿尔鲁 - 高娃夫人之部	晁通对格斯尔的妻子阿尔鲁 - 高娃/图门 - 吉日嘎朗图谋不轨被拒，便和茹格牡 - 高娃合谋驱逐图门 - 吉日嘎朗，图门 - 吉日嘎朗走到蟒古思的地盘，被蟒古思纳为妻。格斯尔想要夺回图门 - 吉日嘎朗夫人，遭到茹格牡 - 高娃和晁通的百般阻挠，但最终他仍启程征讨蟒古思。他一路闯过重重关卡，终于来到蟒古思的城堡，在图门 - 吉日嘎朗的协助下杀死了蟒古思体内、体外的全部灵魂，继而杀死了蟒古思，又消灭了蟒古思的整个家族。图门 - 吉日嘎朗给格斯尔吃了黑色魔食，使格斯尔忘记了一切，两人在蟒古思的家乡安详生活
第五章 锡莱河之战之部	锡莱河三帐汗之白帐汗想为儿子娶天下美女为妻，派各种飞禽到世界各地打探美女的消息，得知格斯尔夫人茹格牡 - 高娃有倾国倾城之美色，遂趁格斯尔还在蟒古思城未归，在背叛格斯尔的晁通的协助下战胜勇士们并抢走了茹格牡 - 高娃。格斯尔在三神姊的数次提醒之下终于想起了家乡，他返回家乡并赴锡莱河三汗的地盘，用计谋杀死锡莱河三汗的众多勇士，并最终杀死了锡莱河三汗。回到家乡后，格斯尔严厉惩罚了茹格牡 - 高娃，最后原谅了她
第六章 格斯尔变驴之部	蟒古思化身大喇嘛假装布施，在格斯尔顶礼膜拜时施法将其变成驴，并将其带回蟒古思城，对其百般折磨。格斯尔夫人阿鲁 - 莫日根变成蟒古思的姐姐去解救格斯尔，最终两人一同杀死了蟒古思

续表

诗章题目	内容简介
第七章 格斯尔地狱救母之部	格斯尔变成驴被蟒古思带走之后，其母因过度悲伤而死去。格斯尔消灭了蟒古思回到家乡后得知母亲死去，便去地狱寻母，并大闹地狱，杀死看门老头，痛打阎罗王，将母亲从地狱中救出，送到天上成佛

北京木刻版《格斯尔》相关研究表明，其第一章、第三章、第四章、第五章、第七章为蒙藏《格斯（萨）尔》同源诗章。其余两章即第二章、第六章尚未见于藏族《格萨尔》，且木刻本中的这两章相比其他抄本中的异文精简很多，篇幅也小很多，而这两章在所谓的"续本"中有更加详细的异文。木刻本与《隆福寺格斯尔》之间在风格、语言等方面的差异较大。例如，从诗章的主题来看，木刻本中《格斯（萨）尔》同源诗章即第一、第三、第四、第五、第七章讲述了各具特点的故事，就各章中格斯尔的主要对手而言，可能是他的叔叔晁通（第一章），可能是昏庸不能治国的汉地大汗（第三章），可能是十二颗头的蟒古思（第四章），可能是入侵的锡莱河三汗（第五章），也可能是阎罗王（第七章），且其中家族矛盾情节的权重较大，如遭叔叔、妻子迫害（第一章、第四章、第五章）等。而《格斯尔》独有却未见于藏族《格萨尔》的诗章，即木刻本"格斯尔镇压黑纹虎之部"（第二章）、"格斯尔变驴之部"（第六章）和《隆福寺格斯尔》的各诗章，主题相对单一，主要是格斯尔率领众勇士征战、镇压前来入侵的敌人的故事：除第八章"格斯尔复活勇士之部"之外，第九章"格斯尔镇压昂都拉姆汗之部"、第十章"格斯尔镇压罗布沙蟒古思之部"、第十一章"格斯尔镇压罗刹汗之部"、第十二章"格斯尔镇压魔鬼的贡布汗之部"、第十三章"格斯尔镇压那钦汗之部"均为向敌方征战的主题。

学界认为《隆福寺格斯尔》和《策旺格斯尔》为木刻本的"续本"，主要依据有二：一是诗章次序，二是情节接续关系。《隆福寺格斯尔》从第八章开始，这显然是为接续七章本北京木刻版《格斯尔》，因此被称作木刻本的"续本"。但前文已提过，抄本由单章组合而成，诗章的次序并不代表其形成过程的前后关系，因此不能以诗章顺序确定文本之间的关系，抄本的前后顺序并不能完全说明各诗章之间的关系和前后顺序问题。

从情节上看，在北京木刻版《格斯尔》中，勇士们战死沙场、格斯尔的母亲升天成佛，而在《隆福寺格斯尔》的第八章中死去的勇士复活，第九章中升天的勇士嘉萨从天而降，第十章中勇士们的二代出现，可见衔接两个文本的尝试是明显的。然而，该衔接主要是通过表层结构中的衔接性情节来实现的，因此需要通过文本分析去挖掘。

诗章次序和情节接续关系都只是文本表层结构的一种关联。木刻本与《隆福寺格斯尔》《策旺格斯尔》等"续本"的具体关系问题需要通过深入的文本分析来探讨。笔者认为，木刻本与"续本"之间的关系绝非简单的接续关系。"续本"的不同诗章与木刻本各诗章之间有复杂的文本关系。斯钦巴图曾指出，"关于木刻本和《隆福寺格斯尔》的关系，以往都认为是补遗和续集关系。但是，有大量证据显示，两者还有被改编和改编的关系"。① 两者的具体文本关系，还须通过详细的文本分析才能进行进一步探讨。

第三节　《隆福寺格斯尔》各诗章流传情况

《隆福寺格斯尔》各诗章是本研究的主要分析对象，本节将对这些诗章的内容、篇幅、流传情况作简要概述。

---

① 斯钦巴图：《北京木刻本〈格斯尔〉与佛传关系论》，《民族艺术》2014 年第 5 期，第109 页。

一 各章简介

《隆福寺格斯尔》共有 6 个诗章，加上其同源异文《策旺格斯尔》中多出的一章共有 7 个诗章，这些诗章的内容如表 1-4 所示。

表 1-4 《隆福寺格斯尔》各章题目及内容简介

诗章题目	内容简介
第八章 格斯尔复活勇士之部	格斯尔因众勇士的死去而悲痛万分，佛祖释迦牟尼赐予其甘露并令格斯尔的三神姊传达救活英雄的方法，格斯尔照做，勇士们死而复生并团聚
第九章 格斯尔镇压昂都拉姆汗之部	蟒古思汗昂都拉姆入侵格斯尔属国，格斯尔收到属国国王派使者传来的信，率领勇士们征战昂都拉姆蟒古思，并在天上的哥哥嘉萨的帮助下杀死了昂都拉姆及其夫人和遗腹子，嘉萨回乡
第十章 格斯尔镇压罗布沙 蟒古思之部	蟒古思在其姐姐的帮助下变成大喇嘛，用驴像把格斯尔变成驴并带回去折磨，格斯尔夫人阿鲁－莫日根变成蟒古思的姐姐去解救格斯尔，两人一同消灭了蟒古思
第十一章 格斯尔镇压罗刹汗之部	罗刹汗想娶天下美女为妻，派飞禽探知周围汗国美女的情况后，入侵格斯尔的家乡。格斯尔的几位夫人组织勇士迎战，突破了层层关卡，并在蟒古思女儿赛胡来的帮助下杀死了罗刹汗
第十二章 格斯尔镇压魔鬼的 贡布汗之部	魔鬼的贡布汗趁格斯尔镇压罗刹汗未归，入侵格斯尔家乡，企图掠夺茹格牡－高娃夫人。格斯尔的夫人们组织格斯尔的勇士们备战，突破层层关卡，杀死蟒古思的勇士。最后，格斯尔回乡与阿鲁－莫日根夫人一同杀死了魔鬼的贡布汗
第十三章 格斯尔镇压那钦汗之部	那钦汗想夺取格斯尔夫人为妻，不听忠臣劝告领兵出征，格斯尔的勇士们和夫人们在突破层层关卡之后，莱查布之子萨仁－额尔德尼从天上帮助格斯尔，蟒古思女儿乃胡来、臣子朱思泰－思钦等也帮助格斯尔突破蟒古思关卡，最后，格斯尔和朱思泰－思钦一同杀死了那钦汗
《策旺格斯尔》第十五章 格斯尔镇压黑纹虎之部	蟒古思化身黑纹虎危害众生，格斯尔按照三神姊的指示，召集勇士出征黑纹虎。遇到老虎时，格斯尔跳进老虎口中，嘉萨欲杀老虎，格斯尔阻止了他并割断了黑纹虎的喉咙，剥虎皮让嘉萨为众勇士做铠甲

以上七个诗章篇幅差距较大：第八章为 17 页，第九章为 29 页，第十章为 57 页，第十一章为 93 页，第十二章为 199 页，第十三章为 161 页。《策旺格斯尔》第十五章为 41 页。第十一、第十二、第十三章篇幅巨大。

二　各诗章流传情况

诗章的组合关系在整个《格斯尔》抄本中是显而易见的，每个诗章形成和流传的时空不同，文本化程度也不同。因此，这些诗章口头与书面流传的情况均不同。

第一，在《隆福寺格斯尔》中，第九章口头传播范围很广。第八、第九章的结合是相当早的，且书面传播范围广。在"列宁格勒和乌兰乌德手稿库"里有"关于勇士复活一章的抄本 19 件，关于昂杜勒玛汗的 27 件"①；在布里亚特图书馆，收藏有 1846 年的第八、第九章两章的抄本②，且劳仁兹在对布里亚特《格斯尔》抄本所做的研究中指出"在布里亚特地区……仅有九章出自文学的格萨尔是为人熟悉的"③；内蒙古社会科学院图书馆收藏有成书年代不详的第八、第九章抄本④；笔者曾在陈岗龙教授的帮助下向蒙古国收藏家购得第八、第九章的抄本一部。这两章书面化程度很高，书面化特征明显，在情节上与《格斯尔》核心诗章⑤有直接关联，因而在书面文本中的位置也相对稳定。比如，《诺木齐哈屯格斯尔》的内容是由此两章与木刻本的七章组成的。涅克留多夫也曾指出，"书面《格斯尔传》的第一至九章的普及程度已由……分析所证实，九章以后的章节

---

① 昂杜勒玛汗即昂都拉姆汗。参见谢·尤·涅克留多夫《蒙古人民的英雄史诗》，徐昌汉、高文风等译，内蒙古大学出版社，1991，第 211 页。

② E. O. 洪达耶娃：《在蒙古和布里亚特流传的〈格斯尔传〉》，国淑苹译，载中国社会科学院少数民族文学研究所编《民族文学译丛》（第一集），内部资料，1983，第 168 页。

③ L. Lörincz, "Die burjatisc hen Geser-Varianten." In *Acta Orientalia* 29（1975）.

④ 吴·新巴雅尔：《蒙古〈格斯尔〉探究》，内蒙古文化出版社，2014，第 24 页。

⑤ 谢·尤·涅克留多夫在《蒙古人民的英雄史诗》中，通过细致的文本分析论证了北京木刻版《格斯尔》第一、四、五章为蒙古文《格斯尔》核心诗章，这一观点得到学界的广泛接受和认可。其中，第一章讲述天子转生为格斯尔的过程及其童年事迹，而格斯尔征战故事的核心篇章是第四、五章。参见谢·尤·涅克留多夫《蒙古人民的英雄史诗》，徐昌汉、高文风等译，内蒙古大学出版社，1991，第 201 页。

就很少见"①。可以说，第八、第九章是《隆福寺格斯尔》中书面流传最广的两章。

第二，第十一、第十二、第十三章是相对不稳定、传播程度较低的诗章，其形成时间较晚。就抄本传播范围而言，只有《隆福寺格斯尔》《策旺格斯尔》两个抄本中包含此全部三章，《扎雅格斯尔》有其中一章，即"镇压罗刹汗之部"。而《诺木齐哈屯格斯尔》《鄂尔多斯格斯尔》等重要抄本中均未收录这三章，可见其传播程度远不及《隆福寺格斯尔》其他诗章，在书面抄本中的稳定性也相对较差。这符合涅克留多夫所指出的：在《格斯尔》文本中离核心诗章越远的诗章，其稳定性越差②，"第九章之后的诗章是最不稳定的"③。因此，一般认为"这三章的内容形成比较晚，至少说作为《格斯尔传》的组成部分（的时间）较晚"④。

第三，第十章"格斯尔镇压罗布沙蟒古思之部"是《隆福寺格斯尔》中口头流传最广的两部之一，另一部是第九章"格斯尔镇压昂都拉姆汗之部"。在北京木刻版《格斯尔》中，有此章书面化程度较高的异文。

第四，《隆福寺格斯尔》同源异文《策旺格斯尔》比前者多一个"格斯尔镇压黑纹虎之部"（第十五章）。此章在其他抄本中少见，但有一些单章抄本流传。木刻本中也有此章书面化程度较高的异文。

木刻本中上述两个异文正是藏族《格萨尔》中未见而木刻本中独有的部分。有学者提出，这两章被纳入木刻本经典文本中，主要是为了"填充

① 谢·尤·涅克留多夫：《蒙古人民的英雄史诗》，徐昌汉、高文风等译，内蒙古大学出版社，1991，第210页。
② 谢·尤·涅克留多夫：《蒙古人民的英雄史诗》，徐昌汉、高文风等译，内蒙古大学出版社，1991，第201~202页。
③ 谢·尤·涅克留多夫：《蒙古人民的英雄史诗》，徐昌汉、高文风等译，内蒙古大学出版社，1991，第210页。
④ E. O. 洪达耶娃：《在蒙古和布里亚特流传的〈格斯尔传〉》，国淑苹译，载中国社会科学院少数民族文学研究所编《民族文学译丛》（第一集），内部资料，1983，第169页。

情节的需要"①。为保证研究的系统性，《策旺格斯尔》的这一章也纳入了本研究中。

表1-5 对《隆福寺格斯尔》各章的文本化情况和流传状况做了简单总结。

表1-5　《隆福寺格斯尔》各章的流传情况

	文本化情况	书面流传范围	口头流传范围
第八章	较早，较稳定	广泛	较少
第九章	较早，较稳定	广泛	广泛
第十章	较早，不稳定	较广泛	较广泛
第十一章	不太稳定	较少	较广泛
第十二章	不稳定	较少	较少
第十三章	不稳定	极少	极少
第十五章	极不稳定	较广泛	较广泛

对比可见，诗章次序越靠后的章节，流传程度越低，在抄本中的稳定性也越差。不仅每章的流传程度和文本化程度不同，其叙事模式、篇幅也有较大差异。要了解这些现象背后有着怎样的因果关系，需要进一步对具体文本进行细致分析。

第四节　《格斯尔》文本的三大特点

本书主要通过对《隆福寺格斯尔》各诗章的分析，讨论《格斯尔》的生成和演变问题。清晰地认识和归纳含《隆福寺格斯尔》在内的《格斯

---

① 谢·尤·涅克留多夫：《蒙古人民的英雄史诗》，徐昌汉、高文风等译，内蒙古大学出版社，1991。

尔》文本的性质特点，是《格斯尔》文本研究的重要前提。蒙古国著名学者呈·达木丁苏伦（Ts. Damdinsurun）曾于 20 世纪 60 年代发表论文《论〈格斯尔传〉的三个性质》，提出蒙古文《格斯尔》有独特性、人民性和历史性三种基本性质。[①] 这一观点，在早期《格斯尔》文本被初步发现、整理、出版的基础上，对《格斯尔》的整体性质做出了高度总结和把握，对正确认识和理解《格斯尔》有很好的作用。但由于当时资料有限，研究尚未深入，这一观点仍存在一些问题。一方面，它主要是对于《格斯尔》内容特点的总结，未涉及其结构的形成和演变等本质特点；另一方面，正如呈·达木丁苏伦的女儿安娜女士在整理、出版其生前作品时所指出的那样，这是在当时的特殊社会环境中出于抢救和保护《格斯尔》的目的，使其免于遭受政治迫害而提出的具有时代色彩的观念。如今，距呈·达木丁苏伦的研究已 70 年，随着《格萨尔》记录和演述文本的大量积累，《格斯尔》研究不断推陈出新，一些错误或片面的观点也不断得以纠正或完善，学界对《格斯尔》及其性质有了更深入、更全面的认识，使我们在总结以往研究成果的基础上，有了重新定义《格斯尔》性质的可能性。笔者在以往学者的研究基础上，尝试对蒙古文《格斯尔》的文本特点进行如下总结。

一 口头与书面的双重性

《格斯尔》一直是一部口头传统与书面文本并存的史诗传统，且这两种形态并不是相互独立地形成和传播的，而是交错进行的。蒙古文《格斯尔》文本最突出的本质特点是其书面文本与口头传统相结合的双重性。一方面，《格斯尔》文本早在 1716 年就被刊刻和书面传播，用古代蒙古文书写，并使用了蒙古族古代文献形式——梵夹装的装帧形式，同时情节较为

---

① Ц. Дамдинсүрэн, *Эрдэм Шинжилгээний Бүтээлийн Чуулган*, IX Боти（"Соёмбо принтинг" XXK-д хэвлэв，2017），pp. 117 – 144.

复杂，与蒙古传统英雄史诗叙事模式有些差异，因此，蒙古文《格斯尔》在被学界发现之后的很长一段时间内被视作书面文学经典。但事实上，《格斯尔》书面文本源自口头传统，体现出明显的口头性特征，主要表现在两个方面：一是高度程式化的结构特点。这一点将于后文详细论述，此处省略。二是体现口语发音的拼写方式。蒙语文字书写常不遵守拼写规则，而是用口语发音方式来拼写，比如："ebügen-ü"写作"ebügen-ai"；"uilaqu-bar"写作"uilaqar"；"čoroyin"写作"čoro-yin"；"gekül-e-ni"写作"geküleni"；等等。有时同一个词还会出现若干种拼写方式，如"tuɣulǰu"一词出现了"tuɣulaǰu""tuɣulaǰi""taɣulǰu"等多种拼写方式。总之，《格斯尔》文本源自口头传统，在流传过程中也受到了诸多书面文学和口头传统的影响，并经高僧喇嘛书面改写、传抄、整理及木刻刊行。不同书面文本之间也不是简单、直接的传抄关系，甚至有着很大的差异。因此，对蒙古文《格斯尔》的研究不可忽略口头传统与书面文学相结合这一本质特征。

围绕《格斯尔》文本的口头传统与书面文献的双重性，曾有不少学者进行了论述。石泰安曾指出，"19 世纪的这些文本是否派生自一种可能是1716 年的蒙古文古刻本的范型呢？……答案无疑是否定的"，每个文本"都可能具有它的一部历史，……它在漫长的岁月里被口头流传"，"可能比过去出现的另外一种版本更为古老"。① 因此，将《格斯尔》文本视作纯文献是片面的。《格斯尔》一直以口头和书面两种形态交错传播，在其口头演述和传承过程中，书面文本一直是重要支撑，而书面文本中口头传统则是核心源头，两者几乎从未彼此抽离，各版本在情节和文字上既有对应之处，也存在或多或少的差异，这是《格斯尔》文本最核心的特点，也是文本分析中的一个难点。正如涅克留多夫在其《蒙古人民的英雄史诗》一

---

① 石泰安：《西藏史诗和说唱艺人》，耿昇译，中国藏学出版社，2012，第 114 页。

书中指出的，对《格斯尔》"口头的与书面的作品之间的相互关系……难以作出清楚的说明"，对"蒙古《格斯尔》及其书面形式形成的过程亦不清楚，需要对之进行专门研究"。[①] 目前，经过诸多学者多方面的探讨，《格斯尔》口头性与书面性相结合的特点已为学界所公认。相比精简化的木刻本，《隆福寺格斯尔》保留了更明显的口头传统特点。因此，只有在兼顾其书面文献特征和口头传统特征的前提下进行文本结构分析，才能正确地探讨其来源与形成、流传及演变问题。

综观蒙古文学传统，书面性和口头性从未截然分离过，也并不以"雅""俗"区分。一方面，蒙古民族有丰富的"口头诗歌"传统，口头诗歌在官方或民间的任何一个正式场合都不可或缺。蒙古王公贵族也是史诗、胡仁乌力格尔[②]演述的忠实听众，他们甚至亲自学习、演述口头歌谣。蒙古国现代文学奠基人达·纳楚克道尔吉和我国蒙古族现代文学奠基人纳·赛音朝格图等文学巨匠也十分喜爱民间口头表演，他们的诗歌、散文在语言、结构、谋篇布局上均体现出十分浓厚的蒙古口头诗歌的痕迹。另一方面，蒙古民族拥有较为悠久的文学历史，其早在 13 世纪就写就了无论在写作手法还是在逻辑性等方面都相当成熟的历史文学巨著《蒙古秘史》。《蒙古秘史》也包含了民间文学的诸多文类，同时对后来的书面和口头文学产生了巨大影响。蒙古族文学的这一特点为《格斯尔》口头传统和书面文学的交错传播提供了基础。

由于《格斯尔》复杂的演变关系，其文本中口头性与书面性有机地结合在一起，因此，在具体研究中需要同时关注其口传和文献特征，注重口

---

① 谢·尤·涅克留多夫：《蒙古人民的英雄史诗》，徐昌汉、高文风等译，内蒙古大学出版社，1991，第 2 页。

② 胡仁乌力格尔是一种蒙古说唱艺术形式，以四胡或朝尔等蒙古民族传统乐器伴奏。其故事主要来自中文章回小说或蒙古历史小说，主要流传于内蒙古自治区东部地区及以辽宁阜新蒙古族自治县为首的东北三省蒙古族聚居区。

头传统研究方法与文献研究方法的有机结合。本书在《隆福寺格斯尔》各章的文本对比分析中，将尝试深入探讨其口头传统与书面文本结合、交织过程中的规律等问题。

二 不统一性

蒙古文《格斯尔》并不是内在一致、统一的整体，而是多层累加、多章组合而成的文本。我们通常认为书面文学作品内部是高度统一的，但其实口头传统本身也有统一性，正如格雷戈里·纳吉在《荷马诸问题》中指出的，"荷马史诗的统一性与构合性是演述自身的一个结果，而非凌驾于传统之上的创编者所影响的一个导因"[①]。《格斯尔》文本内部有较多的不统一性，这种不统一性并非口头流传造成的，而是在口头传统与书面文本相互转换的过程中以及书面文本的组合过程中产生的。

首先，《格斯尔》各诗章的诗章次序、情节存在较多不统一之处。比如，《隆福寺格斯尔》多数诗章标题里的诗章序数和内容结尾处写的诗章序数不一致。第十章开头部分的结尾写着"此为晃通之第十部"，在全章末尾则写着"此为……的第十一章"；第十一、第十三章的末尾分别写着"第十三章终"和"第十七章终"。显然，这是因为这些诗章在组合为新的抄本时重新进行了排序却没有修改内容里提及的章节序数。此外，在情节方面也有不少前后矛盾之处。例如：木刻本称格斯尔 15 岁时镇压黑纹虎，而在《策旺格斯尔》中，镇压黑纹虎是格斯尔老年时期的事迹；在《隆福寺格斯尔》中，格斯尔的一位夫人叫阿鲁－莫日根，而在《诺木齐哈屯格斯尔》中，她的名字是阿珠－莫日根，而阿鲁－莫日根则成了阿珠－莫日根的母亲。甚至在诗

---

① "Unity and organization of the homeric poems is a result of the performance tradition itself, not a cause effected by a composer who is above tradition." 见 Nagy Gregory, *Homeric Questions*. (University of Texas Press. 1996), p. 19. 中文译文引自格雷戈里·纳吉《荷马诸问题》，巴莫曲布嫫译，广西师范大学出版社，2008，第 25 页。

章内部也存在一些前后矛盾之处，如《隆福寺格斯尔》第一章中，格斯尔 85 岁，而他的叔叔晁通也是 85 岁，在格斯尔 25 岁时出生的安冲之子才 3 岁。诸如此类的前后不一致之处较多。

其次，《格斯尔》的人物在不同抄本或不同诗章中常有不同名称。格斯尔夫人茹格牡 – 高娃在《隆福寺格斯尔》中常被称作阿拉坦达格尼（意为金色空行母）。甚至在同一章当中也存在人名不统一的现象，如北京木刻版《格斯尔》第四章中，被迫出走家乡的格斯尔夫人原本叫“阿尔鲁 – 高娃”，在后面变成了“图门 – 吉日嘎朗”。涅克留多夫认为，这是两个情节合并的时候因人物合二为一而产生的人名不统一。① 此外，在《诺木齐哈屯格斯尔》《鄂尔多斯格斯尔》等抄本的“锡莱河之战之部”中，茹格牡 – 高娃夫人也出现了两种名称混用的情况，在主体中用的是“茹格牡 – 高娃”，而在最后的一小段中变为“阿拉坦达格尼”，这是因为该诗章中并入了其他抄本中的一个片段。除诗章组合造成的人名不一致之外，《格斯尔》口头文本的书面化过程也导致了人名不统一现象。《格斯尔》中，人名相同但拼写不同的情况普遍存在，如《隆福寺格斯尔》第八章中的“昂都拉姆蟒古思”在不同抄本中就有多种不同的拼写形式（见表 1 – 6）。

表 1 – 6　不同抄本中“昂都拉姆蟒古思”的名字书写方式

抄本	拼写
《隆福寺格斯尔》	ang-dulmu，nang-dulmu
《策旺格斯尔》	nangdulam，nangdulamu
《诺木齐哈屯格斯尔》	nang-dulmu
《扎雅格斯尔》	nang-dulama
《鄂尔多斯格斯尔》	ang-dulama，angdulama

① 谢·尤·涅克留多夫：《蒙古人民的英雄史诗》，徐昌汉、高文风等译，内蒙古大学出版社，1991。

这种人名的不同拼写与口头与书面文本之间的转换过程密切相关。在原口头传统中，该人名本是一致的，只是当口头流传的诗章被书面记录时，由于同样的发音可以有不同的写法，从而出现了多种拼写形式。石泰安也曾指出："成文本有时也在某个名词的写法问题上犹豫不决。……证明它是通过口传形式而传播的。"①

最后，《格斯尔》各个诗章的文本化程度不一，导致各诗章叙事模式不一致、篇幅长度不均衡。史诗诗章在口头流传时并无完全固定的语言、叙事模式、长度等，但史诗被"经典"化并形成文献形态时，通常需要经过长久的精简化过程，最终形成固定的语言风格、叙事模式、诗章篇幅。在蒙古文《格斯尔》中，各个抄本之间乃至某个抄本内部在语言风格、叙事模式、诗章篇幅等方面均存在较大差异，如"格斯尔镇压黑纹虎之部"三种异文的繁简程度不同，进而长度也不同：在《策旺格斯尔》中为 21 叶，在《扎雅格斯尔》中为 7 叶，在北京木刻版《格斯尔》中为 5 叶。即使在文本化程度最高的木刻本中，语言风格相对统一，各诗章在篇幅上也依然有很大差异：最长的一章有 69 叶，而最短的一章才 5 叶。文本化程度不统一这一特点在《隆福寺格斯尔》文本中更加突出。具体情况将在后文详细论述，此处不赘述。

三　佛教传记性

蒙古古代文学中的书写传统大致分为两大部分，即历史文献和佛教文献，口头传统极少成为书写出版对象，《格斯尔》则是一个特例。《格斯尔》早在几个世纪前就形成了书面化文本，并在 1716 年以木刻本刊行。该木刻本在形式上完全采用了佛教经卷的版式，并在北京与《甘珠尔》《丹珠尔》一起刊刻发行，成为影响最大、传播最广的《格斯尔》文本。

---

① 石泰安：《西藏史诗和说唱艺人》，耿昇译，中国藏学出版社，2012，第 178 页。

呈·达木丁苏伦曾记录了关于北京木刻版《格斯尔》来历的传说，即北京木刻版《格斯尔》由一世章嘉活佛从五位厄鲁特艺人口中记录并编纂而成。无论该传说是否属实，《格斯尔》的刊刻、发行一定离不开佛教化的目的，它的记录、编写、刊刻、传抄等各个环节也离不开寺庙、喇嘛文人的参与。在内容上，格斯尔被描述为按照佛祖释迦牟尼的指令被派至人界并为民除害的霍尔穆斯塔天神之子；格斯尔的丰功伟绩往往离不开腾格里天神乃至佛祖的帮助；在一些抄本中，格斯尔的人生使命常被描述为弘扬佛教；《诺木齐哈屯格斯尔》等部分抄本后还附有名为"达赖喇嘛与格斯尔可汗二人会晤"的短篇经文。

因此，《格斯尔》无论在内容或形式上都体现出明显的佛教特点，这一点是毋庸置疑的。木刻本在以口头和书面两种形式传播的过程中，基本保留了原诗章顺序和内容情节，说明其文本具有一定的稳定性和正统性。

同时，由于深受佛教高僧传记、佛本生故事的影响，《格斯尔》在佛教化的同时其书面文本又呈现传记性特点。《格斯尔》的不同诗章内容被整合为格斯尔一生的事迹，并被赋予了格斯尔人生不同阶段的标签，诗章之间有连贯性和相对稳定的次序，显示出浓厚的传记性特点。正因如此，《格斯尔》在被发现之初引发了关于其历史真实性以及格斯尔历史人物原型的各种探讨。斯钦巴图曾在其专著《〈格斯尔〉与佛教文学》中详细分析和论述了《格斯尔》与佛经的关系。①

然而，需要阐明的是，佛教传记性并不是《格斯尔》的内在本质属性，而是在文本的改编和传抄过程中逐渐形成的附加性特点。其佛教化并不彻底，有佛教化的过程，也有去佛教化的努力，这点跟藏族《格萨尔》不同。比如，《格斯尔》中有嘲讽喇嘛、暴打阎罗王等内容，且《格斯尔》并不是以格斯尔升天成佛结尾，而是升天的勇士们也下凡，他们始终属于

---

① Сэцэнбат. *Гэсэрийн тууж хийгээд бурханы намтар цадиг*. "Бэмби сан" хэвлэлийн газар. 2020.

人间。呈·达木丁苏伦在其博士论文中，以翔实的文本分析反驳了《格斯尔》为佛教文学这一早期论点。① 瓦尔特·海西希（Walther Heissig）也在其《格斯尔》研究中详细论述了这一点。②

对《格斯尔》文本特点的正确认识和了解是我们正确理解和分析《隆福寺格斯尔》及其各诗章的必要前提。只有准确把握《格斯尔》的文本特点，才有可能正确定位研究对象和研究方法。

本章小结

本章对《隆福寺格斯尔》的文本特征、诗章流传情况等做了初步论述。

第一，《格斯尔》在文本化过程中，形成了一些独特的文本性质，即书面文本与口头传统相结合的双重性、不统一性以及佛教传记性。相对而言，口头与书面的双重性与不统一性是本质特点，而佛教传记性则是次生的性质。对《格斯尔》抄本的性质、特点的了解，是对其文本进行详细对比分析的必要前提。

第二，《格斯尔》有诸多抄本，本章介绍了本书将涉及的木刻本和各抄本，并对《隆福寺格斯尔》和与之关系密切的文本之间的关系做了整体的探讨。其一，《隆福寺格斯尔》与《策旺格斯尔》属于同源抄本，经过初步分析可知《隆福寺格斯尔》与《策旺格斯尔》没有直接传抄关系。其

---

① Ц. Дамдинсүрэн, *Эрдэм Шинжилгээний Бүтээлийн Чуулган*, IX Боти（"Соёмбо принтинг" ХХК-д хэвлэв，2017），pp. 145 – 302.

② W. Heissig, *Geser-Studien. Untersuchungen zu den Erzahlstoffen in den "neuen" Kapiteln des mongolischen Geser-Zyklus*. Abhandlungen der Rheinisch-Westfalischen Akademie der Wissenschaften, Band 69.（Opladen/Germany: Westdeutscher Verlag, 1983）.

二，被视为"上下册"的木刻本与《隆福寺格斯尔》之间，在诗章次序与情节上有着接续关系，但这种接续关系是文本表层的一种安排，具体诗章之间的关系还需要进一步用文献研究方法与口头诗学研究方法进行详细的文本对比分析。

第三，《隆福寺格斯尔》各诗章独立流传后组合为抄本，其形成与文本化的时间、过程都是不同的，因此各章之间有较大差异。本章从整体上介绍了各章的内容、篇幅长短，以及口头与书面流传的情况，以便后文对其逐一进行文本分析。

如前所说，抄本是由诗章的"零件"组合而成的。了解整体样貌，才能探究"零件"。只通过对表层情节关系的探讨，我们无法了解其构成部分的来源和内在关系。因此，只有在了解文本的表层情节关系的基础上，通过对各诗章进行详细的文本分析，方能确定各章的来历以及其组合、衔接的方式和过程。

第二章

《格斯尔》研究概况

呈·达木丁苏伦曾指出，《格斯尔》是蒙古文学三大高峰之一。同时，它也是多国、多民族共享的宏大史诗。长期以来，《格斯尔》一直是国际蒙古学研究的重要对象。本书的研究对象《隆福寺格斯尔》是整个蒙古文《格斯尔》的一个组成部分，在对其进行文本分析的过程中还将涉及诸多其他《格斯尔》文本。因此，要研究《隆福寺格斯尔》的形成与传播，掌握整个《格斯尔》研究的历史和脉络是有必要的。

第一节　《格斯尔》的搜集、整理、出版

《格斯尔》主要流传于中国内蒙古、新疆和青海，以及蒙古国、俄罗斯布里亚特共和国和卡尔梅克共和国等蒙古民族聚居区。下面将分别介绍中国、蒙古国、俄罗斯布里亚特共和国和卡尔梅克共和国四个国家或地区的《格斯尔》文本搜集、整理、出版情况。

一　《格斯尔》在我国的搜集、整理、出版

在我国发现的《格斯尔》书面版本有北京木刻版《格斯尔》以及

《隆福寺格斯尔》《鄂尔多斯格斯尔》《乌素图召格斯尔》等多个版本。最初搜集整理我国国内《格斯尔》资料的是西方学者，其中北京木刻版《格斯尔》是西方学界最早接触的《格斯尔》文本。西伯利亚旅行者 P. 帕拉斯（P. Pallas）于 1776 年在俄罗斯出版的《格斯尔故事》中对该文本做了介绍，此后，木刻本被译成多种文字出版。俄罗斯院士雅·施密特（J. I. Schmidt）于 1836 年在圣彼得堡出版了北京木刻版《格斯尔》，并于1839 年出版了德文译文①，在原文的基础上附上了德语译文、序言以及一些注释，并于 1925 年、1966 年再版。俄罗斯学者 S. A. 科津（S. A. Kozin）院士于 1936 年将木刻本译成俄文，与原文、导语和注释一同在莫斯科 – 列宁格勒出版。② 1927 年，艾达·泽特林（Ida Zeitlin）在德文译文的基础上将木刻本译成英文并进行改编后以"格斯尔汗：西藏的传说"为题出版③，该译文不仅更换了原文的名称，内容也有不少改编之处。英国蒙古学家鲍顿（C. R. Bawden）出版了北京木刻版《格斯尔》第三、第六章的英译本。④ 澳大利亚蒙古学家罗依果（Igor de Rachwiltz）、李娜仁高娃原本计划翻译北京木刻版《格斯尔》全文，遗憾的是罗依果在翻译完第一章后不久，于 2016 年去世，因此仅完成了第一章译文并单独出版。⑤ 截至 20 世纪上半叶，国外已经有了德文、俄文、法文、英文、日文等多种文字的北京木刻版《格斯尔》译文，可见其影响之广泛。

---

① J. I. Schmidt, *Die Taten Bogda Gesser Khan's des Vertilgers der Wurzel der Zehn Übel in den Zehn Gegenden*（Petersburg, 1839）.

② S. A. Козин, *Гесериада Сказание о милостивом Гесере Мерген-хане*（искоренителе десяти зол в десяти странах света. М. —Л, 1953/1936）.

③ I. Zeitlin, *Gessar Khan: A Legend of Tibet.*（New York：George H. Doran Company, 1927）.

④ C. R. Bawden, ed. and trans. *Mongolian Traditional Literature: An Anthology*（London: Kegan paul, 2003）.

⑤ Igor de Rachwiltz, Li Narangoa trans. , *Joro's Youth：The First Part of the Mongolian Epic of Geser Khan,*（Canberra：ANU Press, 2017）.

在《格斯尔》口头文本的搜集方面，1959 年，匈牙利蒙古学家卡拉·捷尔吉（Kara Gyorgy）在内蒙古做田野工作期间，对我国著名史诗艺人琶杰演述的《格斯尔》进行录音并做了专题研究，后于 1970 年用法文发表了《一位吟游艺人的诗歌》，在布达佩斯出版。① 其中，第 55～78 页为琶杰唱的《格斯尔》的语音音标转写。由此可见，国外学者不仅重视文献文本的搜集，也十分重视对口头演述文本的记录。

国内学界对《格斯尔》的搜集、整理、出版工作始于 20 世纪 50 年代，虽然开始较晚，但规模很大，已取得丰硕的成果。从 20 世纪 50 年代开始至今的国内《格斯尔》搜集、整理、出版工作可分为三个阶段：（一）20 世纪 50 年代末，内蒙古自治区进行了大规模的书面与口传《格斯尔》文本的搜集、整理、出版、汉译等工作；（二）20 世纪 80 年代初至 90 年代初，随着全国《格萨（斯）尔》领导小组和各级《格斯尔》工作小组的成立，在全国范围内进行了对《格斯尔》文本、艺人、研究成果的普查、登记、整理、出版活动，并举办了若干次大型学术研讨会；（三）2009 年，随着《格萨（斯）尔》被列入联合国教科文组织"人类非物质文化遗产代表作名录"，我国开展了编纂出版《格斯尔》丛书等诸多工作。以下分别对此三个阶段的情况进行具体说明。②

于 1954 年在北京隆福寺大雅堂旧书店中被发现的《隆福寺格斯尔》抄本，在 1956 年与木刻本一同作为《格斯尔》上下册③面世；1959 年，安柯钦夫翻译了琶杰演述的《格斯尔》；1960 年，桑杰扎布将北京木刻版《格斯尔》翻译成汉语出版，这些早期出版物为我国《格斯尔》研究奠定了一定基础。1988～1989 年，全国《格萨（斯）尔》领导小组组织整理、

---

① G. Kara, *Chants Dun Barde Mongol*.（Budapest：Adademiai Kiado，1970）.

② 朝戈金：《〈格斯尔〉研究新乐章——"格斯尔研究丛书"序言》，载《十方圣主格斯尔可汗传》，作家出版社，2016，第 1～8 页。

③ 《格斯尔的故事》（上、下册），内蒙古人民出版社，1956。

出版了几个重要的《格斯尔》文本，包括北京木刻版《格斯尔》以及《隆福寺格斯尔》《乌素图召格斯尔》《诺木齐哈屯格斯尔》《扎雅格斯尔》等抄本。① 2002～2016 年《格斯尔全书》（10 卷）② 陆续出版，其中有北京木刻版《格斯尔》以及《隆福寺格斯尔》《鄂尔多斯格斯尔》《乌素图召格斯尔》《诺木齐哈屯格斯尔》《扎雅格斯尔》《赞岭曾钦传》③ 等重要抄本的影印本、誊写本、拉丁转写、词汇注释等内容，还有《金巴札木苏格斯尔》《琶杰格斯尔》《巴林格斯尔》《卫拉特格斯尔》《布里亚特格斯尔》《霍尔格斯尔》等口头记录文本，文本覆盖面很广。2016 年，在北京木刻版《格斯尔》刊行 300 周年之际，由内蒙古自治区古少数民族古籍与《格斯尔》征集研究室（以下简称内蒙古古籍与《格斯尔》研究室）整理的《蒙古〈格斯尔〉影印本》系列丛书（9 卷）由内蒙古文化出版社出版，其中包含了北京木刻版《格斯尔》以及《隆福寺格斯尔》、《鄂尔多斯格斯尔》、《乌素图召格斯尔》、《喀喇沁格斯尔》（两卷）、《策旺格斯尔》、《诺木齐哈屯格斯尔》、《扎雅格斯尔》④ 8 种重要版本的彩色放大影印本，为《格斯尔》的文献研究提供了很大便利。除此之外，在此 300 周年之际，陈岗龙等译的北京木刻版《格斯尔》汉译本面世，相比文学性较强的桑杰扎布译本，此译本对原文忠实度高、学术性强。包秀兰通过对木刻本的两种译本即桑杰扎布的译本和陈岗龙等的译本的对比分析，在充分肯定了两种译本的价值和意义的基础上，指出后者忠实于原文，符合学术

---

① 《诺木齐哈屯格斯尔》（蒙古文），格日勒扎布校勘，内蒙古文化出版社，1988；《扎雅格斯尔》（蒙古文），乌云巴图校勘，内蒙古文化出版社，1989；《乌素图召格斯尔传》（蒙古文），龙梅校勘注释，内蒙古少年儿童出版社，1989；《隆福寺格斯尔传》（蒙古文），巴·布和朝鲁、图娅校勘注释，内蒙古人民出版社，1989。

② 斯钦孟和主编《格斯尔全书》（10 卷）（蒙古文），民族出版社、内蒙古人民出版社等，2002～2016。

③ 后三者为在蒙古国发现的版本。

④ 后三者为在蒙古国发现的版本。

研究最基本的要求，为学界今后的史诗文本翻译实践提供了值得参考借鉴的范例。① 另外，2016 年也有多部《格斯尔》研究论著再版，使国内《格斯尔》的研究资料与论著前所未有地丰富了起来。

总之，经过半个多世纪的努力，我国《格斯尔》的搜集、整理、出版工作得到了快速发展，取得了令世界瞩目的成果，无论是在资料的搜集、出版和艺人的保护与培养方面，还是在学术研究方面，均已走在世界《格斯尔》研究的前沿。

二 《格斯尔》在蒙古国的搜集、整理、出版

在蒙古国发现的《格斯尔》文本的出版、研究主要归功于蒙古国经书院以及呈·达木丁苏伦、宾·仁钦等著名蒙古学家们的努力。蒙古人民共和国经书院（Sudur Bičig-ün Küriyeleng，今蒙古国科学院前身）在建立之初，即 20 世纪 30 年代，在蒙古国全国范围内派出搜集团队搜寻文献资料，并在此过程中先后发现了《诺木齐哈屯格斯尔》《扎雅格斯尔》《赞岭曾钦传》《托忒文格斯尔》4 种珍贵的《格斯尔》抄本，加上策旺·扎姆察拉诺在大库伦发现并抄写下来的《策旺格斯尔》一共 5 种抄本，现收藏于蒙古国国家图书馆。为了让更多的读者和学者接触到这些珍贵的文献资料，呈·达木丁苏伦和宾·仁钦等人于 1959～1960 年以抄写后石印的方式，将蒙古国收藏的以上 5 种《格斯尔》文本印刷出版，且为每个文本写了较详细的学术导论，介绍了该文本被发现的过程及其基本信息。这里，以与本研究相关度最高的《策旺格斯尔》卷（见图 2 - 1）为例，对该版本进行简要介绍。

由于出版时间较早，对待科学整理的观点尚不够成熟，这些出版物虽

---

① 包秀兰：《北京木刻版〈格斯尔〉新旧汉译本比较研究》，《西北民族研究》2017 年第 4
期，第 122 页。

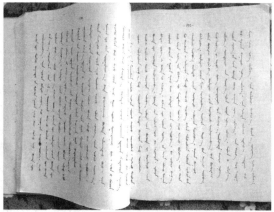

图 2 - 1　1960 年在蒙古国出版的《策旺格斯尔》封面及内页（笔者摄）

然并未对原文内容做删减或改编，但对词缀、拼写等做了较多规范化修改，如将一些词缀和助词的不规范拼写和口语式拼写按照现代正字法进行修改，并将一些口语化表述形式改成了书面语表述形式，如表 2 - 1 所示。该版本的学术资料价值因此大打折扣。当然，这在当时的学术环境和理念中是可以理解的，在那个资料匮乏的年代，该版本有着不可忽视的价值。

表 2 - 1　1960 年版《策旺格斯尔》中对原文一些字词拼写的修改

《策旺格斯尔》 （1 - 2 - 1[*]）	1960 版《策旺格斯尔》 （第一页）	改写方式
qooru	qoor-a	正字法规范拼写
teb	tiib	错误改写
küdelekü	küdelkü	正字法规范拼写
qara	qar-a	正字法规范拼写
šimus	šimnus	正字法规范拼写
atala	atal-a	正字法规范拼写
araɣ-a	arɣ-a	正字法规范拼写
soburyan-ni	soburyan-i	正字法规范格助词拼写

《策旺格斯尔》 （1－2－1*）	1960 版《策旺格斯尔》 （第一页）	改写方式
ǰoquγlan	ǰoγuγlan	正字法规范拼写
bügüde-yuγan	bügüde-yügen	正字法规范格助词拼写
ačitu	ači-tu	错误改写

说明：＊该页数中的数字分别代表贝叶抄本中的章数、叶数和正反面（1 代表正面，2 代表反面），譬如 1－2－1 在这里代表的是《策旺格斯尔》第一章第 2 叶正面。

这种做法抹去了原抄本的口语特征、拼写特点，使其学术价值大为受损。但无论如何，在当时那个资料匮乏的年代，该抄本的及时出版发行为蒙古国内外的蒙古学家提供了珍贵的学术资料，让民众和学界及时接触并得以了解上述抄本的内容，在《格斯尔》研究史上发挥了重要作用。20 世纪 80 年代，我国学者对其中的《诺木齐哈屯格斯尔》《扎雅格斯尔》进行校勘、注释并重新出版①，但新出版的版本中仍保留了上述修改部分。到了 21 世纪初，随着国际史诗研究理论和学术资料理念的普及，诸如《格斯尔全书》（10 卷）②、《蒙古〈格斯尔〉影印本》系列丛书（9 卷）③ 等含拉丁字母转写以及词汇注释的《格斯尔》影印本学术资料相继在我国出版，为学界提供了十余种《格斯尔》主要版本的可靠学术研究资料。

1986 年，蒙古国科学院语言文学研究所整理出版《蒙古民间文学大集》，其中第八卷为《格斯尔》文本，是第一个基里尔蒙古文的《格斯尔》文本。呈·达木丁苏伦为此卷写了较全面的序言，介绍了蒙古文《格

---

① 《诺木齐哈屯格斯尔》，格日勒扎布校勘，内蒙古文化出版社，1988；《扎雅格斯尔》，乌云巴图校勘，内蒙古文化出版社，1989。

② 斯钦孟和主编《格斯尔全书》（10 卷），民族出版社、内蒙古人民出版社等，2002～2016。

③ 内蒙古自治区古少数民族古籍与《格斯尔》征集研究室编《蒙古〈格斯尔〉影印本》系列丛书（9 卷），内蒙古文化出版社，2016。

斯尔》全部 12 章故事的内容①，并说明此版本以北京木刻版《格斯尔》和《诺木齐哈屯格斯尔》为底本，同时参考了《扎雅格斯尔》等其他文本，从 12 章中剔除了最后三章，最后整理、编纂了一套 9 章本文学文本。至于为何删除最后的三章，他认为这三章是通过对北京木刻版《格斯尔》的第四、第五章进行模仿和重复而来，进而认为其没有重要价值。

除上述抄本之外，还有学者搜集、记录的口头文本。1927 年，著名蒙古学家尼·波佩（N. Poppe）在蒙古国西部用国际音标记录了一部叫作《乌仁高娃仙女》的口传《格斯尔》故事，并于 1955 年出版。② 1974 ~ 1976 年，俄罗斯学者谢·尤·涅克留多夫在蒙古国科学院的组织下，在蒙古国中戈壁省记录了《格斯尔与吉拉邦·沙日之战》（却音霍尔演述，1952 诗行）、《格斯尔镇压嘎尔丹蟒古思》（却音霍尔演述，633 诗行）、《茹格慕高娃之悲泣》（却音霍尔演述、104 诗行）、《吉拉邦·沙日的出世》（桑布达希演述，709 诗行）4 部《格斯尔》口传文本，并和图穆尔策伦一同进行语音音标转写、俄译，于 1982 年在莫斯科出版③，书中提供了每位歌手的简介，介绍了他们的性格特点、演述风格以及习得过程。1985 年，居尔格·贝克（Jorg Backer）将此书翻译成德文，由威斯巴登出版社出版。英国著名蒙古学家鲍顿在《伦敦大学东方与非洲研究学院期刊》上发表书评，介绍并高度评价了这本书的贡献。④ 这些文本其实是《格斯尔》与蟒古思故事相结合的新的文本，故事情节以蟒古思故事为主，在蟒古思故事

---

① 12 章的由来：将 7 章北京木刻版《格斯尔》与 6 章《隆福寺格斯尔》合并而得 13 章，再去掉同一章的异文（即去掉了木刻本第六章，保留了异文《隆福寺格斯尔》第十章），得 12 章。

② N. Poppe, *Mongolische Volksdichtung*, (Wiesbaden, 1955), pp. 80 – 274.

③ С. Ю. Неклюдов, Ж. Тумуоцеоен, *Монгольсеие ска ания о Гесере*, (Новые записи, 1982).

④ C. R. Bawden, "A Review of S. Ju. Nekljudov and Z. Tömörceren: Mongolische Erzählungenüber Geser: neue Aufzeichnunge. Aus dem Russischen übersetzt von Jörg Bäcker." In *Bulletin of the School of Oriental and African Studies*, 1987, Vol. 50 (2), p. 397 – 398.

中套用了格斯尔的人物，与《格斯尔》抄本有较大差异。

三 《格斯尔》在俄罗斯布里亚特共和国的搜集、整理、出版

在俄罗斯的布里亚特共和国，《格斯尔》主要以口头演述的形式流传，通常称作《阿拜·格斯尔》，其内容也较为独特。布里亚特一位名叫马特维·汉嘎洛夫（Matvei Khangalov）的教师于 1890~1903 年首次记录了自己部族的民间史诗传统。目前影响较大的布里亚特《格斯尔》文本来自布里亚特著名学者扎姆察拉诺的搜集和誊写：1906 年，他记录了布里亚特歌手 M. 伊米根诺夫（Mansut Imegenov）演述的 2.2 万余行史诗《阿拜·格斯尔》，并于 1930 年在列宁格勒出版。蒙古国著名学者宾·仁钦曾发表论文《关于扎姆察拉诺版格斯尔汗传》，介绍了该文本。[①] 1935 年，布里亚特艺人德米特里耶夫（Dimitriyev）演述的 10 章、6300 行翁金版本的《格斯尔》在乌兰乌德出版，并于 1985 年由内蒙古社会科学院文学研究所、内蒙古《格斯尔》工作办公室转写编印。[②] 1941 年，C. 加尔加诺夫（C. Galganov）以《布里亚特蒙古人民的〈格斯尔〉英雄史诗》为题，出版了布里亚特乌金斯克版本的《格斯尔》[③]。布里亚特学者巴尔达诺（Namzhil Baldano）于 1959 年在乌兰乌德出版了 5 万诗行的九章布里亚特文《阿拜·格萨尔——布里亚特的英雄史诗》，李普津（S. Lipkin）将此书译为俄文出版。1982 年，内蒙古人民出版社出版其蒙古文转写本。[④] 霍姆诺夫（M. P. Homonov）于 1964 年整理、出版了 2.206 万诗行《阿拜·格斯尔》。

---

① B. Rintchen, "Leheritage scientifique du Prof. Dr. Zamcarano." In CAJ 4. 1959.

② 内蒙古社会科学院文学研究所、内蒙古《格斯尔》工作办公室编《布里亚特格斯尔》，内部资料，1985。

③ Ц. Галсанов, *Гесер. Героическия эпос бурятмонгольского народа.*（Улан-Удэ，1941）。

④ 《阿拜·格斯尔》（蒙古文），乌日占、达西尼玛转写，巴尔达诺整理、编辑，内蒙古人民出版社，1982。

匈牙利学者拉·劳仁兹（L. Lörincz）发表了《在乌兰乌德、乌兰巴托与列宁格勒的格萨尔王传的异文》①《格斯尔王传的布里亚特蒙古异文》② 等论文，介绍了自己发现的一些《格斯尔》异文。

在布里亚特流传的书面《格斯尔》主要是《格斯尔》的前九章，即木刻本的七章和"续本"中的第八章、第九章。据 E. O. 洪达耶娃介绍，除木刻本之外，在布里亚特收藏有 1825 年、1842 年的第九章抄本以及 1846 年的第八章和第九章抄本，但这些抄本并没有正式出版。③

四 《格斯尔》在俄罗斯卡尔梅克共和国的搜集、整理、出版

卡尔梅克《格斯尔》是西方学者最早接触并记录的口传《格斯尔》。19 世纪初，德国探险家 B. 贝尔格曼（Benjamin Bergmann）到俄罗斯旅行，后于 1804 年在德国出版了《1802～1803 年卡尔梅克地区的游牧民族》四卷本④，其中用德文记录了他在卡尔梅克民间搜集到的标记为第八章和第九章的《格斯尔》史诗。另外，俄罗斯中亚考察队队长 G. N. 波塔宁（G. N. Potanin）在今卡尔梅克共和国、布里亚特共和国等地区考察后，于 1881～1883 年在圣彼得堡出版的《西北蒙古概要》中介绍了《格斯尔》史诗⑤，遗憾的是此书中只有俄文转述。2021 年，中国社会科学院研究员旦布尔加甫整理出版了在卡尔梅克共和国记录和收藏的口头和书面《格斯

---

① L. Lörincz, "Geser-Varianten in Ulan-Ude, Ulan-Bator und Leningrad". In *Acta Orientalia* 25. 1972.

② L. Lörincz, "Die burjatisc hen Geser-Varianten." In *Acta Orientalia* 29. 1975.

③ E. O. 洪达耶娃：《在蒙古和布里亚特流传的〈格斯尔传〉》，国淑苹译，载中国社会科学院少数民族文学研究所编《民族文学译丛》（第一集），内部资料，1983，第 168 页。原文见 E. O. Khundaeva, "《Geseriada》v Mongolii i Buriatii", *Literaturnye sviazi Mongolii*（Moskva：Naka, 1981）。

④ B. Bergmann, *Nomadische Streiferrein unter den Kalmuken*,（Riga, 1804–1805）.

⑤ Г. Н. Потанин, *Очерки Северо-Западной Монголии*. СПб. Вып. 2, 1881；Вып. 4. 1883.

尔》资料，这是《格斯尔》研究学界的又一个重要的文本资料，为《格斯尔》史诗的全面研究增加了可能性。

总之，《格斯尔》各版本的学术资料越来越丰富和规范，为《格斯尔》研究提供了很好的资料前提。但需要注意的是，从以上综述中我们可以看到，《格斯尔》的外文或汉文翻译均以木刻本为主，而被称作其"续本"的《隆福寺格斯尔》或《策旺格斯尔》至今无汉译本或西语译本出版。其中，《策旺格斯尔》本身在国内出版时间也很晚，直到2018年才在《蒙古〈格斯尔〉影印本》系列丛书（9卷）中首次出版，因此，国内学者对此版本的接触是相对较晚的。为了让更多的读者和学人得以了解和阅读《隆福寺格斯尔》，笔者与陈岗龙等一同完成了《隆福寺格斯尔》的汉译工作，并即将出版。

第二节　关于《格斯尔》的研究

自俄罗斯探险家帕拉斯于1776年的论著中介绍《格斯尔》，迄今已有近250年的历史。在此期间，《格斯尔》研究走过了百家争鸣、推陈出新的漫长道路。G. N. 波塔宁、S. A. 科津、呈·达木丁苏伦、扎姆察拉诺、瓦·海西希、尼·波佩、谢·尤·涅克留多夫、李盖提（Louis Legeti）、卡拉·捷尔吉、拉·劳仁兹、罗依果、王沂暖、韩儒林、齐木道吉、却日勒扎布、哈·丹毕扎拉森、玛·乌尼乌兰、斯钦孟和、巴图、巴雅尔图、乌力吉、斯钦巴图、纳钦、陈岗龙、格日勒扎布、吴·新巴雅尔等国内外多位知名学者都对蒙古文《格斯尔》进行过专门研究。

纵观《格斯尔》的研究史，议题和视角多样，不同时期的研究体现了不同侧重点和方法。下面将分若干主题，对影响较大的研究成果进行介绍。

一　对《格斯尔》史诗的历史根源、人物原型的研究

随着北京木刻版《格斯尔》被西方学者发现并以若干种文字翻译出版，20世纪上半叶在西方和蒙古人民共和国（现在的蒙古国）初步形成了一定规模的《格斯尔》研究局面。早期研究主要涉及以下几个议题：①《格斯尔》及其主人公格斯尔的历史根源和人物原型；②蒙古文《格斯尔》与藏文《格萨尔》的关系，即《格斯尔》是有民族特色的蒙古史诗还是藏文《格萨尔》的译文；③蒙古文《格斯尔》是书面创作的作品还是口头演述的记录文本。

早期《格斯尔》研究主要围绕木刻本展开。该文本在形式上有着显著的佛教文献特征，而内容上又有着传记特点，因此在最初的研究中往往被当作历史人物传记来对待，学者们从历史、文学的角度，对其形成的历史根源、文本性质、人物原型、主题思想等议题进行探讨，到20世纪中叶，学界已经产生了对格斯尔原型假设的多种不同观点。最初对《格斯尔》做学术研究的是俄罗斯学者。G. N. 波塔宁在1883年出版的《西部蒙古概要》中介绍了《格斯尔》，还曾撰写《关于蒙古格斯尔王传起源于俄国的问题》《圣者格斯尔与关于巴比伦的斯拉夫中篇小说》等若干篇相关论文，在介绍《格斯尔》故事的同时提出了自己的见解。[①] 他通过对比《格斯尔》与斯拉夫小说，分析了其中若干个相似母题，认为格斯尔就是斯拉夫小说中的诺乌哈达诺萨尔。另一位俄罗斯蒙古学家S. A. 科津院士用俄文翻译、出版北京木刻版《格斯尔传》，撰写了导语和注释等内容，并做了相关研究。他认为，这部《格斯尔》文本并不像其他文献一样富于古代文言，因此其起源时代应为17世纪，而格斯尔的原型是成吉思汗，格斯尔这一名称来自成吉思汗的弟弟哈萨尔。这些观点其实是在对《格斯尔》的认

---

① Г. Н. Потанин, *Восточные мотивы в средневековом европейском эпосе.* 1899.

识非常浅显、不全面的情况下形成的一些初步认识和对其原型的一些假设，并没有详细的文本分析基础。这些观点在当时苏联的意识形态下险些造成严重的后果——导致《格斯尔》史诗被认定为封建帝王思想的产物，相关的传唱和研究活动均被禁止。幸运的是，S. A. 科津的学生呈·达木丁苏伦用严谨的学术研究反驳、纠正了 G. N. 波塔宁和 S. A. 科津的观点，并论证了《格斯尔》的人民性。当然，我们也不应全盘否定上述早期研究成果，它们虽然存在一些认识和观点上的错误，但对《格斯尔》的深入研究起到了抛砖引玉的作用，为以后的研究做了很好的铺垫和启发。

随着拉达克藏文《格萨尔》文本的发现，学界发现蒙古文《格斯尔》的人物多来自藏文《格萨尔》，且两者有不少相同或相似的情节和母题，因此，尼·波佩、石泰安、王沂暖等国内外学者都曾提出蒙古文《格斯尔》是藏文《格萨尔》的译文，该说法得到多位学者的支持。针对这一观点，仍然是呈·达木丁苏伦最早做出了有力的反驳，这一点将在下文中详细论述。

蒙古国学者的研究起步较晚。20 世纪上半叶，蒙古国的一些学者赴西方留学，将对蒙古历史、文化、心理的深入理解与西方严谨的学术训练相结合，具备了对文学、文化进行深入研究的条件。他们以"文化内视"的视角，在深入理解文化心理与文化内涵的基础上，对《格斯尔》进行了系统、全面的解读，大大促进了《格斯尔》研究的发展，其代表人物即呈·达木丁苏伦。他在 25 岁时（1933 年）赴苏联列宁格勒完成本科学业，1946～1950 年在列宁格勒大学东方学研究所攻读文学副博士学位，师从 S. A. 科津院士，完成了其著名的副博士论文《〈格斯尔传〉的历史根源》，并于 1957 年在莫斯科出版。[①] 这是有关《格斯尔》起源、性质、人物原型和民族属性等问题的重要论著，是《格斯尔》研究的一部经典著作。该论

---

① Ц. Дамдинсүрэн, *Эрдэм Шинжилгээний Бүтээлийн Чуулган*, IX Боти （"Соёмбо принтинг" ХХК-д хэвлэв, 2017）, pp. 145 – 302.

著对蒙古史诗《格斯尔》的性质与历史根源、民族属性、格斯尔的原型等富有争议的议题进行了深入、细致的探讨。第一章"格斯尔不是关帝"中澄清了"关帝说",指出由于在清朝时期统治者在蒙古、西藏地区修建了很多关帝庙促成了关帝信仰,关帝信仰就与《格斯尔》传统结合在一起,人们将关帝庙误认为格斯尔庙,有的地方甚至将关帝称为"关姓圣主格斯尔汗",将关帝与格斯尔混合成了一人。接着,他也否定了欧洲东方学者认为格斯尔是恺撒或亚历山大的说法,指出这些是"欧洲中心主义"的体现。第二章"格斯尔不是成吉思汗"中,批评了 S. A. 科津等人提出的格斯尔的原型是成吉思汗这一推断。第三章以前人无可比拟的详尽程度,对蒙古《格斯尔传》、布里亚特《阿拜·格斯尔》、藏族《格萨尔》进行分析,提出蒙古《格斯尔》并不完全是藏族《格萨尔》的译文,有几章可能流传于藏族,但其中诸多内容是蒙古人民所创编的,从而确定了蒙古文《格斯尔》的独特性和独立地位。呈·达木丁苏伦继而讨论了《格斯尔》的人民性。在当时的意识形态背景下,"格斯尔是成吉思汗"的观点以及《格斯尔》反人民性的论调反复被强调,使《格斯尔》被视为严重危害苏联各民族关系的反动作品,险些导致布里亚特人民抵制和禁止《格斯尔》的演述。如果"格斯尔是成吉思汗"的观点以及《格斯尔》反人民性的论调取得公认的话,问题会十分严重,会给《格斯尔》乃至整个蒙古学的发展带来灾难性后果。呈·达木丁苏伦在对众多文本进行比较与分析的基础上论证了《格斯尔》的人民性,并通过严谨的语文学研究反驳了部分苏联学者提出的《格斯尔》史诗中的"反俄情绪",为《格斯尔》史诗正名,从而挽救了《格斯尔》的命运,使其免受政治迫害,这在当时的历史背景下具有非常重要的现实意义,对《格斯尔》的保护、传承与发展做出了重要贡献。最后,他讨论了《格斯尔》的历史性,认为格斯(萨)尔是生活在公元 9～11 世纪间的历史人物,《格斯尔》是关于其生平事迹的传记,并提出了"把史诗、中国编年史和上述藏文著作做过比较之后,我们可以得出咟厮罗和格斯尔汗是同一历史人物的结论"，以及"《格斯尔》史诗至少一部分是名为诺日布·确波布（Norbu Coibeb）的诗人所著"的大胆假设。

呈·达木丁苏伦对史诗历史性的判断，即格斯尔是真实的历史人物咟厮罗演化而来的观点，以及《格斯尔》是诗人确波布所写的传记等观点在后人的研究中均被否定，但我们不能因此否定他对《格斯尔》研究的重大贡献。首先，该研究用非常系统、深入的分析，对《格斯尔》最核心的一些问题进行了系统、翔实的探讨，他的研究"帮助我们弄清了有关《格斯尔传》的来源、传说、性质等很多问题"[1]。虽然后来他提出的部分观点被反驳和否定，但其研究的文本丰富程度、文本分析的精准程度、对相关研究成果和文献资料的掌握等方面都达到了很高的水平，这部论著也成为《格斯尔》研究史上的重要里程碑。著名蒙古学家尼·波佩在该论著出版的次年，即1958年，在哈佛燕京学社出版的《哈佛大学亚洲研究期刊》上发表了书评，认为这部专著是在《格斯尔》研究方面"喀尔喀蒙古人写的第一部严肃的语文学研究著作"，充分肯定了作者及其著作的学术价值。[2]其次，呈·达木丁苏伦在当时苏联极左的政治氛围和时代背景下，对被广泛接受并反复强调的论断进行反驳，一一澄清了当时学术地位极高的权威性学者们提出的错误观点，其中包括他在俄罗斯圣彼得堡大学时期的导师 S. A. 科津院士以及在蒙古国蒙古学研究领域的前辈、知名学者宾·仁钦等学者的一些不客观、不科学的观点，这需要强大的学术勇气和担当。正如王浩在其呈·达木丁苏伦研究中指出的，该论著"为格斯（萨）尔传学界争取到了继续研究《格斯尔传》

---

① 米哈伊洛夫：《必须珍惜文化遗产——关于格斯尔史诗的内容本色》，《格萨尔学集成》第2卷，甘肃民族出版社，1990，第1306页。

② N. Poppe, "Review of The Historic Roots of The Geseriade by C. Damdinsuren." In *Harvard Journal of Asiatic Studies* 21, 1958, pp. 193 – 196.

的权利，为《格斯尔》史诗研究做出了不可磨灭的巨大贡献"。①

关于格斯尔为关帝这一观点，在呈·达木丁苏伦之后也有几位学者做了相关研究，指出该论断中存在的问题。巴雅尔图在《蒙古族第一部长篇神话小说——北京版〈格斯尔〉研究》一书中反驳了格斯尔为关帝这一观点，并针对1716年在北京木刻出版蒙古英雄史诗《十方圣主格斯尔可汗传》时在题图上把格斯尔画成关公形象且在最后一页图中将格斯尔勇士伯通刻画成诸葛亮这一点进行探讨，他认为之所以这样做，是因为《格斯尔》的刻印者要回避清政府的盘查，因清朝推崇《三国演义》，便把《格斯尔》说成蒙古《三国志》，以便躲过清朝统治者的追究和迫害。② 陈岗龙在论文《内格斯尔而外关公——关公信仰在蒙古地区》中详细论述了格斯尔为关帝这一说法的来源和缘由，并梳理了相关研究论著，提出蒙古地区的格斯尔庙和格斯尔信仰的形成在关老爷信仰之前，只是在清朝统治者的宣传和广泛修建关帝庙的影响下二者融为一体。③

与呈·达木丁苏伦的研究几乎同时进行的另一个重要《格萨尔》史诗研究工作是法国著名藏学家石泰安的博士论文《格萨尔史诗和说唱艺人的研究》，就在前者出版两年后即1959年发表，1994年耿昇将其翻译成中文出版。④ 这部著作虽以藏族《格萨尔》为研究对象，但是具体研究中结合了藏文《格萨尔》与蒙古文《格斯尔》，通过语文学、比较语言学方法以及广泛的历史地理背景分析，探讨了史诗历史、人物来源等诸多《格萨（斯）尔》共同议题，提出了"格斯尔"这一名称来自罗马帝王恺撒的核

---

① 王浩：《启蒙与建构：策·达木丁苏伦蒙古文学研究》，北京大学出版社，2015，第225页。
② 巴雅尔图：《蒙古族第一部长篇神话小说——北京版〈格斯尔〉研究》，内蒙古大学出版社，1989。
③ 陈岗龙：《内格斯尔而外关公——关公信仰在蒙古地区》，《民族艺术》2011年第2期，第56~60页。
④ 石泰安：《西藏史诗和说唱艺人》，耿昇译，中国藏学出版社，2012。

心观点。"格斯（萨）尔"这一人名无论在藏语还是蒙古语中都没有清晰的意义，石泰安通过比较语言学的方法，推断"冲木""格萨尔"来自"罗马"和"恺撒"两个词。其实"石泰安并不是首创格萨尔来自恺撒学说的人，他只不过是大加发挥而已"①，如我国著名学者韩儒林先生在其1941年发表的论文《罗马凯撒与关羽在西藏》② 中曾提出《格斯尔》讲的是恺撒大帝征讨突厥三族的故事。另外，石泰安也通过对蒙、藏、布里亚特《格斯尔》的比较研究，提出蒙古文《格斯尔》来自藏文《格萨尔》，布里亚特《格斯尔》则由蒙古文《格斯尔》演变而成。而呈·达木丁苏伦、海西希、霍姆诺夫以及国内诸多学者对此观点提出反对意见。自20世纪50年代起，随着国内的《格斯尔》研究逐渐兴起，很多学者对蒙藏《格斯（萨）尔》的关系问题进行了研究并发表了学术观点。比如仁钦嘎瓦在1962年发表的《关于〈格斯尔传〉语言特点的探讨》中，根据民间的口头比喻、语音的长元音和符合音素替换规则的拼写特点，提出《格斯尔》不是译文，而是从蒙古艺人口中记录的文本。③ 之后，有不少学者提出了相似的观点，其论证过程类似，不一一介绍。

1980年，海西希出版了一部重要著作——《格斯尔研究》④，其中提出了几个非常重要的观点：①《格斯尔》不是书面文学，也不是宗教文学，神话、传说是其内容的主要来源，而其书面性和宗教特点都是在文人喇嘛传抄的过程中添加的；②《格斯尔》不是译自藏文的译文，而是一部

① 陈岗龙：《评〈格萨尔史诗和说唱艺人的研究〉》，《中国藏学》1996年第2期，第109页。

② 韩儒林：《罗马凯撒与关羽在西藏》，载《华西协和大学中国文化研究所集刊》第二卷，1941，第50页。

③ 仁钦嘎瓦：《关于〈格斯尔传〉语言特点的探讨》（蒙古文），《花的原野》1962年第7期，第43页。

④ W. Heissig, *Geser-Studien. Untersuchungen zu den Erzahlstoffen in den "neuen" Kapiteln des mongolischen Geser-Zyklus. Abhandlungen der Rheinisch-Westfalischen Akademie der Wissenschaften*, Band 69, (Opladen/Germany: Westdeutscher Verlag, 1983).

独具特色的蒙古民族史诗；③在对《格斯尔》母题对比分析的基础上指出，《格斯尔》中有很多蒙古传统叙事母题，也有很多来自印度、中亚的母题，它是在不同文化相互影响和交融的过程中形成的。最后，海西希总结性地提出了《格斯尔》是在多民族文化的影响下形成的具有民族特色的蒙古史诗这一观点。

1982 年，哈·丹毕扎拉森先生发表了论文《蒙藏〈格斯（萨）尔〉的关系与蒙古〈格斯尔〉的特点》，文中梳理了关于蒙藏《格斯（萨）尔》关系问题的研究论著，对相关观点进行分类论述，并在详细分析两者异同的基础上指出两者是同源异流的关系，这一观点得到学界的广泛认可。后来，关于蒙藏《格斯（萨）尔》关系方面的研究有了很多新的进展，乌力吉、树林等精通蒙、藏文的学者对这一议题进行了专题研究，在"同源异流"的前提下，通过对大量文本进行细致的对比分析，明确指出了蒙藏《格斯（萨）尔》在部章、情节、人物上的对应和区别之处，为《格斯尔》的下一步研究奠定了重要基础。① 当然，若要确定两者之间交错、复杂的文本关系，还须对两者进行更加细致、深入的文本对比分析。

总之，《格斯尔》文本被学界发现以来，吸引了众多国内外学者的关注。他们从宗教、历史、社会、地理、习俗、语言等不同角度对其主题思想、起源、产生年代、人物原型等问题进行了探索。其中，关于其历史根源与人物原型的讨论成为核心议题。S. A. 科津、尼·波佩、石泰安、呈·达木丁苏伦、海西希、涅克留多夫等学者都曾进行过专题研究并提出了不同观点。时至今日，关于格斯尔原型的探讨仍未形成共识。然而，偏见和错误的认识在这些讨论中不断得以澄清，使《格斯尔》研究更具科

---

① 乌力吉：《蒙藏〈格斯（萨）尔〉的关系》（蒙古文），民族出版社，1991；树林等：《蒙古文〈格斯尔〉与藏文〈格萨尔〉比较研究》（蒙古文），内蒙古文化出版社，2017。

学性和客观性。《格斯尔》抄本作为文献学议题，在资料匮乏的情况下寻找人物、地点、年代等文献信息，在点滴的证据中追溯其初始根源，难免落入一些主观性观点的困境，但其对后期研究的启发和奠基作用是巨大的。另外，一些研究是从个别内容、词汇或思想倾向对《格斯尔》做出的整体判断，比如其"人民性"与"反人民性"、"佛教思想"与"反佛教思想"、格斯尔的"蒙古英雄"身份与"敌对蒙古"的身份、"卫拉特方言特点"与"东蒙古方言特点"等。但是，对于这样一部各种痕迹并存、融合程度很高、博大精深且有着多方面影响和渗透的作品，如果仅从个别现象去判断其整体属性，很容易造成以偏概全的问题，难以立足于《格斯尔》的整体。

二 对《格斯尔》不同抄本的文本关系研究

除不同民族、语言的属性问题之外，蒙古文《格斯尔》本身也有诸多抄本和其他形态的文本，版本多样，形成年代较早但大多没有具体成书时间，版本关系复杂。在我国和蒙古国，十余种《格斯尔》抄本陆续出版，这些文本内部的关系也随之成为学界关注的焦点。其中，关于《格斯尔》抄本与木刻本的关系研究成为重点议题。关于其他抄本的来源，学界通常认为《格斯尔》手抄本都从木刻本衍生而来，而呈·达木丁苏伦、宾·仁钦、石泰安、涅克留多夫、尼·波佩等学者在他们的论著中都对这一点提出了质疑或反驳意见。呈·达木丁苏伦、宾·仁钦等学者对《诺木齐哈屯格斯尔》《扎雅格斯尔》《赞岭曾钦传》等蒙古国收藏的《格斯尔》抄本做了重要研究。

呈·达木丁苏伦在其副博士论文中首次对《扎雅格斯尔》进行了较系统、细致的文本研究，通过对文本中的语言、内容、地名、人名等进行分析，探讨了其来源、文本特点、与木刻本的关系等，认为其部分内容来自藏文的译本，并提出《扎雅格斯尔》与木刻本之间的关系有两种可能：一是《扎雅格斯尔》和木刻本可能是源自同一个底本的两种不同译本；二是木刻本改编或转述了《扎雅格斯尔》的内容。他认为并不存在《扎雅格斯尔》来源于木刻本的可能性。他也指出北京木刻版《格斯尔》不是最权威或最古老的版本，而是制作木刻本时在不同抄本中选择的一种版本；一些抄本的文字特点说明这些抄本比木刻本更古老。呈·达木丁苏伦在其副博士论文中还对《岭·格斯尔》（即《赞岭曾钦传》）做了系统的研究，论证了它是译自藏文本的译文。

1960年，宾·仁钦在其编辑出版的《诺木齐哈屯格斯尔》抄本的序中，根据抄本最后的佛经祭祀文中记录的"铁虎年一月三日夜……二人会晤后，对杀死六道众生深表慈悲而转写的此部经典，经虔诚的诺木齐哈屯提议，由苏玛迪、嘎日迪的堪布喇嘛额尔德尼绰尔济翻译……"，断定此抄本的形成时间为1614年，早于北京木刻版《格斯尔》，进而指出《格斯尔》文本是佛教喇嘛僧人译自藏文《格萨尔》的佛教文本。[①] 而呈·达木丁苏伦对此提出反对意见，指出抄本正文与末尾的短篇经文是彼此独立的，经文中交代的年份指经文《达赖喇嘛与格斯尔可汗二人会晤》的成文时间，而不是《诺木齐哈屯格斯尔》抄本的成文时间。在他们的影响下，国内也形成了两种观点。1988年，我国学者格日勒扎布在蒙古国版本的基础上，对《诺木齐哈屯格斯尔》进行词汇注释后重新出版，并对其进行了专题研究，支持了宾·仁钦的说法。[②] 却日勒扎布等学者的研究则支持了呈·达木丁苏伦的观点。[③]

①　宾·仁钦：《〈诺木齐哈屯格斯尔〉序言》（蒙古文），乌兰巴托，1960。

②　《诺木齐哈屯格斯尔》，格日勒扎布校勘、注释，内蒙古文化出版社，1988。

③　见却日勒扎布《蒙古文〈格斯尔〉最初版本之我见》（蒙古文），《内蒙古大学学报》1992年第1期；格日乐扎布：《空洞的猜测还是有证据的论证》（蒙古文），《内蒙古大学学报》1996年第3期。

在国内，齐木道吉①、斯钦孟和②等学者对《格斯尔》若干版本进行了对比研究并探讨了版本之间的关系，为《格斯尔》的版本研究做出了重要贡献。但需要指出的是，他们的分析主要集中在情节层面。对于版本研究而言，语文学分析和细致的文本分析仍有欠缺。

在书面文本的版本研究方面，学界主要从文献研究的角度，对北京木刻版《格斯尔》、《诺木齐哈屯格斯尔》、《扎雅格斯尔》之间的关系进行了探讨，《隆福寺格斯尔》则因被视作"续本"，没有引起足够的重视。然而，如果不把《格斯尔》各诗章的形成演变与关系问题梳理清楚，就不可能厘清文本的关系问题，而"续本"的研究对各诗章的关系和演变的探讨有不可代替的价值。

另外，研究《格斯尔》的学者们也纷纷关注到《格斯尔》书面文本与口头文本的关系问题，石泰安、涅克留多夫、呈·达木丁苏伦等诸多学者都曾论及此题，只是由于资料和理论方法匮乏，相关研究较少。但是近30年，研究芭杰演述的《格斯尔》、金巴札木苏演述的《格斯尔》等口头文本的专题论著相继出现，为《格斯尔》口头文本研究增添了新成果。③

关于《格斯尔》书面与口头文本的形成与演变的综合性研究，有一部重要的论著便是涅克留多夫的《蒙古人民的英雄史诗》。在其第二章"书面与口头的史诗：蒙古语的格斯尔作品"中，作者根据自己多年对《格斯尔》诸多文本的研究，对《格斯尔》的形成演变与文本关系做了系统性论述和总结，比如他对《格斯尔》不同文本及各诗章进行综合研究并指出，

---

① 齐木道吉：《论蒙文〈格斯尔可汗传〉及其各种版本》，内蒙古科学院出版社，1981。

② Ө. Цэцэнмөнх, *Монгол бичгийн "Гэсэрийн тууж"-уудын харилцаа холбоо*（Хэл бичгийн ухааны докторын зэрэг горилсон бүтээл），（Улаанбаатар："Бембн Сан" хэвлэлийн газар，2001）.

③ 见 G. Kara, *Chants Dun Barde Mongol*，（Budapest：Adademiai Kiado，1970）；朝格吐、陈岗龙：《芭杰格斯尔》，载《芭杰研究》，内蒙古文化出版社，2002。

"木刻本中第一、第四、第五章为核心部分","《扎雅格斯尔》是最全的文本",等等。① 涅克留多夫的判断体现出其对诸多文本的把握程度和敏锐的洞察力,在《格斯尔》研究领域实现了重要突破,但一些结论仍缺乏具体文本分析的佐证。

布里亚特学者霍姆诺夫于1976年出版了《布里亚特英雄史诗〈格斯尔〉》一书②,此书也是一部重要论著,获得了《格斯尔》研究界的广泛关注和认可。该书于1986年被翻译成中文,书中,霍姆诺夫对众多蒙古学家和藏学家关于《格斯(萨)尔》的研究历史进行了梳理和总结,并提出了自己的观点。他否定了《格斯尔》源于藏族《格萨尔》这一观点,以及呈·达木丁苏伦的格斯尔原型是古代藏区历史人物这一观点,但赞同《格斯尔》是民间创编的观点。同时,他还否定了A. I. 乌兰诺夫(A. I. Ulanov)曾提出的"布里亚特《格斯尔》是独立发展的,而非蒙古《格斯尔》的异文"这一说法。

海西希在《蒙古英雄史诗叙事资料》③ 中对琶杰演述的《格斯尔》进行了研究,并在对其和书面《格斯尔》(木刻本)第四章的情节、语言做详细比较的基础上指出,琶杰的口头演述本有两个来源:一是已定型的书面《格斯尔传》,它的情节完全得到保留;二是在东部蒙古民间口头流传的英雄史诗,其受口头诗歌技巧的影响较为明显。海西希注意到了部分蒙古思故事作品具有"宣传佛教教义"的倾向,并在其研究中使用了"说教史诗"(Nomči tuuli)这一概念和术语。

---

① 谢·尤·涅克留多夫:《蒙古人民的英雄史诗》,徐昌汉、高文风等译,内蒙古大学出版社,1991。

② 霍姆诺夫:《布里亚特英雄史诗〈格斯尔〉》,内蒙古自治区社会科学院文学研究所、内蒙古自治区《格斯尔》工作办公室编印,内部资料,1986。

③ W. Heissig, *Erzahlstoffe Rezenter Mongolischer Heldendichtung*, (Wiesbaden: Otto Harrassowitz, 1988).

陈岗龙在《蟒古思故事论》中的"《格斯尔传》对蟒古思故事的影响"一章中则从另一个角度探讨了蟒古思故事与《格斯尔》相结合的问题："东蒙古民间认为，蟒古思故事一共有 18 部，并认为格斯尔的故事是其中的最后一部。"① 陈岗龙通过对《英雄道喜巴拉图》等蟒古思故事与北京木刻版《格斯尔》之间的对比分析，论证了《格斯尔》对蟒古思故事所产生的深远影响，并指出两者在结合过程中出现了很多混合型口头文本，如格斯尔中的诸多母题进入了蟒古思故事，而蟒古思故事中的吉拉邦·沙日等蟒古思形象进入了口传《格斯尔》，《格斯尔与吉拉邦·沙日之战》实际上就是由来自不同传统的叙事主题拼接而成的：其前半部分是北京木刻版《格斯尔》的第一章和第四章，后半部分则是来自于东蒙古的蟒古思故事。② 另外，朝格吐、陈岗龙在《琶杰研究》的"琶杰格斯尔传"一章中，对其做了详细的文本分析，指出《琶杰格斯尔》是琶杰所唱的蟒古思故事、胡仁乌力格尔与北京木刻版《格斯尔》结合的结果。③

斯钦巴图在论文《青海蒙古口传〈格斯尔〉与木刻本〈格斯尔〉的异同》中论证了青海口头文本与木刻本之间的关系和异同，指出青海《格斯尔》与木刻本差异较大，甚至在史诗核心要素之一的人物方面的变化也很大，青海蒙古口传《格斯尔》在故事情节上既与木刻本有关联也发生了巨大的改变，在叙述模式上更多地向蒙古古老的英雄史诗传统靠拢。④

玛·乌尼乌兰在其《〈格斯尔传〉西部蒙古异文研究》中总结了《卫拉特格斯尔》的特点，并将其中一些诗章与木刻本进行了比较分析。⑤ 毕

---

① 陈岗龙：《蟒古思故事论》，北京师范大学出版社，2003，第 51 页。
② 陈岗龙：《蟒古思故事论》，北京师范大学出版社，2003，第 330 页。
③ 朝格吐、陈岗龙：《琶杰研究》（蒙古文），内蒙古文化出版社，2002。
④ 斯钦巴图：《青海蒙古口传〈格斯尔〉与木刻本〈格斯尔〉的异同》，《民族文学研究》2012 年第 5 期，第 132 ~ 137 页。
⑤ 玛·乌尼乌兰：《〈格斯尔传〉西部蒙古异文研究》，内蒙古文化出版社，2015。

业于内蒙古大学的阿如汉在其博士论文《卡尔梅克口传〈格斯尔〉研究》中分析了卡尔梅克口传《格斯尔》诗章与北京木刻版《格斯尔》、《隆福寺格斯尔》的关系，总结出卡尔梅克口传《格斯尔》具有神话性、故事性、方言性和创造性四个特点。

综上所述，《格斯尔》文本关系研究虽仍无最终定论，但不同方面的探讨均取得了很大的进展，大大推进了《格斯尔》研究。然而，多数研究将《格斯尔》抄本当作一个形成和传承过程中自足的整体来探讨，这并不符合《格斯尔》抄本的性质。另外，在研究方法上，上述研究可能存在的问题可总结如下：①仍然欠缺系统而详细的文本对比分析；②在文本对比分析中，未对《格斯尔》书面文本的口头性予以足够重视；③多数研究仍集中在北京木刻版《格斯尔》上，将其视作标准本，对其他文本的探讨较为欠缺，且主要停留在与木刻本的情节对比上。事实上，被当作经典文本的木刻本，只是《格斯尔》特定时期的一种存在形态，在木刻本出版之前，《格斯尔》以抄本和口头演述的形式存在并流传，并且经历了较长的历史，因此它既不是最初的书面文本，也不是最终定稿，而是过程中的一个节点。

三 对文本形成与母题来源的研究

《格斯尔》在形成和传播过程中受诸多外来文化和故事情节母题的影响，其在情节母题、英雄人格的描述、女性角色和功能等多方面均与传统蒙古英雄史诗不大相同，这一点为学界所共识。很多相关研究表明《格斯尔》吸收了东西方史诗、神话、传说以及佛经中的多种要素，其文本、母题的形成是一个复杂的问题，需要从多方面进行细致入微的分析研究。经过前期多位学者的潜心研究，学界对《格斯尔》情节、母题的特殊性及其来源的复杂性的认识逐渐深入。

巴雅尔图对北京木刻版《格斯尔》的形成过程和情节、语言特点做了详细的分析，提出北京木刻版《格斯尔》是文人模仿汉族小说《西游记》

等撰写的蒙古民族第一部长篇神话小说①，此观点引起了颇多争议。他的
分析为文献研究和北京木刻版《格斯尔》成书的历史背景研究提供了诸多
线索和观点，然而他忽略了北京木刻版《格斯尔》中显著的口语表达和口
头程式特点，更忽视了其史诗性和口头性的本质特点。

斯钦巴图通过《北京木刻本〈格斯尔〉与佛传关系论》《〈格斯尔〉
降妖救妻故事变体与佛传关系考述》等系列论文以及专著《格斯尔与佛经
故事》，将《格斯尔》与佛教文献进行了详细的对比分析，说明了《格斯
尔》部分核心情节来自佛本生故事。② 这些研究主要探讨了北京木刻版
《格斯尔》第一章、第四章等核心诗章与佛教文献之间的关系，在细致的
文本对比分析基础上得出了客观、严谨的结论，形成了一个系统性的研究
方向，在《格斯尔》研究史上有着独特的意义和价值，是国内《格斯尔》
研究的一个重要突破和研究典范。这是在对文本的详尽分析和对比的基础
上得出的结论，揭示了《格斯尔》核心情节的来源之谜，在《格斯尔》研
究领域引起了很大反响。

关于《格斯尔》母题的研究对《格斯尔》中的一些独特母题的来源做
了分析、阐释。《格斯尔》中有一些传统蒙古史诗、民间故事中不常见的
独特母题，因此《格斯尔》情节母题的来源、与其他民族的关系等问题引
起了很多学者的关注。海西希对《格斯尔》进行了母题分类，并在此基础
上将《格斯尔》母题与中亚神话故事进行比较研究，发现两者有很多相似
母题。匈牙利著名蒙古学家李盖提在《格斯尔》研究方面也著述颇丰，曾
发表《格萨尔王传里一个起源于汉地的插曲》《格斯尔变成驴子的故事的

---

① 巴雅尔图：《蒙古族第一部长篇神话小说——北京版〈格斯尔〉研究》，内蒙古大学出版
社，1989。

② 参见斯钦巴图《木刻本〈格斯尔〉与佛传关系论》，《民族艺术》2014 年第 5 期，第 109
页；斯钦巴图：《〈格斯尔〉降妖救妻故事变体与佛传关系考述》，《西北民族研究》2016
年第 4 期。

一个古本》等论文，对英雄变成驴子的母题进行分析，并提出该母题是从汉地传入蒙古地区的见解。[①] 日本学者若松宽曾发表论文《〈格斯尔〉与希腊神话》，通过对比分析格斯尔徒手杀死黑纹虎和镇压蟒古思等母题与希腊神话中的大力士赫拉克勒斯徒手斗巨兽的母题，提出《格斯尔》以及一些东方史诗曾受到希腊神话的影响。[②] 陈岗龙对《格斯尔》第三章中"黑羽雄鸟的鼻血，黑羽雌鸟的乳汁，黑羽雏鸟的眼泪"这一母题进行了对比研究，指出该母题与阿卡德语《埃塔纳的神话》中的神话母题有关联。[③]这些学者的研究成果不断证明《格斯尔》是一个多民族、多文类情节、母题的融合，表明《格斯尔》中不仅吸纳了古代中国、印度等东方故事母题，可能还受西方故事母题的影响，其来源非常丰富、复杂。但这些研究有待体系化。

对于《格斯尔》史诗中的英雄死而复生母题，有若干学者做过专门研究。"死而复生"是蒙古文《格斯尔》中很重要的母题。海西希对蒙古史诗中的起死回生和痊愈母题做了全面的勾勒和概括。[④] 呼日勒沙曾研究了蒙古文《格斯尔》中的死亡与复生母题，归纳出用灵魂复生、用尸骨复生、用圣水复生、用药复生4种复生母题类型，并对其起源做了阐释。他在论文中指出用圣水复生母题与"蒙古族古代萨满教把水神化、用于巫术"的传统习俗有关，是该古老习俗与印度、西藏文化相融合后形成的母题。[⑤] 乌

---

① L. Ligeti，"Un episode d'origine chinoise du Geser-qan." In *Acta Orientalia Acadeimiae Scientiarum Hungaricae* 1，1951. Fasc. 2 – 3.

② 若松宽：《〈格斯尔〉与希腊神话》，《内蒙古社会科学》1994 年第 3 期，第 84 ~ 86、90 页。

③ 陈岗龙：《〈格斯尔〉与阿卡德神话》，"第八届《格斯（萨）尔》国际学术研讨会暨纪念北京木刻版《格斯尔传》刊行 300 周年学术研讨会"会议论文，呼和浩特，2016。

④ 瓦·海西希：《蒙古史诗中的起死回生和痊愈母题》，王步涛译，载中国社会科学院少数民族文学研究所编《民族文学译丛》（第二集），内部资料，1984，第 190 ~ 206 页。

⑤ 呼日勒沙：《〈格斯尔传〉中的死亡与复生母题》，《民族文学研究》1989 年第 3 期，第 9 ~ 13 页。

日古木勒在其《蒙古突厥史诗人生仪礼原型》一书中专门用一章（"蒙古－突厥史诗英雄再生母题及其民俗仪式原型"）探讨了"英雄死而复生"母题的原型，对蒙古、突厥史诗中的相关母题做了详细的对比分析，指出死而复生母题"也是一种独特的考验母题，象征英雄经过死亡和复活的考验，获得再生。……英雄再生母题起源于成年礼民俗模式"。① 这些研究对死而复生母题做了相当全面深入的归纳和解析，对《格斯尔》中"格斯尔复活勇士之部"核心母题的来源做了很好的阐释。

乌·纳钦在口传《格斯尔》的研究中探索了新的方法和途径，在《传说情节植入史诗母题现象研究——以巴林〈格斯尔〉史诗文本为例》《格斯尔射山传说原型解读》《史诗的传说化与传说的史诗化——以巴林格斯尔传说叙事结构为例》《格斯尔的本土形象与信仰》② 等一系列论文中，对《巴林格斯尔》与地方信仰、口头传统的关系做了深入分析，探讨了《巴林格斯尔》与巴林山水传说、信仰相结合的形成、变异和传播过程。另外，他在《论口头史诗中的多级程式意象——以〈格斯尔〉文本为例》《史诗演述的常态与非常态：作为语境的前事件及其阐析》③ 等论文中对《格斯尔》史诗的口头诗学和演述语境方面做了很有启发性和理论意义的研究。

对《格斯尔》情节母题方面的研究已经有了不少探索和发现，并取得了一定成果，但仍欠缺全面、体系化的研究。一些研究中仍存在论证不足

---

① 乌日古木勒：《蒙古突厥史诗人生仪礼原型》，民族出版社，2007，第 240 页。

② 乌·纳钦：《传说情节植入史诗母题现象研究——以巴林〈格斯尔〉史诗文本为例》，《西北民族研究》2017 年第 4 期，第 97～103 页；乌·纳钦：《格斯尔射山传说原型解读》，《民族文学研究所》2017 年第 5 期，第 112～124 页；乌·纳钦：《史诗的传说化与传说的史诗化——以巴林格斯尔传说叙事结构为例》，《民间文化论坛》2016 年第 4 期，第 72～80 页；乌·纳钦：《格斯尔的本土形象与信仰》，《内蒙古社会科学（汉文版）》2016 年第 2 期，第 170～175 页。

③ 乌·纳钦：《论口头史诗中的多级程式意象——以〈格斯尔〉文本为例》，《民族文学研究》2016 年第 3 期；乌·纳钦：《史诗演述的常态与非常态：作为语境的前事件及其阐析》，《民族艺术》2018 年第 5 期。

和缺乏说服力等问题。《格斯尔》的母题来源是一个复杂的问题，研究的结果很大程度上取决于研究者所掌握的资料丰富程度；若要对其做全面研究，则需要充分掌握蒙古史诗传统和藏族民间文学乃至印度及中亚、西方的民间文学母题，难度可想而知。总之，这些研究对于《格斯尔》诗章的形成与演变研究有很好的参考意义，但仍有待深入和体系化。

纵观《格斯尔》研究，至今已走过三个阶段：①对历史根源、人物原型的研究，以 G.N. 波塔宁、S.A. 科津、呈·达木丁苏伦、尼·波佩、石泰安、王沂暖等人的研究为代表；②对《格斯尔》不同抄本的文本关系研究，以呈·达木丁苏伦、宾·仁钦、石泰安、涅克留多夫、齐木道吉、斯钦孟和等人的研究为代表；③对《格斯尔》母题来源与演变过程的研究，以 W. 海西希、L. 李盖提、巴雅尔图、斯钦巴图、纳钦等人的研究为代表。这几个阶段体现了《格斯尔》研究从书面文献研究逐渐向民间文学研究转移的过程。如今，随着民间文学研究整体上出现的共时研究趋势，《格斯尔》研究也逐渐走向对其结构与类型的探讨。

总而言之，随着《格斯尔》史诗各种文本及其译文的不断出版，《格斯尔》研究吸引了国内外学者的关注。经过两个半世纪的学术积累，《格斯尔》研究现已硕果累累，走在国际史诗研究前沿。尤其是近年的《格斯尔》研究在前人多年的研究基础上已更进一步，资料更充分，分析更缜密、严谨，结论也更具说服力。虽尚有很多未解之谜，但这些讨论使学界对《格斯尔》的了解和定位逐渐清晰，让《格斯尔》研究一直有新的活力，其对整个史诗学领域的学术意义亦不容置疑。但是，我们也要看到，以往的研究在整体上仍存在一些共性问题。首先，多数书面文本研究未将书面文本与口头传统相结合。无论将书面文本视作文献的纯版本研究，还是将书面与口头《格斯尔》分开进行独立研究，都有片面之处。《格斯尔》长期以来以口头传统和书面文本两种形态存在，各种文本均有书面与口头相结合的特点，书面文本与口头传统之间的关系错综复杂，这是蒙古文

《格斯尔》的本质特点。其次，以往对抄本的研究常以整本作为分析单位，追溯其形成年代及与木刻本的文本关系。事实上，多数抄本都是不同诗章的组合，诗章并非一一对应，因此，以诗章为单位的对比分析才更符合《格斯尔》抄本形成的规律。最后，《格斯尔》研究的范围越来越广泛，几乎涉及现已被发现的所有《格斯尔》文本，但无论是蒙古国学者还是国内学者，都没有足够重视对被视作木刻本"续本"的《隆福寺格斯尔》及《策旺格斯尔》的研究，关于这两个抄本至今仍无系统性研究。

第三节　本书研究重点

《格斯尔》文本及其独特叙事的形成和演化一直是《格斯尔》研究中的重点议题之一，但因为大多数文本都缺乏相关背景信息，所以学界在其来历与演化方面的观点莫衷一是。本书主要研究对象为《隆福寺格斯尔》，通过对其叙事结构和文本化过程的系统研究，探讨其形成、演变的内在规律。以往的结构研究主要集中在口头史诗的传统的、典型的、模式化的结构上，以仁钦道尔吉先生的蒙古史诗类型分类为代表性成就。仁钦道尔吉总结了蒙古英雄史诗情节结构的三大类型：单篇型史诗、串联复合型史诗和并列复合型史诗。该分类体系对数量庞大的蒙古族口传史诗做了很好的归纳和分类，但对《格斯尔》这种情节相对复杂、文本化较早的书面文本诗章而言解释力尚不足。本书对《格斯尔》诗章的研究表明该史诗有更加复杂的类型特点，其系统性研究将为现有的史诗类型研究提供新的文本证据和理论依据。

一　研究思路

（一）以诗章为分析单位

劳里·杭科（Lauri Honko）在《斯里史诗的文本化》一书中指出，对分析单位的选择，是口头史诗分析方法论创建中的关键。①《格斯尔》各种书面文本间的关系错综复杂，其章节顺序不一，年代信息常存在混乱的情况，且篇幅差距大，诗章之间不统一，等等。种种迹象表明《格斯尔》各诗章原本并非一个有机整体，而是由不同单章及多章文本的组合汇总而成。仁钦道尔吉在对蒙古英雄史诗发展史的研究中指出，史诗集群在史诗发展的后期形成，它们的最初形态仍然是共享同一群史诗人物的一些单篇史诗，经过书面或口头的组合，逐渐形成了相对稳定的抄本，因此诗章之间并不具有统一的演变过程，这一点在《隆福寺格斯尔》中更加明显。表2-2以北京木刻版《格斯尔》和《隆福寺格斯尔》两个文本的前两章为例，说明同一组诗章在不同文本中的不同组合方式。

表2-2　北京木刻版《格斯尔》与《隆福寺格斯尔》前两章
在不同文本中的组合方式

	第一章		第二章
木刻本	格斯尔出生至13岁前的事迹	格斯尔智娶阿鲁-莫日根夫人	格斯尔杀黑纹虎
鄂尔多斯本	第一章	第三章	第二章
扎雅本	第一至第四章	第五章	第六章
	第八章	第九章	
隆福寺本	格斯尔复活勇士之部	格斯尔镇压昂都拉姆汗之部	晁通之部
策旺本	第八章	第九章	第十章（开头）
匈牙利抄本	第九章	第八章	
扎雅本	第十七章	第十六章	
诺木齐哈屯本	第七章		

　　可见，各诗章本是相对独立流传的，经过排序、组合、衔接等过程组成了文本，因此章节次序有所不同，各诗章的形成和演变过程也不尽相

---

① Lauri Honko. *Textualising the Siri epic*. Helsinki：Academia Scientiarum Fennica, 1998.

同，不同诗章在篇幅、主题、叙事方式等多方面存在较大差异。若把抄本视作有机整体，并从整体探讨文本的形成与演变等问题，则有失客观。因此，本书尽可能地拨开文本表面的整体性，以诗章为分析单位，以诗章本身的结构和内容特点为核心，灵活选择相应的研究方法，力求真实、客观地探讨和揭示各诗章独特的演变历程。

《隆福寺格斯尔》由诗章组合而成，每个诗章均经历了口头传统和书面文本之间复杂的交融和演变过程，因此各诗章的叙事结构和文本化程度不尽相同。我们需要在尊重《格斯尔》文献形态特征的同时，重视其源自口头的本质特征。

（二）文献研究方法与口头诗学研究方法相结合

在《格斯尔》的形成和传承过程中，口头演述、木刻本、手抄本三种形式相辅相成，书面文本与口头演述相互交错传播至今，其文本不仅承载了口头传统，还成为重要的文献瑰宝。

一方面，《隆福寺格斯尔》如其他《格斯尔》抄本一样，形成年代较早，以古代文献的版式书写和传抄。同时，其各诗章在形成过程中受到较多书面文学的影响。17~18世纪，蒙古历史文学、佛陀传记、佛本生故事等各种体裁已经较为发达，历史题材小说开始萌芽，蒙古文书面叙事手法得到前所未有的发展及一定程度的普及，书面文学开始在民间广为流传且对民间文学产生了较大影响，这也是《格斯尔》木刻本刊行并广泛流传的时期。从《格斯尔》的各抄本中不难看出当时流传甚广的蒙古历史文学、传记文学印记，其中有文字层面的影响，也有叙事结构与手法等方面的影响。因此，要深入了解书面文学对《格斯尔》的影响程度，须以严谨的文献研究方法进行文本分析，确定不同异文之间的对应程度，故而细致的文本对比分析是必要的，正如陈岗龙所指出的，需要"在北京木刻版《格斯尔》与其他蒙古文《格斯尔》手抄本之间进行逐字逐句的文字层面的考证和校勘"①。不仅需要对《格斯尔》各种文本进行对比分析，必要时还需将古代蒙古文学作品与《格斯尔》文本进行对比分析。

另一方面，需要通过口头诗学研究，验证各诗章不同程度的口头传统特征。西方学界对"荷马问题"多年的探讨为史诗文本口头性特征的研究提供了思路和典范，如帕里（M. Parry）和洛德（A. B. Lord）正是在中亚活形态史诗的个案研究基础上论证了《伊利亚特》和《奥德赛》这两部经典史诗的口头传统来源问题，并提出了口头程式理论。② 尹虎彬在《古代经典与口头传统》一书中专门梳理了书面经典与口头传统之间的渊源关系。③ 口头程式理论指出"程式是检验文本口头性的试金石"，并提供了书面文本口头性特征分析可依据的理论基础和分析模式。同时，口头诗学理论和方法不断丰富和完善，如卡尔·赖希尔（Karl Reichl）的《突厥语民族口头史诗：传统形式和诗歌结构》④ 以及朝戈金的《口传史诗诗学——冉皮勒〈江格尔〉程式句法研究》⑤ 等著作都为史诗口头文本的研究提供了理论基础，更新着史诗研究的思路与范式，使本研究具备了确定异文口头性特征并探索口头传统与书面文本之间传承、演变关系的可能性。

最后还须指出，口头传统在书面化过程中，受书写逻辑、书面叙事手法的影响也较大。由于形成、接受和传播方式不同，书面文本和口头传统在具体表述、情节安排、叙事方法上均有较大差异。口头传统在书面改写过程中必然会形成一些书面叙事特征，如呈现明显的文献性、书面逻辑性、篇章间的衔接性等。这些书面因素不是直接来自某个已有的文献文

---

① 陈岗龙：《北京木刻版〈格斯尔〉的价值及其翻译（代译序）》，载《十方圣主格斯尔可汗传》，作家出版社，2016，第5页。

② 阿尔伯特·贝茨·洛德：《故事的歌手》，尹虎彬译，中华书局，2004。

③ 尹虎彬：《古代经典与口头传统》，中国社会科学出版社，2002。

④ 卡尔·赖希尔：《突厥语民族口头史诗：传统形式和诗歌结构》，阿地里·居玛吐尔地译，中国社会科学出版社，2011。

⑤ 朝戈金：《口传史诗诗学——冉皮勒〈江格尔〉程式句法研究》，广西人民出版社，2000。

本，而是在书面改写的过程中自然形成的，需要通过对文本的解构式分析和阐释方能确定。

二 研究方法

（一）结构研究

本书尝试突破以往对文本思想、习俗、人物、某些母题等某个因素或特征进行选择性分析的方法，试图以《隆福寺格斯尔》文本结构作为研究对象，通过对各个诗章的叙事成分和叙事结构进行系统分析，探讨其形成和演变的规律和机制。

结构研究从索绪尔提出至今一个多世纪以来，一直在语言学领域占据主导地位。在索绪尔之后，继承其学说的三个学派中，美国结构主义使结构主义语言学走向了极致，而乔姆斯基让结构主义语言学走向了巅峰。美国语言学、人类学乃至文学都喜欢将研究对象从大的语境中抽离出来，给研究对象和研究方法一个清晰的界定和边界，从而追求一种客观的、清晰的、科学的学科体系建构。虽然结构主义一直遭受诟病，批评声不绝于耳，解释力也的确有限，但不可否认的是它仍然是很多人文科学领域最具阐释力和包容性的理论学派。雅各布森、海默斯等学者在强调语言的语境和社会属性的基础上提出了重要理论，这些理论以与结构主义相对立的立场出现，但事实上仍然是在结构主义的大框架下进行论证和产生的。语境研究中常用的 performance 一词以及 competence vs. performance 的区分，就是结构主义语言学家乔姆斯基提出的。因此，结构主义不应被理解为结构与语境的对立。任何口头传统都是在某个特定的语境中产生的，同时也依托某种结构而生成。虽然本书的主要研究对象是书面文本，但它们不是与口头传统相对立的，它们本身就是口头传统经过书面化的产物。而结构是口头传统与书面文本中共存的核心要素。

叙事结构研究指的是结构主义叙事研究，是经典叙事学的主要研究方法，多用于小说等作家文学。事实上，结构分析在蒙古英雄史诗研究中早已确立了其重要地位。在蒙古英雄史诗叙事模式与逻辑传统的探讨中，仁钦道尔吉关于蒙古英雄史诗结构发展史的探讨①、巴·布林贝赫关于蒙古英雄史诗美学特征的探讨②给予了笔者很多启发。但以往的结构研究主要集中在口头史诗的传统的、典型的、模式化的结构上，而对《格斯尔》这种情节相对复杂、文本化较早的书面文本，则很少有专门的、系统化的探讨，如仁钦道尔吉虽总结了蒙古英雄史诗情节结构的三大类型③，但蒙古文《格斯尔》作为外来因素较多、文本化较早的长篇史诗，在情节结构上并不属于典型三大类型。《隆福寺格斯尔》结合了《格斯尔》其他诗章与蒙古传统英雄史诗的叙事特点，有着较为独特的叙事特点。本研究将通过对叙事结构的分析揭示长篇史诗文本中各诗章的叙事结构以及文本化过程，主要方法是以《隆福寺格斯尔》各诗章为研究对象，对其叙事成分、内在联系以及它们的组合和文本化过程进行解析，以解答长篇史诗的形成等重要问题。

首先，分析表层结构（即情节结构）。作为源自口头的史诗，蒙古英雄史诗的叙事结构有非常明显的类型化特点。口头程式理论主要从主题、典型场景和程式方面对英雄史诗的口头创编方式进行探讨。而对于蒙古英雄史诗而言，这并不足以囊括其创编和流布的规律。除主题、典型场景和程式等成分之外，《格斯尔》中的人物、情节结构也有一定的规律性特点，因此需要进行整体的叙事结构分析。仁钦道尔吉在《蒙古英雄史诗源流》

① 仁钦道尔吉：《蒙古英雄史诗源流》，内蒙古大学出版社，2001。
② 巴·布林贝赫：《蒙古英雄史诗诗学》（蒙古文），内蒙古教育出版社，1997。中文译本见巴·布林贝赫《蒙古英雄史诗诗学》，陈岗龙等译，中国社会科学出版社，2018。
③ 仁钦道尔吉将蒙古史诗分为单篇型史诗、串联复合型史诗和并列复合型史诗，并认为长篇英雄史诗《江格尔》为第三个类型即并列复合型史诗。这三种分类主要基于口头史诗文本，因此并没有提及书面化较早的蒙古文《格斯尔》。详细介绍见仁钦道尔吉《蒙古英雄史诗源流》，内蒙古大学出版社，2001。

中对蒙古英雄史诗的情节结构进行了充分的探讨，并总结了蒙古英雄史诗的典型结构特征和演变过程。参照典型结构与《格斯尔》叙事传统，我们可以辨别出《隆福寺格斯尔》诗章中存在一些"非典型"结构和情节特征。异化的"非典型"结构有特殊意义，因为结构上的变异可能与其他维度如功能、形态、内容等有关。在史诗诗章的分析中，我们有时只关注传统的表层而忽略了这些"非典型"结构及其深层机制的作用。然而，正是这些结构可以为我们补充一些历史传统中已模糊的信息，这在文本分析中具有特殊意义。因此相关研究不仅要关注典型结构，也要关注偏离传统的"非典型"结构。

其次，在表层结构基础上归纳、总结深层结构，即叙事模式、逻辑传统、美学特征等深层机制。相比"典型"与"非典型"共存的情节母题，深层结构往往更加模式化和规律化。本书对《隆福寺格斯尔》形成、演变过程中的传统因素进行探索，进而总结和归纳其中发挥关键作用的史诗内在逻辑。本研究的目的不是抽象出一套结构公式，而是结合对表层与深层结构的探讨，揭示结构的具体实现方式及其演变过程。巴·布林贝赫在《蒙古英雄史诗诗学》中对蒙古英雄史诗中的典型美学特征、逻辑特点进行了系统研究，为本研究提供了思路和分析基础。沃尔特·翁（Walter Ong）曾提出逻辑源自书面文本，他指的是文字层面的逻辑。[①] 事实上，民间文学有着自成一派的逻辑体系，巴·布林贝赫也曾指出，蒙古史诗情节有"自己的一套逻辑"。[②] 本研究的目标之一便是探索《格斯尔》文本的内在逻辑和深层结构。

最后是对文本化过程的探讨。对史诗结构以及其发展演变方面的探讨主

---

① 沃尔特·翁：《口语文化与书面文化：语词的技术化》，何道宽译，北京大学出版社，2008。

② 巴·布林贝赫：《蒙古英雄史诗诗学》，陈岗龙等译，中国社会科学出版社，2018，第76页。

要局限于口头史诗传统，然而，史诗的文本化也是史诗发展的一个重要且普遍的过程，书面文本是史诗传播、传承的重要途径。掌握了口头史诗的发展规律和模式，探讨史诗文本化便有了可行性和必要性。作为文本化较早的抄本，《隆福寺格斯尔》部分诗章中有较多书面叙事手法的运用，这些手法通常作用于表层结构，使其偏离口头传统的典型特征，因此，结构的演变也可能与文本化过程中的叙事手法有关。故而，在现阶段的《格斯尔》研究中，结合形态、结构与功能方面的分析，可以弥补流变过程中的诸多模糊信息。

（二）结构研究与演变过程研究的结合

现代语言学之父索绪尔区分了语言内在结构的共时研究与语言演化的历时研究，而这一划分在语言学领域乃至整个人文研究领域成了一种基础分类范畴。

在民间文学研究领域中，共时与历时相结合的研究方法取得了丰富的成果。芬兰历史－地理学派重"历史"，但并非抛弃共时研究，该学派试图从横向对比分析总结传播路径，从纵向对比分析总结流传演变概况，只是两者相对分离，且将重点放在"历史"之上。普罗普（V. Propp）则很好地结合了形态学研究与起源研究，他提出形态的共时研究是前提和方法，历史研究是目的，"无论何种现象，只有在对现象做出描写以后，方可谈论它的起源"。[①] 但他把重点放在形态的公式化上，而相对忽略了具体功能项的意义，因此曾被诟病为"形式主义"。20 世纪中叶，在史诗研究领域掀起研究范式转型的口头程式理论也是一个通过共时研究解决历时问题的范例，在口头史诗诗学研究的基础上，解决了"《伊利亚特》与《奥德赛》是如何形成的"问题。[②]

---

① 普罗普：《故事形态学》，贾放译，中华书局，2006，第 3 页。
② 尹虎彬：《史诗的诗学：口头程式理论研究》，《民族文学研究》1996 年第 3 期，第 88～96 页。

总之，民间文学依托传统而产生和存在，民间文学研究难以完全立足于共时研究，对结构的研究必然服务于对起源、形成问题的探讨，而对起源、形成问题的分析则必以对形态或结构的分析为依据。对《隆福寺格斯尔》的"结构"和"形成过程"进行探讨，正是本书的主要目的。

本书通过对《隆福寺格斯尔》各诗章叙事结构的解构式文本分析，揭示《隆福寺格斯尔》诗章结构的形成、演变以及组合成长篇史诗文本的过程。在具体分析每章之前，我们已对《隆福寺格斯尔》整体的结构特点、各章的流布情况及其与北京木刻版《格斯尔》之间的关系进行了论述。

如前所述，以往研究对《格斯尔》诗章、情节母题的来源进行了不少探索，取得了很多成果，也留下了诸多线索。目前，《格斯尔》各种文本不断出版，各种视角下的《格斯尔》研究论著相继出现，为《格斯尔》文本比较研究提供了丰富的资料，从文本的对比中发现新信息，从各种研究的尝试中判断蒙古文《格斯尔》的形成与演变的过程和规律成为可能。本书将通过对《隆福寺格斯尔》各个诗章的叙事结构、文本化特点的分析，探讨其深层结构，并通过不同程度文本化的异文对比分析，尝试揭示其形成与演化的过程。

第四节　概念和术语简释

本研究结合了若干种研究方法和视角，其中有些术语在史诗研究中并不多见，因此在此对一些术语进行简单界定和解释。

一　文本相关术语

以下是关于《格斯尔》抄本以及诗章的若干术语名词的解释。

1. 《格斯尔》：泛指蒙古史诗《格斯尔》，包括不同地域、不同形态、不同文本的《格斯尔》史诗传统。

2. 蒙古文《格斯尔》：指《格斯尔》书写文本，是相对于口传《格斯尔》文本的一种表述。

3. 部/诗章：蒙古史诗集群最初形态是共享同一个主人公的多个相对独立的"bölüg"，通常译作部、诗部，当它们组合为相对稳定、完整的文本时，通常称作章或诗章，属于不同形态中的指称变化。本研究中，将该叙事单位统称为"诗章"，但名称上仍保留"×××之部"。

4. 《隆福寺格斯尔》中有一些变异型诗章，既不是单一情节结构，也不是简单的串联或并列型结构，难以纳入仁钦道尔吉对传统蒙古英雄史诗的类型分类。对这些有着特殊结构和功能特征的诗章，本书提出了"功能型诗章""组合型诗章"等概念。

功能型诗章：一些诗章在长篇史诗形成的过程中因语境而产生并在整个文本中发挥了特殊功能，如填补长篇史诗情节的空缺或逻辑的断裂等，此类诗章被称为功能型诗章（具体内容见第三章）。

组合型诗章：一些诗章的人物、情节结构体现出较复杂的组合特点，其组合过程亦相对复杂，不同于传统蒙古英雄史诗的串联复合型结构，但通过对成分的分解，可以判断其各成分的组合过程，此类诗章被称为组合型诗章（具体内容见第六章）。

二 理论研究相关术语

本书在分析方法上主要使用叙事结构分析法，涉及以下几个概念术语。

1. 主题：洛德提出，"在以传统的、歌的程式化文体来讲述故事时有一些经常使用的意义群，……称为诗的主题"[1]。仁钦道尔吉在情节结构研

---

① 阿尔伯特·贝茨·洛德：《故事的歌手》，尹虎彬译，中华书局，2004，第96页。

究中所说的"母题系列"相当于主题。一部史诗可以只有单个主题，也可以由多个主题组成，即仁钦道尔吉所说的单篇史诗和复合型史诗。本书延用洛德对主题的界定。

2. 叙事结构与叙事手法：叙事结构与叙事手法是叙事学的主要研究对象。前者指叙事的成分及其关系，后者指对叙事的安排。蒙古传统英雄史诗的叙事是传统的、模式化的，因此学界较少谈及叙事手法。然而，在蒙古文《格斯尔》等情节相对复杂曲折的书面长篇史诗中，对传统叙事单位的安排并非仅限于串联、并列等方式，而是需要进一步探讨对不同叙事因素或叙事单位的组合和安排。

3. 表层结构与深层结构（surface structure and deep structure）：在结构主义叙事研究中用表层结构与深层结构表示叙事的不同层面，即文字、情节的表层结构与内在逻辑或功能的深层结构。本书中，表层结构指情节、人物、语言等因素，而深层结构指叙事模式、内在逻辑等深层机制，深层结构并不体现在文本表层却支配着表层结构。

4. 叙事时间：即叙事与时间的关系，可分为"故事时间"与"话语时间"。"故事时间"指所述事件发生所需的实际时间，"话语时间"指用于叙述事件的时间，"后者通常以文本所用篇幅或阅读所需时间来衡量"①。"话语时间"这一术语在史诗研究中较罕见，本书使用"叙事时间"来指代此概念。

5. 指涉（reference）：指涉指的是对其他诗章内容的提及，让其他诗章的情节服务于本（诗）章情节，或提高本（诗）章情节的连贯性、重要性等。

情节、人物、母题等其他叙事单位概念较为清晰和统一，这里不再重复界定。

---

① 申丹、王丽亚：《西方叙事学：经典与后经典》，北京大学出版社，2010，第112页。

第五节 拉丁字母转写规则与名词缩写对照

一 拉丁字母转写规则

本书中的蒙古文转写主要以波佩所著《蒙古文书面语语法》[①] 的转写规则为基础，同时参考了栗林均（Hitoshi Kuribayashi）的蒙古文转写体系。字母对应方式见表 2 - 3。

表 2 - 3 本书采用的蒙古文字母—拉丁字母转写规则

蒙古文字母	拉丁转写字母	蒙古文字母	拉丁转写字母	蒙古文字母	拉丁转写字母
ᡞ	a	ᡕ	p	ᡓ	č
ᡞ	e	ᡥ ᡏ	q(k)	ᡎ	ǰ
ᡞ	i	ᡥ ᡏ	γ(g)	ᡎ	y
ᡞ	o	ᡏ	m	ᡎ	r
ᡞ	u	ᡏ	l	ᡎ	w
ᡞ	ö	ᡏ	s	ᡌ	z
ᡞ	ü	ᡏ	š	ᡍ	ng
ᡞ	n	ᡏ	t		
ᡞ	b	ᡏ	d		

二 名词缩写表

本书中的名词缩写主要涉及《格斯尔》抄本诗章名称以及相关文献片段名称。缩写方式如表 2 - 4 所示。

---

① 参见 N. Poppe. *Grammar of Written Mongolian*. Wiesbaden：Otto Harrassowitz Verlag, 1964。

表 2 - 4   本书中的名词缩写对照

《格斯尔》诗章及相关文献片段	缩写方式
北京木刻版《格斯尔》第一至第七章	第一～第七章
《隆福寺格斯尔》第八至第十三章	第八～第十三章
《策旺格斯尔》第十五章	第十五章

第三章

"格斯尔复活勇士之部"："功能型诗章"的形成

"格斯尔复活勇士之部"是《隆福寺格斯尔》的开头之章即第八章，也是蒙古文《格斯尔》中独特而普遍存在的一章。从蒙古文《格斯尔》整个文本来看，此章最明显的特点是对木刻本和《隆福寺格斯尔》的衔接功能：该诗章为木刻本补充了后续结尾，又为《隆福寺格斯尔》各诗章的故事做了必要的铺垫，起到了承上启下的作用，进而《隆福寺格斯尔》也自然而然地呈现为木刻本的续本。该诗章是蒙古文《格斯尔》独立发展的内容，在迄今为止已发现的藏文《格萨尔》中尚未见到勇士死去后复活的类似情节。

在《格斯尔》研究史上，对这一章的形成与演变的专门探讨很少，通常止于论述此章承上启下的功能，指出它是为连接木刻本及其"续本"而产生的。树林等的论著《蒙古文〈格斯尔〉与藏文〈格萨尔〉比较研究》提出，"此章是藏文《格萨尔》所没有的"，"内容奇特"，"是为后面几章作铺垫而创作的"。① 然而，承上启下只是对其语境和功能的判断，不足以说明其文本特征以及来源和形成问题。该诗章不仅有着较为独特的作用和

---

① 树林等：《蒙古文〈格斯尔〉与藏文〈格萨尔〉比较研究》（蒙古文），内蒙古文化出版社，2017，第408页。

地位，其结构和内容也极为独特，对于《隆福寺格斯尔》乃至整个《格斯尔》文本的研究有重要意义。本章将对其结构、母题、功能进行分析，进而探讨此章的来源与形成问题。

第一节 死而复活母题到诗章的形成

一 主题与结构特征

该诗章具体情节为：格斯尔听闻众勇士皆已战死沙场，悲痛万分，去寻找勇士们的尸骨，痛哭。三神姊听见格斯尔的哭号声前来询问，得知原因后回天上禀告霍尔穆斯塔腾格里父亲，霍尔穆斯塔又禀告释迦牟尼，释迦牟尼赐予甘露并令三神姊传达救活英雄的方法。格斯尔照做，勇士们死而复生并团聚。

与《格斯尔》史诗其他诗章和其他蒙古传统英雄史诗相比较，此章在多个方面表现出非典型特征。就主题而言，相比《格斯尔》其他诗章，此章结构和内容都很独特。《格斯尔》诗章通常讲的是一次完整的征战过程，如布里亚特《阿拜·格斯尔》开篇中所唱的：

> Gegen šir-a modun
>
> Gešigüü büri-degen ǰalaγ-a-tai
>
> Geser-ün yisün bölüg
>
> Bölüg büri-degen dayin-tai. ①

---

① 《阿拜·格斯尔》每一章的开篇都会唱此序诗，见《阿拜·格斯尔》，内蒙古人民出版社，1982，第2、112、242、298、380、424、468、556、658 页。

　　明亮的黄色树，

　　每节都长出枝；

　　格斯尔的九部，

　　每部都有战争。

　　而《隆福寺格斯尔》此章的核心主题是格斯尔复活死去的勇士。英雄死而复活是蒙古英雄史诗和民间故事中常见的典型母题，但作为核心主题的情况几乎不存在。比如在《隆福寺格斯尔》第十一章、第十二章、第十三章中，格斯尔与蟒古思征战过程中都有勇士们死去后格斯尔用同样的方法将其复活的情节，该情节具体内容与此章并无二致，只是相比而言，该情节所占篇幅很短。这一章中没有征战内容，没有体现英雄史诗的典型主题，也没有体现勇士们英勇善战的"英雄本质"。如此简单的情节何以成为核心主题，支撑一个史诗诗章呢？对比《格斯尔》其他诗章，可知此章有着非常独特的结构。它的叙事情节间穿插了多首由主人公唱诵的抒情诗歌（即颂词），故事在散文体和韵文体、叙事和抒情的交替中行进，这是蒙古文《格斯尔》其他诗章以及其他蒙古英雄史诗中非常少见的结构。图3-1清晰展示了该特点。

　　在这个结构中，颂词发挥了独特的作用。英雄颂词在蒙古英雄史诗、故事中较为常见，通常在史诗诗章的开头或结尾处由演述者直接唱颂，有较为固定的结构和内容，主要是对勇士荣耀的家族、富饶的家乡、华丽的宫廷、超人的本领的赞颂。但此章中的颂词不是由史诗演述者直接唱诵的，而是由格斯尔与勇士们因悲痛或欢喜的情感而唱颂，贯穿整章，占据较大篇幅。它们嵌入叙事情节中，与叙事情节紧密结合，串联起故事情节的同时补充了单薄的叙事内容，在内容上述说了勇士们力大无穷、英勇善战、不惜生命、与圣主为伴保卫家乡和人民，以及格斯尔作为大汗统辖三界、所向无敌等，体现了其他诗章中征战或娶妻主题所展示的英雄属性，

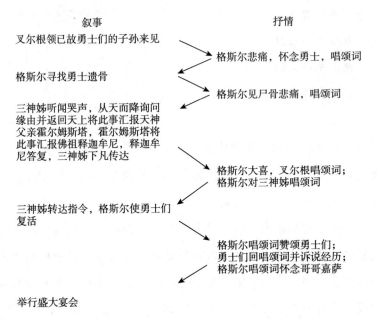

图 3 – 1 "格斯尔复活勇士之部"的结构示意

换言之，颂词取代了英雄史诗叙事情节应有的功能。

　　因此，此章的"独特性"不仅在于不同于其他诗章的叙事情节，更在于其独特的结构特点，以及在该结构下的各组成部分的功能转移。这一章成为一个独立诗章并起到承上启下的作用，主要依托了叙事与抒情串联的结构，其中抒情部分承担了重要功能：①作为情节组成部分，补充了叙事情节；②篇幅上支撑了长度，与其他诗章保持平衡；③最重要的一点，即功能上重点体现了此章作为"英雄史诗独立章"的英雄属性。因此，如果说叙事内容在整个《格斯尔》文本中发挥了承上启下的作用，那么正是抒情诗部分体现了该情节所缺乏的英雄史诗核心主题，形式上保证了该诗章的长度和完整性，在功能上为该情节成为英雄史诗独立的一章提供了依据和合理性。总而言之，"格斯尔复活勇士之部"的非典型结构特征使其叙事和抒情两个组成部分的传统功能发生了转变，从而成为形式上独立而情节上承上启下的独特诗章。

二 复活母题与蒙古英雄史诗传统

此章核心情节即勇士们复活的具体方法为:格斯尔把甘露滴在勇士们的尸骨上,滴一次,骨骼相连,长出血肉;滴两次,灵魂入体;滴三次,勇士们复活了。正如前文所指出的,"英雄死而复活"是蒙古史诗中常见的母题。该复活情节在整体上似乎较为独特,但经分解可知,它是蒙古史诗传统母题的组合,是依托于传统的、"独特"但非"独创"的情节。

其一,甘露复活母题是一个古老的母题,它在蒙古神话、故事、史诗中很普遍且与死而复生母题紧紧相连。乌日古木勒指出,"英雄再生母题起源于成年礼民俗模式"。① 呼日勒沙指出,该母题与"蒙古古代萨满教把水神化、用于巫术"的传统习俗有关,后结合了印度、西藏文化,形成了甘露复活母题。② 印度搅乳海神话讲述了众天神为获得不死甘露而搅动乳海的故事,而该神话传到蒙古民间时神话类型发生了变化,即从众神神话演变为创世神话,搅乳海的目的是获得日、月,而不死甘露只是作为附属品出现③,不死甘露的重要性有所下降。而不死甘露母题与蒙古传统习俗相结合后,进入蒙古英雄故事和史诗中,与勇士死而复生的母题组合在一起,构成了较为固定的故事类型,如在《江格尔》中,英雄死而复生的母题往往有甘露或甘露雨水相伴。事实上,在东方不少民族民间故事中都能见到用甘露救活死去的人或动植物的母题,如在《西游记》中,观音菩萨的净瓶所装的甘露救活了死去的人参果树。其二,英雄复活的三个步骤在蒙古英雄史诗中也并不罕见。比如,早在戈尔屯斯基于 1908 年搜集的一部

---

① 乌日古木勒:《蒙古突厥史诗人生仪礼原型》,民族出版社,2007,第 240 页。

② 呼日勒沙:《〈格斯尔传〉中的死亡与复生母题》,《民族文学研究》1989 年第 3 期,第 9 ~ 13 页。

③ 陈岗龙:《蒙古民间文学比较研究》,北京大学出版社,2001,第 21 页。

《卡尔梅克江格尔》中的"江格尔镇压凶猛的沙尔·古尔古之部"① 中，洪古尔战死后，江格尔用三个步骤使洪古尔复活：将神药涂一下，洪古尔骨骼连接，肉体形成；涂两下，有了灵魂变成熟睡中的人；涂三下，洪古尔便苏醒过来了。这与格斯尔救活勇士的三部曲几乎一模一样。海西希的研究也表明，蒙古史诗中的死而复生母题常与数字三结合，比如"三次吐唾沫""三次跨越""洗三次"等。② 由此可见，该母题是死而复生故事传统母题之一。

除勇士死而复生的情节以外，本章其他情节均为铺垫性情节，即主要讲述了勇士死去的信息"叉尔根—格斯尔—三神姊—霍尔穆斯塔—释迦牟尼"以及释迦牟尼复活勇士的指令"释迦牟尼—霍尔穆斯塔—三神姊—格斯尔和叉尔根"的传递过程。信息传递过程的时空理念非常严谨，传递过程十分清晰，这一点不同于《格斯尔》其他诗章中人物或信息在时间和空间中跨越性移动的特点。在其他诗章中，格斯尔通常可以"内心感知"敌人情况或天上的父亲、祖母向他发出的命令、送出的祝福。因此，这一情节特点说明其似乎经过书面编纂，一方面使其情节更加丰富、诗章更长、逻辑更加缜密，透露着以现实生活中的时间和空间逻辑进行编纂的痕迹；另一方面也体现出地位上层层递进的阶梯形结构以及以释迦牟尼为中心的信息传播结构，说明其中渗透了一定的佛教理念影响。

以上分析表明，本诗章核心情节是民间文学中常见的复活情节的传统母题组合，此章在该核心情节基础上进行编纂，添加了层层传递信息的辅助性情节。

---

① 阿·科契克夫等编《卡尔梅克江格尔》（蒙古文），旦布尔加甫校注，民族出版社，2000，第 134 页。

② 瓦·海西希：《蒙古史诗中的起死回生和痊愈母题》，王步涛译，载中国社会科学院少数民族文学研究所编《民族文学译丛》（第二集），内部资料，1984，第 190～206 页。

三　抒情模式与蒙古叙事文学传统

祝词、赞词等韵文体体裁在英雄史诗产生前就已存在，英雄史诗是"把散文体作品的叙事传统与韵文体作品的抒情和格律相结合而成的原始叙事体裁"，常用"蒙古萨满祭司诗、祝词、赞词等远古诗歌形式"的抒情诗进行颂扬。[①] 英雄颂词是蒙古史诗中源远流长的传统成分。但如上所述，"格斯尔复活勇士之部"中的抒情部分即颂词与其他蒙古英雄史诗中的颂词差异较大，而在一些蒙古历史文学中却能找到相似的内容。在《黄金史》（又称《罗·黄金史》）中，"成吉思汗和他的六员大将与三百名泰亦赤兀惕人的决战"与此章有结构极为相似的内容。通过对二者的对比分析可揭示此章抒情诗歌的一些特点。

《黄金史》成书于 1634 年，内容上与《蒙古秘史》的重叠程度很高，对应部分差异微小，而相比《蒙古秘史》第 148 节，《黄金史》中添加了如下内容：成吉思汗做噩梦，从而预测敌人的到来，便询问六位勇士如何应对，勇士们依次立志全力以赴打败敌人。正在这时，泰亦赤兀惕部到来，勇士们按照自己的承诺奋勇作战，杀敌无数，一举打败了泰亦赤兀惕部。成吉思汗大喜，依次赞颂六位大将，大将们回颂了大汗。[②] "格斯尔复活勇士之部"与《黄金史》第 148 节中的颂词在整体上均由两部分组成：大汗对大将/勇士们的依次赞颂，以及大将/勇士们对大汗的赞颂和祝福。

（一）内容对比分析

《隆福寺格斯尔》开头章（第八章）和《黄金史》第 148 节中，大汗与勇士们都用颂词表达了对彼此的深厚情感，并突出了赞颂对象的品格属性：前面的部分重点突出大将/勇士们的英勇善战、奉献自己等特点，后

---

① 仁钦道尔吉：《蒙古英雄史诗源流》，内蒙古大学出版社，2001，第 77～78 页。

② 参见《黄金史》，乔吉校注，内蒙古人民出版社，1983，第 205～211 页。

面的部分主要赞颂和祝福大汗统领天下、所向无敌并拥有无上汗权。两者在内容和形式上均有明显的对应（见表 3 − 1）。

表 3 − 1   《黄金史》第 148 节与《隆福寺格斯尔》第八章在主题和内容上的对应

《黄金史》第 148 节	《隆福寺格斯尔》第八章
1. 大汗赞颂勇士英勇无畏、冲在前锋	
成吉思汗对孛罗忽勒的赞词： qarbuqu sumun-du qalqabči boluɣsan surqiraqu sumun-du sarabči boluɣsan toluɣai-ban širqatuqu-du toqum-iyan ese aldaɣsan küšin-ü sayin Boruqul minu	格斯尔对巴尔斯巴图尔的赞词： asuru ulus-un urida hušiɣuči boluɣsan Bars baɣatur minu…… 格斯尔对苏米尔的赞词： kümün-ü qarčaɣai boluɣsan kürel erdeni metü ǰirüketü…… kümün-ü bürgüd boluɣsan botaril-ügei sanaɣatu…… er-e-yin er-e erketü Šuumar minu……
成吉思汗对孛罗忽勒的赞词（译文）： 为射来之箭作为箭牌的 为飞来之箭作为盾牌的 头颅受伤时紧握缰绳不放的 我的乌辛人的好汉孛罗忽勒	格斯尔对巴尔斯巴图尔的赞词（译文）： 众人之前面作为前锋的 我的巴尔斯巴图尔 格斯尔对苏米尔的赞词（译文）： 众人里作为雄鹰的 有钢铁般坚强的心的 众人里作为大雕的 有坚韧不拔之心的 好汉中的好汉苏米尔
2. 大汗赞颂勇士从小伴随自己，不惜牺牲生命的奉献精神	
成吉思汗对孛斡尔出的赞词： namaɣi ǰalaɣu baiqu-du…… nada-tai aɣulǰaɣsan-eča qoyiši nasuda ünen-iyer ǰidkügsen Naqu bayan-u köbeɣün nayirtu külüg Buɣurǰi minu 扎木合对成吉思汗的赞词： qarangɣui söni-yin ǰeɣüdün bolǰu gegen edür-ün gemten bolǰu	格斯尔对勇士伯通的赞词： qar-a baɣ-a-yin uǰaraǰu küǰün-iyen öggügsen qamuɣ-un urida qarɣul boluɣsan qarangɣui söniǰula boluɣsan qairan Boyidung minu 格斯尔对三十勇士的赞词： qurmusta-yin orun-aǰa daɣaɣulǰu iregsen ɣučin baɣatur minu qubitu beyen-ečegen alɣasal ügei daɣuluɣsan ɣučin baɣatur minu erketü tngri nar-ača daɣulǰu iregsen ɣučin baɣatur minu ene beyen-ečegen qayačal ügei daɣaɣuluɣsan ɣučin baɣatur minu

《黄金史》第 148 节	《隆福寺格斯尔》第八章
成吉思汗对孛斡尔出的赞词（译文）： 在我年幼时 与我相见之时起 一生忠坚不渝的 纳忽·伯颜的儿子 我的好友大将孛斡尔出	格斯尔对勇士伯通的赞词（译文）： 年幼时相见并为我战斗的 众人之前作为岗哨的 黑夜里作为明灯的 我的心爱的伯通
扎木合对成吉思汗的赞词（译文）： 黑夜里成噩梦的 白日里成敌人的	格斯尔对三十勇士的赞词（译文）： 自霍尔穆斯塔之处随我而来的三十位勇士 在我身边从未离开的三十位勇士
3. 用各种凶猛动物来形容勇士无可比拟的力量和勇气	
成吉思汗对孛斡尔出的赞词： arslan bars metü doɣširaǰu…… qarčaɣ-a šongqur metü doɣširaǰu…… idetü ariyatan metü doɣširaǰu…… način šongqur metü dobtulǰu…… ačitu külüg Buɣurči minu	格斯尔对嘉萨的赞词： köke eriyen bars metü dobtulɣatu köke tarlan qarčagai metü šigürgetü köke luu-yin čakilɣɣan metü auɣa küčütü kümün-ü qarčaɣai boluɣsan J̌asa šikir minu
成吉思汗对孛斡尔出的赞词（译文）： 像狮虎般凶猛…… 像雄鹰般勇猛…… 像野兽般冲锋…… 像鹰隼般飞冲…… 功臣大将我的孛斡尔出	格斯尔对嘉萨的赞词（译文）： 像青纹虎般冲锋的 像青白大雕般飞冲的 像青龙般力大无比的 众人间的飞鹰我的嘉萨西格尔
4. 勇士赞颂和祝愿大汗战胜敌人、统领世界、所向无敌	
六位功臣对成吉思汗的赞词： …… yerü bügüde-yi erken-degen oruɣuluɣsan yirtinčü-yin eǰen Činggis qaɣan minu …… üšiyeten daisun bügüde-yi ölmei door-a-ban gisgigsen öndür degedü eǰen qaɣan minu	众勇士对格斯尔的赞词： arban qoor-a-in ündüsün-i tasulun törügsen aliba bügüde-yinǰirüken-i adqun törügsen arbanǰüg-ün eǰen boɣda minu dörben tib-tü Sömbür aɣula metü beye-tü dörben tib-ün amitan-i tegsi eǰilegči auɣa küčütü altan delekei degereki qamuɣ amitan-i toyin-tur-iyen oruɣuluɣči tenggerlig boɣda Geser qaɣan čimaɣi

续表

《黄金史》第 148 节	《隆福寺格斯尔》第八章
六位功臣对成吉思汗的赞词（译文）： …… 将一切降伏于手下的 我们的宇宙之主成吉思汗 …… 将所有的仇敌 踩在脚尖下的 我们至高无上的主大汗	众勇士对格斯尔的赞词（译文）： 将十恶之根拔起 将所有人的心掌握在手中的 我们的十方之圣主 身体如四洲须弥山 力大无穷平定四洲的 将世间万物纳为信徒的 上天般的圣主格斯尔汗
5. 勇士祝愿大汗打败敌人、报仇雪恨	
六位功臣对成吉思汗的赞词： üšiyeten daisun bügüde-yi ölmei door-a-ban gisgigsen	叉尔根老人对格斯尔的赞词： üšigsen-iyen ölmi-degen ǰanuɣsan-iyanǰaɣuǰai-daɣan daruqu boltuɣai
六位功臣对成吉思汗的赞词（译文）： 将所有的仇敌 踩在脚尖下的	叉尔根老人对格斯尔的赞词（译文）： 愿你将所有仇敌踩在脚尖下 愿你手握缰绳制服所有仇敌
6. 勇士祝愿大汗和手下亲密无间、共享幸福安乐	
六位功臣对成吉思汗的赞词： qamuɣ bügüde qamturaǰu qamiyatan sadun metü ebleldüǰü qari-yin daisun-i qamqa čoqiyǎ qalaɣunǰaɣur-a-ban čenggeldün saɣuy-a	叉尔根老人对格斯尔的赞词： amaraɣlan daɣaɣuluɣsan ɣučin baɣatur činu edegekü boltuɣai aliba küsel-iyen qanǰu ǰirɣaqu boltuɣai
六位功臣对成吉思汗的赞词（译文）： 让我们齐心协力 如亲兄弟般协作 将外来的敌人打败 亲人般地享福享乐	叉尔根老人对格斯尔的赞词（译文）： 愿将亲密的手下三十勇士救活 愿所有心愿成真享福享乐

　　表 3 - 1 显示了两者在结构和内容上有着明显的相似性和对应关系。值得注意的是，勇士的"奉献精神"是两者重点突出的英雄核心品质。波佩曾指出在《蒙古秘史》《黄金史》等历史文学中，"奉献精神"是非常突出的一种思想①，蒙古英雄史诗中偶尔也有类似内容，但往往非常简单、

---

① N. Poppe, *The Heroic Epic of the Khalkha Mongols.* trans. by J. Krueger et. al., Bloomington, IN：Publications of the Mongolia Society, 1979. p. 20.

微不足道。在这一点上,此章不同于传统史诗而与《黄金史》第148节相似,反复强调了勇士们对格斯尔的"从小陪伴、无私奉献",体现出历史文学体的影响。

(二)深层结构的对应

两者在表面上基本没有对应的诗行甚至词语,但从诗行或词语的语义和结构上看,两者的对应程度则较高。

(1)语义的对应

两者在字面表述上几乎无相同之处,但在诗行结构和词语语义上则非常相似(见表3-2)。

表3-2 《黄金史》第148节与《隆福寺格斯尔》第八章中词语语义的对应

《黄金史》第148节		《隆福寺格斯尔》第八章	
乌辛人的好汉	küšin-ü sayin	好汉中的好汉	er-e-yin er-e
在我年幼时与我相见之时起	namaɣi ǰalaɣu baiqu-du……nada-tai aɣulǰaɣsan	年幼时相见	qar-a baɣa-yin učaraǰu
心爱的将军	nayirtu külüg	心爱的嘉萨	qairan Jasa šikir
(占领)所有一切	yerü bügüde	(占领)所有全部	aliba bügüde
宇宙之统领	yirtinčü-yin eǰen	统领四洲生灵者	dörben tib-ün amitan-i tegši eǰelegči
亲友般齐心协力	qamiyatan sadun metü ebleldüǰü	亲密地统领着	amaraɣlan daɣaɣuluɣsan
尽情欢愉	čengkeldün saɣuy-a	心想事成,尽享欢乐	küsel-iyen qanǰu ǰirɣaqu boltuɣai
将所有的仇敌踩在脚尖下的	üšiyeten daisun bügüde-yi/ölmei door-a-ban gisgisen	愿你将所有仇敌踩在脚尖下	üšigsen-ien ölmi-degen
至高无上的主	öndür degedü eǰen qaɣan	上天般的圣主	tngrilig boɣda

两者对应的词语虽然在语义和结构上非常相似,但具体实现方式即在词语的选择上有所差异。比如,《黄金史》第148节用的是更加具体的词语,而"格斯尔复活勇士之部"中的语言则更加宽泛,如前者中"乌辛人

的好汉"限定了该勇士的能力范围，而后者中的"好汉中的好汉"则是非常宽泛的描述。

（2）比喻模式以及喻体的对应

两者都将勇士比作凶猛的动物，并采用了走兽、飞禽交替出现的模式（见表3-3）。

表3-3　《黄金史》第148节与《隆福寺格斯尔》第八章中的动物比喻模式

	《黄金史》第148节	《隆福寺格斯尔》第八章
狮虎	arslan bars metü （狮虎般）	köke eriyen bars metü （青纹虎般）
飞禽	qarčaγ - a šongqur metü （大雕、海东青般）	köke tarlan qarčaγai metü （青白大雕般）
猛兽	idetü ariyatan metü （大力猛兽般）	köke luu-yin čakilγan metü （青龙般）
飞禽	način šongqur metü （游隼、海东青般）	kömün-ü qarčaγai （人间之大雕）

从表3-3可知，两者中的比喻不仅使用了走兽、飞禽交替出现的模式，而且前两个诗行中喻体有所对应，即分别为狮虎与老虎，海东青与大雕。而第三个诗行中是猛兽与龙的对应，后者更具魔幻特色，而前者选择了较为具体的喻体。

除此之外，还有一些类似的比喻，如格斯尔赞颂勇士时用"成为黑夜中的明烛"，《黄金史》第148节中称"成为利箭之盾牌"。两者均指危机时刻舍身救主者，只是所用喻体不同。

（3）句式的对应

二者几乎全篇使用了一种句式，即［描述性修饰语］＋［主语］＋［第一人称领属词缀］，该句式以主、述倒装的方式，强调了赞颂对象的某种品质或动作特征。修饰语有若干种，包括精神状态、动作、属性等，具体如下。

句式一：［表语/宾语］＋［系动词/静态动词动名词形式］＋［主语］＋［第一人称领属词缀］，以系动词的动名词形式或静态动词的动名词形式形容主人公的某种精神状态。如：

（黄金史）*ami bey-e-ben ülü qayiralaүči/ačitu külüg buүurči minu……*

qalaүun ami-ban ülü boduүči/qairatu külüg Buүurči minu……

（格斯尔）*kümün-ü qarčaүai boluүsan……*

kümün-ü bürgüd boluүsan

er-e-yin er-e erketü šuumar minu……

句式二：［如同……般］＋［动态动词动名词形式］＋［主语］＋［第一人称领属词缀］，以形容动作迅速、猛烈的动词的动名词形式，形容英雄的战斗能力。如：

（黄金史）*arslan bars metü doүsiraǰu……*

qarčaү-a šongqur metü doүširaǰu……

idetü ariyatan metü doүširaǰu……

način šongqur metü dobtulǰu……

ačitu külüg buүurči minu

（格斯尔）*köke eriyen bars metü dobtulүatu*

köke tarlan qarčaүai metü šigürgetü

köke luu-yin čaqilүan metü auүa küčütü

kömün-ü qarčaүai boluүsan ǰasa šikir minu

句式三：［宾语］＋［有格（具有……的）］＋［主语］＋［第一人

称领属词缀]。如：

> （格斯尔） *kürel erdeni metü ǰirüketü······*
>
> *botaril ügei sanaɣatu······*

可见，两者在句子结构层面的对应程度很高，但《格斯尔》中的［修饰成分］语义宽泛且反复出现在不同勇士身上，即口头程式特点明显，而《黄金史》中的［修饰成分］较为具体，表现了人物各自的特点。此外，以上［描述性成分］＋［主语］的句式在煨桑仪轨文中也比较常见：在煨桑仪轨文中，仪式负责人需要用优美、华丽的辞藻对其形象、能力、业绩等进行全方位的描述来反复召唤神灵，通常会使用［描述性成分］＋［主语］＋［谓语］这一句式，其中［描述性成分］＋［主语］与上述句式一致，而谓语部分则是固定的：［ariɣun taqil ergümüi/ aburan soyurq-a］（为您献神圣之祭/请保佑我们）。比如，在格斯尔煨桑仪轨文（sang-un su-dur）中普遍使用第一、第三种句式。可见，这种句式起源很早，是通过煨桑仪轨文的口头传统进入蒙古史诗以及早期叙事文学的。

总之，《黄金史》第148节与"格斯尔复活勇士之部"在表层上并无明显对应，但在结构、内容、句型、比喻模式等深层层面体现出显著的一致性，说明两者有同样的口头传统根基，在其深层结构或生成机制上有所关联。

（三）"格斯尔复活勇士之部"的特点

两者的主要差别体现在第八章中有诸多口头传统特征。

（1）第八章口头程式居多，充分体现出口头史诗基础。在勇士们的颂词中出现的形容词多数是固定的表述，比如，格斯尔对勇士们的赞词为：

> 人间雄鹰/铁石心肠的······/我心爱的嘉萨

　　众人之舅／宝石心肠的……／镇压一切的伯通

　　人间游隼……／我十五岁的安冲

而叉尔根老人对格斯尔的祝词则为：

　　十方之主／根除十方之恶的／我的恩情圣主／望你所愿一切成真

　　这些都是在《格斯尔》中反复使用的形容词属性修饰语，即它们描述的是《格斯尔》勇士的一贯属性，这一点不同于《黄金史》中突出大将们的具体行为的特点。

　　（2）平行式①：

　　《隆福寺格斯尔》第八章中平行式普遍存在，如格斯尔对三神姊的赞词：

　　如同太阳般照耀万物的我的三神姊

　　如同佛祖般指明一切的我的三神姊

　　如同影子般形影不离的我的三神姊

　　如同如意宝满足一切愿望的我的三神姊

　　在格斯尔赞颂四位勇士时，四次平行使用了如下诗行：

　　作为人间……的

　　具有……心脏的……

　　我亲爱的勇士……

---

① 平行式指的是结构相同、语义相似的句式或诗行的并排使用。其与排比句的概念基本重叠，但在口头诗学中通常用平行式这一术语。

在对不同勇士的赞颂中平行使用句式和内容相同的诗行，虽然赞颂的是不同勇士，但强调的是勇士们的集体特征而不是个性特点，而对英雄集体特征的类型化描述是蒙古英雄史诗的又一个传统美学特点。①《黄金史》中没有出现明显的平行式，对每一位勇士的颂词都基于其个性特点和具体事件，在这一点上两者有明显的区别。

（3）传统意象

蒙古族著名诗人和学者巴·布林贝赫先生曾指出，"抒情的最小单位是意象"②。英雄气概是蒙古史诗普遍的传统意象，金银、颜色等常用于意象的表达，且常重复使用相关词语。从前文提到的第八章的例子中便可见，大而有力仍然是最突出的意象，而大雕（qarčaɣai）、青色（köke）等重复出现，强化了英雄气概的意象。

（4）夸张

夸张是蒙古英雄史诗的基本手法。《格斯尔》夸张程度大，而《黄金史》更加现实、描述更加具体，以客观事实、事件为基础，夸张程度并不明显。因上文例子中均体现了夸张手法，此处不再重复举例。

总而言之：①无论是《黄金史》第 148 节还是《隆福寺格斯尔》第八章，其故事均以史诗传统为基础，正如著名蒙古学家波佩指出的，此段为《黄金史》中添加的关于成吉思汗的"又一个史诗作品"（another epic work）③。②两者没有完全重叠的诗行，在具体词汇和诗行层面几乎没有对应之处，但在结构、句式、语义、比喻模式等多方面体现出明显的一致性，换言

---

① 巴·布林贝赫：《蒙古英雄史诗诗学》，陈岗龙等译，中国社会科学出版社，2018，第78 页。

② 巴·布林贝赫：《蒙古英雄史诗诗学》，陈岗龙等译，中国社会科学出版社，2018，第197 页。

③ N. Poppe, *The Heroic Epic of the Khalkha Mongols*. trans. by J. Krueger et. al. Bloomington, IN: Publications of The Mongolia Society. 1979. p. 21.

之，两者的关系源于深层结构或生成机制，但在实现方式上，即语言、词语的选择上有较大差异，说明两者之间没有书面传抄关系，两者之间的相互影响主要发生在口头传统层面的生成机制上。③"格斯尔复活勇士之部"中的赞词虽然是对勇士们依次唱颂的，但其内容却是勇士们的集体特征，且描述上主要使用程式、大词以及平行式，口头性明显。《黄金史》重点突出了英雄的个性和具体事件，其书面编写特征更为明显。④《黄金史》中的"奉献精神"突出了大汗和勇士等级不同的概念。"格斯尔复活勇士之部"在这一点上也与之趋同，体现出重视"奉献精神"和"等级思想"的特点，这一点体现了17世纪蒙古文学中最盛行的历史文学体的影响，也体现了史诗传统与书面文学相结合的痕迹。《黄金史》《蒙古秘史》等古代历史文学与蒙古英雄史诗作为在丰富的民间文学传统基础上成就的古老而长篇的"征战"主题文类，在创作和流传的过程中是有诸多交集的，因此，波佩在《喀尔喀蒙古英雄史诗》中重点探讨了《蒙古秘史》等历史文学文本。

第二节 后续："晁通之第十部"

在《隆福寺格斯尔》第十章"格斯尔镇压罗布沙蟒古思之部"之前①，有一段插入的内容被取名为"晁通之第十部"，讲述了"格斯尔复活勇士之部"中未能复活的嘉萨从天上下凡，回到家乡，并控诉晁通在锡莱河之战中勾结外敌，欺骗格斯尔的众勇士，导致勇士们战死之事。此段结尾题名"此为晁通之第十部"，无论从形式、结构或内容上，它与第九章或第十章都有所分离，而与"格斯尔复活勇士之部"有密切关联。

---

① 在《策旺格斯尔》《诺木齐哈屯格斯尔》中是在第九章"格斯尔镇压昂都拉姆蟒古思之部"之尾。

第一，在结构上，"晁通之第十部"与"格斯尔复活勇士之部"非常相似，即叙事、抒情交错进行，用大量抒情诗歌串联了微小的叙事内容；在内容上，"晁通之第十部"补充了"格斯尔复活勇士之部"的内容：嘉萨下凡回到家乡，首先见到叉尔根老人，叉尔根激动地唱诵赞词，而见到晁通时，嘉萨一一控诉了晁通的叛变行为，并试图杀死晁通，被格斯尔劝住。这是"格斯尔复活勇士之部"的补充内容，两者作为整体，讲述了死去的勇士们复活，升天的嘉萨回归的故事，只是在嘉萨下凡之前，从天上射出神箭，帮助格斯尔镇压了昂都拉姆蟒古思，所以这一段放在"格斯尔镇压昂都拉姆汗之部"之后，这也解释了"格斯尔复活勇士之部"与"格斯尔镇压昂都拉姆汗之部"两章总在一起，甚至在《诺木齐哈屯格斯尔》中两章合二为一的原因。

第二，在功能上，该故事主要解释了格斯尔为什么不杀晁通的原因，因此一些抄本为它独立取名"晁通之第十部"。晁通是格斯尔的叔叔，在"锡莱河之战"中背叛格斯尔并欺骗格斯尔的勇士们，导致格斯尔的勇士们在被袭击时措手不及，陆续战死沙场。在蒙古英雄史诗中，背叛英雄、欲与敌方合伙杀害英雄的故事并不少见，但叛变者必须受到严惩，无论这人是英雄的母亲、妹妹、妻子还是属下。在这一章中，嘉萨控诉晁通的背叛行为后，格斯尔解释了不杀他的原因：一是若因其不忠诚而杀他，如何能留他至今；二是因为他的行为"untaγsan-i sergegülkü metü umartaγsan-i sanaγulqu metü"（如同警醒其所寐、提醒其所忘）。在《蒙古秘史》第200节中，成吉思汗面对反复背叛自己的安达扎木合时说"umartaγsan-iyan sanaγulǰu, untaγsan-iyan seriguľǰü yabuy-a"（让我们彼此警醒所寐、提醒所忘[①]）。此宽恕之词解释了不杀晁通的原因。

---

① 汉译文为"忘了时，共提说。睡着时，共唤醒"，见《蒙古秘史》，额尔登泰、乌云达赉校勘，内蒙古人民出版社，1980，第1009页。道润梯步译为"相与陈其所忘也乎，相与警其所寐也乎"，见道润梯步《新译简注〈蒙古秘史〉》，内蒙古人民出版社，1979，第212页。

因此,"格斯尔复活勇士之部"与"晃通之第十部"作为一个整体,在《格斯尔》文本中发挥了重要语篇功能,不只是为后面的诗章做铺垫,同时也为前面的诗章做了逻辑补充。在此章中,格斯尔复活了众勇士并让升天的嘉萨回归。没有此章,后面的故事便无从说起,所以此章是对后面诗章的必要铺垫。更重要的是,它是蒙古文《格斯尔》核心诗章"锡莱河之战之部"不可或缺的补充。在"锡莱河之战之部"中,格斯尔的众勇士纷纷战死。在藏族《格萨尔》中,格斯尔从地狱救出了母亲和妻子,并携母亲和妻子一同升天,但死去的勇士们并未复活,对晃通的行为也没有太多说辞。该结果并不符合蒙古英雄史诗的传统逻辑。蒙古英雄史诗在每次征战后必然会以英雄的大获全胜与敌方的彻底消灭结尾,正如波佩所指出的,"讲述英雄被蟒古思或敌人杀死的回合绝对不能构成独立的单篇史诗。喀尔喀蒙古史诗以及所有其他蒙古史诗都有着英雄最终战胜敌人的共同特点。因此,这种英雄被杀死的回合之后必须接续其他回合,必须连接主人公复活、继续战斗、战胜敌人的情节"①。在"格斯尔复活勇士之部"(这里包含补充内容)里,格斯尔使勇士们死而复生,"整整欢宴三个月,各自回家。一切圆满,幸福生活"②,让升天的嘉萨也回归家乡,控诉晃通的背叛行为并解释了留他不杀的原因,这是合乎史诗逻辑的补充。换言之,此章在逻辑上与"锡莱河之战之部"为整体,但由于"锡莱河之战之部"是较早固定为书面文本的《格斯尔》核心内容,因此,在《格斯尔》文本化过程中形成了这一独立的诗章。到此为止,"锡莱河之战之部"的故事才算完结。此章是《格斯尔》对蒙古英雄史诗传统的回归。

---

① N. Poppe, *The Heroic Epic of the Khalkha Mongols*. trans. by J. Krueger et. al. Bloomington, IN: Publications of the Mongolia Society, 1979. p. 110.

② 见内蒙古自治区古少数民族古籍与《格斯尔》征集研究室编《蒙古〈格斯尔〉影印本》系列丛书(9卷)之《策旺格斯尔》卷,内蒙古文化出版社,2016,第九章第13叶下(9-13-下)。

本章小结

　　《隆福寺格斯尔》第八章（"格斯尔复活勇士之部"）在主题、结构等方面有明显的不同于蒙古英雄史诗传统的非典型特征。《隆福寺格斯尔》在从一些单章或多章本组合成为一部传记体长篇史诗文本的过程中，有的诗章产生了较大的变异或出现了偏离传统的情况。"格斯尔复活勇士之部"就是一个在多个层面体现出非典型特征的诗章。但此章的"奇特"，并非因其内容是独创的，而是其主题、结构和功能"奇特"：它将简单的情节作为整篇的主题，用丰富的抒情诗歌将其支撑起来，叙事与抒情两个组成部分的传统功能发生了转移——叙事内容没有蒙古英雄史诗传统的征战母题，而抒情诗歌代而体现了蒙古英雄史诗主人公的核心属性，为此叙事情节构成独立章提供了合理性。这一结构的形成是以其承上启下的语篇功能和回归蒙古英雄史诗逻辑为导向的。此外，它是在蒙古传统英雄史诗和其他传统民间文学的基础上形成的"源自口头的文本"，其中叙事母题和英雄颂词均体现出浓厚的蒙古传统民间文学、英雄史诗的特点，蒙古英雄史诗的传统母题、程式、平行式、传统意象、对集体特征的强调等特点明显。还有，此章的颂词在句式和深层模式上与《黄金史》第148节高度相似，但没有完全对应的词语或诗行，说明两者的相互影响发生在口头史诗传统的深层机制上，而勇士的"奉献精神"等方面体现出有别于传统史诗的特点，这是英雄史诗与历史文学相结合的结果。同时，在情节安排上围绕勇士复活的核心情节安排了逻辑缜密且基于实际时空概念的信息传递过程，展现了格斯尔和勇士之间、上天与格斯尔之间的等级关系，体现出在民间故事母题的基础上进行书面编写的痕迹。虽然17世纪的历史文献与《格斯尔》属于两种文类，但是它们在创作和流传过程中约属于同一时期且多有交集,蒙古古代历史文献在深层生成机制上深受口头传统的影响,同时,《格斯尔》在书面化过程中也受到历史文学的影响。总之,第八章是在《格斯尔》传统的基础上经书面编纂而成的功能型诗章,它摈弃了与之有着深远渊源的印度两大史诗及藏族《格萨尔》中让死去的勇士升天成佛的结局,让勇士们在天界的指导和帮助下,按照蒙古史诗传统的死而复生这一母题复活,并让已升天的嘉萨也下凡,回归人间家乡,控诉并宽恕了叛变者的行为,格斯尔与勇士们共享人间幸福,在情节上承上启下,在逻辑上与本民族史诗传统衔接,对整个《格斯尔》而言,在不同传统之间、不同文本之间发挥了重要的衔接作用。

第四章

"格斯尔镇压昂都拉姆汗之部"的
结构与书面化过程

《隆福寺格斯尔》第九章"格斯尔镇压昂都拉姆汗之部"应该称得上是该抄本的核心诗章，其无论在口头传统还是书面文本中都占有重要地位。它是整个《格斯尔》口头传统中流传最广的一个诗章，正如谢·尤·涅克留多夫先生所提到的，其"在口头流传本（布里亚特、卫拉特、突厥－阿尔泰、图瓦等传本）当中也是流传最广的一个故事"①。在书面《格斯尔》文本中，它也是最经典、影响最广泛的九章《格斯尔》之最后一章。据 E. O. 洪达耶娃介绍，布里亚特收藏有成书于 1825 年、1842 年的《镇压昂都拉姆蟒古思之部》抄本。② 旦布尔加甫搜集整理的卡尔梅克《格斯尔》文本资料也证明，在卡尔梅克《格斯尔》书面与口头文本中最常见的便是此诗章。同时，该诗章书面化时间早，文本精简化特点明显。以上证据表明，"格斯尔镇压昂都拉姆汗之部"是《隆福寺格斯尔》乃至所有《格斯尔》文本中极为重要的一个诗章。

---

① 谢·尤·涅克留多夫：《蒙古人民的英雄史诗》，徐昌汉、高文风等译，内蒙古大学出版社，1991，第 232 页。

② E. O. 洪达耶娃：《在蒙古和布里亚特流传的〈格斯尔传〉》，国淑苹译，载中国社会科学院少数民族文学研究所编《民族文学译丛》（第一集），内部资料，1983，第 168 页。

此诗章书面文本形成时间较早，内容相对稳定，各抄本异本之间差异不大，讲述了格斯尔率领勇士们打败入侵其属国领土的昂都拉姆蟒古思的故事。故事梗概如下：

昂都拉姆蟒古思入侵格斯尔的属国，属国国王派使者给格斯尔报信，格斯尔率领勇士们征战昂都拉姆蟒古思，格斯尔与昂都拉姆蟒古思单打独斗，两人势均力敌、不分胜负，格斯尔向天求助，嘉萨从天上下来射箭，射中昂都拉姆蟒古思的要害——眼睛，杀死了他，最后格斯尔杀死了昂都拉姆蟒古思的夫人和遗腹之子。

从此章各种异文来看，打败昂都拉姆蟒古思的过程包含两个情节：一是在嘉萨的帮助下杀死昂都拉姆蟒古思，二是杀死昂都拉姆蟒古思的夫人及其腹中的蟒古思儿子。几乎所有异文，包括口头和书面文本，都包含这两个情节，但一些早期的口头记录文本在一些细节上与书面文本有些许不同。这种早期口头记录文本与抄本之间的差异，为文本研究提供了一定的对比分析空间。

第一节　主情节：口头诗学特点

该诗章主题是典型的蒙古英雄史诗战争主题。格斯尔与昂都拉姆之间的战斗场景庄重、传统，不存在《隆福寺格斯尔》其他诗章中常有的神奇怪异的阴谋诡计和对彼此的欺骗、戏弄、嘲讽，且此章通过若干方面强化了其征战的严肃性和重要性。

（一）人物的程式特点

首先，昂都拉姆是一个强大的敌人，他的形象丰富而全面。在其他

《格斯尔》诗章中，蟒古思或其他敌人通常长相丑陋、身躯巨大、体外寄存各种灵魂（如第十二章中的罗刹汗、第十三章中的那钦汗等），或能指使天上地下的各种动物（如第五章中的锡莱河三汗），或其本身就是一种动物（如第二章、第十五章中的黑纹虎），强调的是一种不同于格斯尔的异类形象特征。而昂都拉姆蟒古思虽被称作蟒古思，但他只是与格斯尔势均力敌的一个敌方英雄和大汗。他来自遥远的多休尔之州，力大无比，他的夫人美丽耀眼，勇士前锋云集，士兵无数。关于他的描述与《格斯尔》前几章中对格斯尔的描述一一对应（见表4－1），在句式和程式上借用了格斯尔的描述，在相应的属性方面昂都拉姆也与格斯尔不相上下。

表4－1　昂都拉姆与格斯尔的对应特点

格斯尔（第一章）	昂都拉姆（第九章）
统辖着瞻部洲	来自多休尔之州
十方诸佛占据他的上身 四大天王占据他的中身 四海龙王占据他的下身	上半身万眼万手罗睺之力 中间四大天之力 下半身具备八大巨人之力
一次可变化出一千五百种样子	一次可变化出七十一种样子
三十勇士	三千勇士
三百个先锋	三百六十个先锋
三个鄂托克的人民	三亿三千万士兵
枣骝神驹	具备十三条龙之力、巨大如山的黄斑马
十方圣主仁智格斯尔可汗	十五头蟒古思化身
夫人绝色美丽	夫人光彩胜过阳光
九仗黑磁长剑	五仗黑铁长矛

通过对应的描述可看出，昂都拉姆蟒古思与格斯尔旗鼓相当。另外，二者不仅在外在条件上相匹配，在实战过程中也实力相当，谁也不能杀死对方：昂都拉姆和格斯尔在决一胜负的搏斗中，"格斯尔用九仗黑磁长剑砍去昂都拉姆汗的十五颗头，却瞬间又接回去……昂都拉姆汗用五仗黑铁

长矛从格斯尔左肩刺到脚底，十方圣主格斯尔的两半身体瞬间又连接在一起"①。两人几乎完全对应的属性预示着两人都不能战胜对方，而且即使二人被对方一击致命也都能自行恢复，因此此这场战斗永远无法了结。最后格斯尔只好向天求助，天上的嘉萨用神箭射中昂都拉姆汗的命根要害，才终于杀死了他。

（二）口头叙事特点

第九章是口头传统中流传最广的一个《格斯尔》诗章，其文本虽然经过了反复的精简化过程，却也保留了丰富的口头叙事诗学特点。比如，该诗章在讲述昂都拉姆蟒古思入侵的消息时，通过由多人依次转达、最后告知格斯尔的方式，对昂都拉姆入侵一事和昂都拉姆的形象重复描述了4次（见表4-2），在此过程中昂都拉姆蟒古思的形象逐渐强化，形成了关于昂都拉姆的意象群，而"意象是蒙古英雄史诗中的抒情单位"②。

表4-2 昂都拉姆蟒古思形象的程式化过程

直接叙述	唐国头领向使者的描述（第一次转述）	使者向格斯尔使者的描述（第二次转述）	格斯尔使者向格斯尔的描述（第三次转述）	格斯尔向勇士们的描述（第四次转述）
来自多休尔之州	来自多休尔之州	来自多休尔之州	—	来自多休尔之州
居住于恒河对面的/称之为唐之地	—	—	居住于恒河对面的/称之为唐之地	—
上半身万眼万手罗睺之力/中间四大天之力/下半身具备八大巨人之力	—	—	—	上半身万眼万手罗睺之力/中间四大天之力/下半身具备八大巨人之力

---

① 见内蒙古自治区古少数民族古籍与《格斯尔》征集研究室编《蒙古〈格斯尔〉影印本》系列丛书（9卷）之《策旺格斯尔》卷，内蒙古文化出版社，2016，第九章第14叶下（9-14-下）。

② 巴·布林贝赫：《蒙古英雄史诗诗学》，陈岗龙等译，中国社会科学出版社，2018，第197页。

直接叙述	唐国头领向使者的描述（第一次转述）	使者向格斯尔使者的描述（第二次转述）	格斯尔使者向格斯尔的描述（第三次转述）	格斯尔向勇士们的描述（第四次转述）
一次可变化出七十一种样子	—	—		一次可变化出七十一种样子
三千勇士	三千勇士	三千勇士	—	—
三百六十个先锋	三百六十个先锋	三百六十个先锋	—	—
三亿三千万士兵	三亿三千万士兵	三亿三千万士兵	—	—
具备十三条龙之力、巨大如山的黄斑马	巨大如山的黄斑马	—		巨大如山的黄斑马
—	十五年之遥	—	—	三百城镇
夫人光彩胜过阳光				夫人光彩胜过阳光

对一件事的反复程式化转述是口头传统的一个重要诗学特点，不仅服务于记忆、演述中创编的需要，更是一种强化意象的演述手法。在这里，昂都拉姆的形象在数次的重复中得到强化，成为一种突出的意象。

重复是世界各民族口头传统中普遍使用的叙事方法，在很多史诗文本之中均能发现。比如，在《荷马史诗》第二卷中，阿伽门农出征时宙斯托假梦给阿伽门农，梦的内容通过不同人的转述被重复了多次。虽然《荷马史诗》属于书面化程度极高的、被视作经典的史诗书面文本，却也保留了这些重复性的叙事过程。

（三）传统史诗叙事逻辑

这一诗章与《格斯尔》其他诗章有较大差异，但与蒙古传统英雄史诗较接近。其情节十分简单，就是格斯尔讨伐入侵其属国的敌人的一场战争，基本符合蒙古英雄史诗单篇型史诗结构。最后，格斯尔还杀死了昂都拉姆汗的美丽夫人，并杀死其腹中的蟒古思儿子，这是不见于《格斯尔》其他诗章而在蒙古传统英雄史诗中极为常见的母题。除情节以外，该诗章的战斗过程在以下方面体现出与《格斯尔》其他诗章不同而与蒙古传统英雄史诗十分接近之处。

在这一诗章中，勇士出征时展现出为荣誉而战、视死如归的英雄气概。在《格斯尔》其他诗章中，虽然勇士们英勇作战，但并非全无恐惧、以战争和杀人为乐，而是时常有担心、恐惧、厌恶战争的心情伴随。如在"锡莱河之战之部"中，嘉萨、苏米尔、安冲三人打探敌情，苏米尔听到敌方军队到来，说："哎呀呀！嘉萨啊！我们什么时候才能把他们杀完？他们的军队真有气势，就像天上的星星全部落在了地上，又像是地上的花草全都长到了天上！"而白帐汗听到他们三人抢走马群，又哭着说："哎呀呀！马群被抢去就抢去了吧！如果那个造孽的格斯尔真的回来了，我们就还是退兵回去吧！"而在此章的征战过程中，苏米尔听说昂都拉姆蟒古思入侵的消息后，竟大笑着说："哎呀呀！竟有这等好消息！"并且他多次称战争为"喜宴"，体现了嗜血、恋战的心情和以打斗为乐、视死如归的英雄气概。敌方昂都拉姆汗也表现出为"荣誉而战"的气势，在见到自己的勇士阿尔海、沙尔海被格斯尔勇士活捉且手脚被捆绑而归时，他认为战败的勇士有辱自己的名誉，便把他们杀了。正方和反方英雄、勇士们都有着"荣誉至上"、殊死一战的英雄气魄。

另外，在《格斯尔》的其他诗章中，正反双方都"兵不厌诈"，不忌讳对对方使用奸诈的计谋，尤其格斯尔常常欺骗蟒古思，假装要帮助蟒古思，并在赢得蟒古思的信任后打探其重要秘密再杀死蟒古思，为此他还常常化身为蟒古思最信任的家人（如第四章、第五章、第六章、第十一章、第十二章、第十三章），有时还让勇士们一同变身、配合他演戏（如第十一章、第十二章、第十三章），而蟒古思也曾以奸诈、卑鄙的手段让格斯尔变成驴（如第六章、第十二章）。但此章的征战过程中并没有魔法、变身、欺骗的母题，而是如蒙古传统英雄史诗一样，通过力量的较量进行搏斗。这种方式在《格斯尔》中并不多见，但在蒙古英雄史诗传统中很普遍。在蒙古英雄史诗中，英雄需要在激烈而艰难的搏斗中获胜，几乎每部史诗都以此固定叙事模式和逻辑展开，该模式如同蒙古史诗的内在基因，是演述语言传承中的核心，也是吸引听众的重点，而故事的复杂性和异想天开、光怪陆离的情节通常是受外来文化的影响或是晚期变异所致。尤其在口头叙事中，搏斗场面是故事的核心和高潮，是最引人入胜之处。而此章虽然压缩甚至省略了对搏斗场面的夸张而华丽的形容和渲染，但是征战和搏斗的方式与传统英雄史诗一致。它的传播最广泛，尤其在布里亚特、卡尔梅克民间广泛流传，这与它符合蒙古英雄史诗传统的主题和叙事模式密切相关。无论是从演述者还是从听众的角度，传统情节和结构既与传统相得益彰、深入人心，又有利于记忆和传承。此章的口头异文体现出不同程度的变异，有的严格遵守书面文本，有的变异程度很大，恢复了口头传统诗学的特点，如布里亚特口头异文"嘎尔努尔麦汗之部"用大篇幅描述、渲染了格斯尔与嘎尔努尔麦汗之间震天动地的搏斗过程，体现出非常传统的英雄史诗口头演述的特点。①

第二节　次情节：精简化与合理化

此章是蒙古文《格斯尔》中被纳入"经典"的一章，流传最广的书面《格斯尔》诗章有九章，此章便是其中之一。在这一诗章书面化的过程中，除文字层面的精简化以外，还有对情节的精简化，即突出主要情节，简化次要情节。

（一）情节的精简化

此章故事中，格斯尔征战蟒古思之后还有一个杀死蟒古思夫人和遗腹

---

① 《阿拜·格斯尔》（蒙古文），巴尔达诺整理、编辑，乌日占、达西尼玛转写，内蒙古人民出版社，1982，第297～378页。该书为1959年在俄罗斯乌兰乌德出版的斯拉夫蒙古文本的转写本。

子的次要情节。通过对早期口头演述记录本与此抄本两个异文之间的对比分析，可以看出这一情节的变异过程。昂都拉姆蟒古思的夫人是此章中唯一一位女性，她有着举世无双的美丽容貌。杀死昂都拉姆蟒古思之后，面对美艳绝伦的蟒古思夫人，伯通、南冲、嘉萨三位勇士都在格斯尔发言之前开始互相争抢蟒古思夫人。在《格斯尔》其他诗章中，如第五章中锡莱河黑账汗的女儿乔姆孙－高娃、第十一章中罗刹汗的女儿赛胡来、第十三章中那钦汗的女儿乃胡来等蟒古思家族的女性都在其父被格斯尔杀死之后嫁给了格斯尔；在第十三章中，格斯尔还将那钦汗的夫人和其勇士的美丽夫人们分配给了自己的勇士们。按照该模式，昂都拉姆蟒古思夫人也可以成为正方人物。但在勇士们争夺蟒古思夫人时，格斯尔的"神剑出鞘"，暗示该女子不可娶，斩断了这种可能性。格斯尔将其杀死，因其腹中还有九个月大的蟒古思的儿子，格斯尔便将蟒古思的儿子一并杀死了。

在蒙古传统英雄史诗中，外貌是反方女性本质属性的外化象征。蟒古思家族的女性基本是丑陋无比的，腹中孕育力大无穷、与英雄匹敌的小蟒古思；还有一种女妖有着美丽假象，英雄被美丽的女妖迷惑并与其同居差点被害，但最后识破其邪恶的本性并杀死她（见表4－3）。如果敌方家族有美丽的女儿，那她一定会成为正方英雄的妻子。人物属性与情节的过程、结果之间是互相对应的，是史诗漫长的传承过程中沉淀下来的因果关系。其中，过程情节也是必需的，它们是情节发展和逻辑发展的必要过程，是结果发生的必要条件。这是蒙古传统英雄史诗的内在逻辑，根据故事的"俭省"原则，故事中不会出现其他情况。

表4－3　反方女性属性及其与情节之间的对应关系

	A（角色）	B（过程）	C（结果）	D（属性）
1	丑陋的蟒古思夫人	割开其腹，蟒古思遗腹之子出来与英雄搏斗，难分胜负	杀死蟒古思母子	反

	A（角色）	B（过程）	C（结果）	D（属性）
2	美丽的女妖	被她迷惑并同居，女妖试图暗中杀害英雄	杀死女妖	反

此章中的蟒古思夫人不仅腹中有蟒古思之子，还有绝色美貌，具有两种反面女性的复合型属性，昂都拉姆蟒古思的夫人实为蒙古传统英雄史诗中 A1、A2 两种反方女性的结合体。该属性前提可以激活 B1、B2 的过程情节和 C1、C2 的结果。在此章中没有 B1、B2 的过程情节，但仍产生了 C1、C2 的结果。此处省略了传统叙事的过程情节，导致情节和逻辑发展产生断裂，缺失了导致最后结果的相应原因，而故事说明"格斯尔的神剑出鞘"则补充了故事发展的必要原因。正因"格斯尔的神剑出鞘"，原本较长的、时间跨度较大的"故事时间"被压缩为一个短暂的瞬间，本章的"叙事时间"从而得以浓缩，并用神明的权威性为情节和逻辑的断裂做了必要的补充和合理化解释。

书面化对叙事时间的压缩在口头异文中可以得到逆向证明。由于口头演述对叙事时间通常没有任何限制，因此故事时间也相应地得以释放，而故事的情节发展也可以回归传统。在此章的一个布里亚特口头异文"嘎尔努尔麦汗之部"中，蟒古思夫人用婀娜多姿的姿态诱惑格斯尔的勇士们，使格斯尔的勇士们相互争抢，格斯尔英明地看出其妖媚之姿态，坚决将其砍死，结果其腹中跳出小蟒古思，对格斯尔说出挑衅之语。在卡尔梅克口头流传的"镇压昂都拉姆蟒古思之部"的多数口头异文中，格斯尔先被蟒古思夫人的美色诱惑，与其共同居住并被她喂了魔食，被嘉萨点醒后杀死了她，其腹中九个月大的蟒古思遗腹之子与格斯尔打斗，难分胜负。在此口头异文中，B1、B2 两种情节都已出现，蟒古思夫人 A1、A2 结合的复合型属性激活了 B1、B2 两种传统情节。

此外，在蒙古传统英雄史诗中，英雄的剑或箭等物件有一定的巫术魔力，通常会作为主人公的一种替身，从远处可与其主人产生内在关联，譬如：当主人公发生意外的时候，主人公留给家人的剑刃会生锈或箭头会抖动；这些武器与其主人有缘定的搭档关系，只有主人能将其拿起、只有它才能杀死其主人；等等。而此章中的神剑则是在帮其主人出主意或做出判断，它具有一定的神性，代表的不再是其主人，而是神的旨意。

总而言之，此情节符合蒙古英雄史诗传统逻辑，但并没有完全按照传统叙事模式展开。它压缩了杀死蟒古思的夫人和遗腹子这一次要情节的"故事时间"以及相应的"叙事时间"，而"叙事时间"得以压缩的直接效果便是该书面文本的故事节奏加快而篇幅长度缩短。我们知道，此章与第八章"格斯尔复活勇士之部"在各种抄本中紧密相连，在抄本的传播过程中也常结合在一起；"格斯尔复活勇士之部"是情节简单、篇幅短小的一章，而篇幅之间的平衡是书面文本的一个基本要求，因此此章与第八章作为一个稳定的组合，在整体篇幅上应是受限的。

第九章的故事情节与逻辑符合蒙古英雄史诗传统，但就搏斗过程而言，场景描述被高度简化，并无传统史诗中对搏斗过程的极度夸张、震撼人心的描述，但对征战的重要性和严肃性等从若干方面做了强化性阐释，在次要情节上省略了情节发展的过程，做了情节叙事时间的压缩，而对必要的情节发展过程用神剑的权威性判断做了补充和合理性解释，以适应书面化程度较高的《格斯尔》文本。

（二）诗章的合理化

虽然此诗章篇幅短小，在情节特点上与《格斯尔》其他诗章有些不同，但此章通过霍尔穆斯塔的"谕旨"，说明昂都拉姆之战与北京木刻版《格斯尔》第五章中的锡莱河之战一样重要。"锡莱河之战之部"（藏族《格萨尔》中对应的诗章叫"霍岭之战"）无疑是蒙藏《格斯（萨）尔》共同的核心诗章，但第九章"格斯尔镇压昂都拉姆汗之部"在情节复杂程度、人物的多样化程度、篇幅长度等方面远不如"锡莱河之战之部"。此章中，通过让霍尔穆斯塔本人诉说以及让叉尔根老人转述的方式，在征战前后两次明确说明"格斯尔一生中有两次盛大的征战，一次是与锡莱河三汗的征战，另一次便是此次"。① 将此战与锡莱河之战相提并论，借助霍尔穆斯塔腾格里的语言强调两者有同样重要的地位，说明这是格斯尔一生中同等重要的两次战争，并以霍尔穆斯塔腾格里的"神谕"，强调了"格斯尔镇压昂都拉姆汗之部"中征战的重要性。

（三）诗章的组合

上文已指出，在《隆福寺格斯尔》中，第九章"格斯尔镇压昂都拉姆汗之部"和第八章"格斯尔复活勇士之部"书面文本的结合很早，流传十分广泛。关于第八章、第九章的顺序，曾有不少学者进行了讨论。E. O. 洪达耶娃提出，第九章原本是"在木刻本的第七章后面。可是在这一章里叙述的是在锡莱河战斗中（第五章）死去的勇士们，所以不得不对这种情节性的矛盾加以说明，因而在叙述安杜尔马之前又出现了勇士们复活的第八章，后来把安杜尔马汗这一章作为第九章"②。从两章的情节而言，在征战昂都拉姆汗之前，格斯尔必须复活自己的勇士们，因此第八章理应在第九章之前，但这并不代表两者的形成顺序，因为史诗以单部形成并流传时并不受各部之间情节逻辑的制约，只有在书面化的过程中才会产生情节逻辑的前后与衔接问题。并且，第八章在主题和结构上是非典型特征、书面化特点明显的一章，因此第九章先形成的可能性较大，第八章很可能是在单部流传的"镇压昂都拉姆之部"被纳入《格斯尔》文本

---

① 见内蒙古自治区古少数民族古籍与《格斯尔》征集研究室编《蒙古〈格斯尔〉影印本》系列丛书（9卷）之《策旺格斯尔》卷，内蒙古文化出版社，2016，第九章第6叶上、第14叶上。

② 安杜尔马即昂都拉姆。参见 E. O. 洪达耶娃《在蒙古和布里亚特流传的〈格斯尔传〉》，国淑苹译，载中国社会科学院少数民族文学研究所编《民族文学译丛》（第一集），内部资料，1983，第168页。

的过程中形成的，并被安排在第九章的前面。

在与北京木刻版《格斯尔》衔接的时候，无论是第八章还是第九章，都是与木刻本核心诗章中第五章的内容相衔接的，而不是衔接木刻本的最后一章（即第七章）。所以，呈·达木丁苏伦在出版西里尔蒙古文九章本《格斯尔》时，将《隆福寺格斯尔》第八、第九章安排在北京木刻版《格斯尔》第五章之后，而北京木刻版《格斯尔》第六、第七章变成了该编纂本的第八、第九章。

本章小结

《隆福寺格斯尔》融汇了各种口头或书面流传的诗章或文本，这一点从各抄本章节次序的差异中可以管窥。在《隆福寺格斯尔》六个诗章中，第九章形成较早，在卡尔梅克、布里亚特民间也广泛流传，有若干早期抄本与口头演述记录文本为证。相比《格斯尔》的其他诗章，它是一个典型的蒙古传统英雄史诗诗章，它的主题、情节代表了《格斯尔》叙事传统与蒙古传统英雄史诗的共同之处，这也是第九章在民间广泛流传的原因。它在书面化的过程中经过了较多改编：一是在"经典化"过程中，在篇幅上受一定的制约，因此，一些次要情节和过程情节被删减，叙事时间变短，叙事节奏加快，同时用"神谕"或"神的指示"弥补了情节的跳跃所造成的逻辑断裂；二是压缩、省略了对战争、搏斗场面的描述，并通过若干种相对"快捷"的方式，强调了此次征战的庄严性和重要性。

第八、第九章属于《隆福寺格斯尔》中经过"经典化"的两个诗章，但这两章的情节主题与叙事功能不同，其形成和传播机制亦有所不同。第九章的诗章结构分析和文本流传情况均表明，它起初是作为单个诗部独立生成并流传的，而第八章是在北京木刻版《格斯尔》和《隆福

寺格斯尔》其他诗章的语境作用下成为独立诗章的。第八章与第九章的
结合较早，从而形成了较为稳定的书面文本。这两章与七章北京木刻版
《格斯尔》一同形成了九章本《格斯尔》，《诺木齐哈屯格斯尔》便是一
个典型的例子。

第五章

"格斯尔镇压罗布沙蟒古思之部"：
女性人物生成和转换

前文所讨论的第八章、第九章是《隆福寺格斯尔》中书面流传最广泛的两个诗章，而第十章"格斯尔镇压罗布沙蟒古思之部"是《隆福寺格斯尔》中口头流传最为广泛的两个诗章之一，另一个是本书上一章所讨论的第九章"格斯尔镇压昂都拉姆汗之部"。斯钦孟和在介绍我国新疆地区《格斯尔》流传情况时称，木刻本第一、第四、第五章（这些通常被视为《格斯（萨）尔》核心诗章）以及"格斯尔镇压昂都拉姆汗之部""格斯尔镇压罗布沙蟒古思之部"是当地流传广泛的《格斯尔》故事①，后两者为《隆福寺格斯尔》中的两个诗章，即第九、第十章。

在《隆福寺格斯尔》中，第十章"格斯尔镇压罗布沙蟒古思之部"与其他诗章之间的组合关系较明显。其一，从前后章的呼应方式可见，此章是《隆福寺格斯尔》成书时嵌入的一章：《隆福寺格斯尔》每一章的开头都有对前一章的概述总结，而此章之后的一章即第十一章对前文的概述不是此章的内容，而是第九章的内容；第十一章中嘉萨从天而降时回顾了格斯尔一生中与敌方战争和搏斗的过往，但没有提及此章所述镇压罗布沙蟒

---

① 斯钦孟和：《序言》，载《格斯尔全书》（第一卷），民族出版社，2002。

古思的经历。其二，隆福寺本的同源抄本《策旺格斯尔》中唯独没有此章。其三，在情节内容上，这一章与《隆福寺格斯尔》其他诗章有区别：除此章和第八章之外，其他各章都以格斯尔和他的勇士们与蟒古思及其手下奋力搏斗并获胜的故事为核心，而此章不属于这一范型。在这一独特的来历背后或许是不同于《格斯尔》其他诗章的来源和流变过程。

另外，"格斯尔镇压罗布沙蟒古思之部"与北京木刻版《格斯尔》的第六章内容几乎一致，因此，该诗章一直是北京木刻版《格斯尔》与《隆福寺格斯尔》的文本关系研究中的重要线索。

本章亦将从此诗章与北京木刻版《格斯尔》第六章的异文对比分析入手，探讨此诗章的生成与演变问题，从而对北京木刻版《格斯尔》与《隆福寺格斯尔》之间的关系作进一步探讨。

第一节　两个异文的对比分析

正如学界所共识，"格斯尔镇压罗布沙蟒古思之部"[①] 与北京木刻版《格斯尔》第六章（以下简称第六章）情节大致相同。两者一长一短、一繁一简，讲的是蟒古思变成大喇嘛，用驴像把格斯尔变成驴带回去，格斯尔的夫人阿鲁－莫日根[②]变成蟒古思的姐姐去解救格斯尔，然后两人一同消灭蟒古思的故事。

关于此章与北京木刻版《格斯尔》第六章之间的关系，学界一致认为木刻本异文是《隆福寺格斯尔》异文的底本，如《格斯尔》研究学者确日

---

① 《隆福寺格斯尔》的第十章"格斯尔镇压罗布沙蟒古思之部"开头处有"晁通之第十部"，此部分在《策旺格斯尔》中位于第九章之后，本书第三章第二节中专门探讨了这一部分。

② 在木刻本中为阿珠－莫日根，《格斯尔》抄本中有很多类似的人名发生变异的情况。

勒加甫在其论文《关于格斯尔变驴之部的研究》中介绍此章时提出 "木刻本中的简略版早于《隆福寺格斯尔》中篇幅长的异文，后者为木刻本基础上续作的一章" [①]。这些研究主要是以《隆福寺格斯尔》为木刻本 "续本" 的观点为前提，而不是经过对两者的文本对比分析得出的结论，因此没有可靠的依据。为深入探讨两者的关系，本章将从结构、情节、语言等不同方面对第十章和第六章进行对比和分析。

一 情节对比分析

第十章与第六章情节上的对应和不同之处如表 5-1 所示。

表 5-1 第十章与第六章的情节对比

第十章（共 25 叶）[②]	第六章（共 6 叶）
格斯尔为苦难百姓坐禅，罗布沙欲入侵格斯尔属国	
蟒古思大姐教蟒古思变成高僧去骗格斯尔	
蟒古思带两个徒弟到格斯尔的家乡	蟒古思变成喇嘛到格斯尔的家乡
三神姊、三腾格里等设障碍阻拦蟒古思，但随后又放行	
喇嘛假装福泽百姓，格斯尔夫人顶礼膜拜，也劝格斯尔去，格斯尔不去	格斯尔夫人劝格斯尔去顶礼膜拜，格斯尔不去，她自己去顶礼膜拜
	喇嘛用宝藏引诱格斯尔夫人叛变
格斯尔同意去一看究竟，神驹劝阻未果	格斯尔同意去膜拜
喇嘛称自己是释迦牟尼派来的化身	
格斯尔见佛物件，只好膜拜，蟒古思喇嘛给格斯尔摸顶，趁机把画有毛驴图像的纸放在格斯尔头上，让格斯尔变成了一头驴	蟒古思喇嘛给格斯尔摸顶，趁机把画有毛驴图像的纸放在格斯尔头上，让格斯尔变成了一头驴
嘉萨带两名勇士前去营救，三神姊劝回	

① 确日勒加甫：《关于格斯尔变驴之部的研究》，载中国社会科学院民族文学研究所编《〈格斯尔〉论集》，内蒙古人民出版社，2003，第 106~116 页。

② 这里是两者在原抄本中的叶数。

续表

第十章（共 25 叶）	第六章（共 6 叶）
霍尔穆斯塔看天命书，让三神姊去请阿鲁－莫日根出马，解救格斯尔	勇士们商量，去请阿鲁－莫日根出马，解救格斯尔
三神姊从天上下来请阿鲁－莫日根去救格斯尔，阿鲁－莫日根虽有怨气，但答应去营救	阿鲁－莫日根生气，但最终答应去营救
阿鲁－莫日根变成鸟出发	将莫日根侍卫变成鸟，装进衣兜，出发
阿鲁－莫日根飞到蟒古思城，又飞到蟒古思大姐之城，观察蟒古思大姐，变身蟒古思大姐回到蟒古思城	阿鲁－莫日根变成蟒古思姐姐模样，到蟒古思城
蟒古思姐姐见茹格牡－高娃时诅咒她，茹格牡起疑心，但被施法遗忘	蟒古思姐姐见茹格牡－高娃
蟒古思姐姐要求把驴带走，茹格牡阻拦，蟒古思姐姐生气，蟒古思只好给她	蟒古思姐姐要求把驴带走，茹格牡阻拦，蟒古思姐姐生气，蟒古思只好给她
蟒古思派属下跟踪，阿鲁－莫日根夫人施法挡住看门人的眼睛进入城内，属下返回报告	蟒古思派属下跟踪，阿鲁－莫日根夫人让驴前半身进入门，属下返回报告
阿鲁－莫日根带着驴上天交给三神姊后返回	阿鲁－莫日根带着驴回娘家——龙宫
霍尔穆斯塔让格斯尔变回人身，并让他回去向夫人敬酒叩谢	格斯尔变回人身
蟒古思另一个姐姐住在去蟒古思城的路上，威力胜过蟒古思，格斯尔与夫人先去找她	格斯尔与夫人为了比试，去打猎
看到白鹿，阿鲁－莫日根让格斯尔射中其额上白点，格斯尔没射中，阿鲁－莫日根射中，蟒古思姐姐带着箭逃跑	看到白鹿，阿鲁－莫日根让格斯尔射中其额上白点，格斯尔射中，白鹿带着箭逃到蟒古思姐姐城中
格斯尔变身小孩追去，帮蟒古思姐姐拔了箭，娶其为妻	格斯尔变身小孩追去，帮蟒古思姐姐拔了箭，娶其为妻
蟒古思大姐去见蟒古思，发现被骗，带兵出发；成为格斯尔妻子的姐姐没参与，派使者告知格斯尔	
格斯尔派出勇士们分别对应四方来敌（勇士们打斗的细节，双方变成各种动物追逐）	格斯尔去追蟒古思，双方变成各种动物追逐
格斯尔用五座山写上六字压住蟒古思，两孩子杀死蟒古思士兵的魂，格斯尔又带着两孩子到蟒古思城，杀了蟒古思灵魂，烧掉蟒古思城	格斯尔托假梦骗蟒古思，让蟒古思收其为徒，之后格斯尔赶走了其他徒弟，烧掉蟒古思城
格斯尔惩罚茹格牡，两个儿子帮母亲，回到家又惩罚她，阿鲁－莫日根替她求情，让格斯尔饶了茹格牡	

表5-1较清楚地反映了第十章与第六章情节上的相同和不同之处。第十章篇幅长、情节丰富，而第六章篇幅短，内容主要由主干情节构成，少了很多次要情节。在口头史诗传统中，有些内容虽不属于主干情节，但作为史诗逻辑中的必要成分，是史诗不可或缺的组成部分。在内容情节的繁简区别中，出现了不同的前因后果、逻辑关系，主要有如下三点。

第一，史诗逻辑的必要性。本章故事的核心是阿鲁－莫日根变成蟒古思姐姐的模样去解救格斯尔。对于变身，史诗有一套逻辑，即巴·布林贝赫先生在其《蒙古英雄史诗诗学》中所说，"英雄虽然有多种变身的魔法，但也遵循一定的规律，即必须先看到对方的模样才可以变成其模样"，这是"史诗本身的逻辑"①。比如第十章中，阿鲁－莫日根看到格斯尔受折磨后，先飞到蟒古思姐姐的城堡，仔细观察了蟒古思姐姐的模样，不仅看了她的外貌，还看到蟒古思姐姐因腿瘸走路时拄着拐杖，之后才变身为蟒古思姐姐去找蟒古思；而在第六章中，阿鲁－莫日根去解救格斯尔时，在完全不知晓蟒古思姐姐模样的情况下直接变身为蟒古思姐姐去找蟒古思，这有悖史诗本身的逻辑。显然，第六章在故事精简的过程中，史诗逻辑传统遭到了破坏。

再如，第十章中，格斯尔家乡与蟒古思之国之间的征程路途总有突破险阻、障碍等情节：蟒古思来到格斯尔城时三神姊、三腾格里分别变成大山和渔网来阻拦；格斯尔去见喇嘛时枣骝神驹来劝阻；格斯尔被抓走后三个勇士欲前去营救，路上遇到大山、大树、大海三大险阻，被三神姊劝回；等等。而在第六章中一律没有类似的征途中的险阻、障碍等情节，出发即到达，这也是与民间文学叙事逻辑相悖的。

第二，人物的多余化。按照史诗的逻辑，格斯尔出征时要带领哪些勇士需要仔细琢磨和认真商量，并且常常因为谁随同格斯尔出征、谁留下来保卫家园而引发怨气和争论，而格斯尔带领的勇士都要在关键时刻发挥一定作用。

---

① 巴·布林贝赫：《蒙古英雄史诗诗学》，内蒙古教育出版社，1997，第92页。

第十章中，阿鲁－莫日根自己变成了鸟，飞到蟒古思城；而第六章中，阿鲁－莫日根出发时特地把勇士莫日根侍卫变成鸟，揣在衣兜里，但后面的故事中莫日根侍卫并未出现，也没有发挥任何作用，这也违背了史诗固有的逻辑。

同样，第十章中，格斯尔在阿鲁－莫日根夫人的要求下娶了蟒古思姐姐，这位妻子在蟒古思征战格斯尔时派使者给格斯尔通风报信。而第六章中，格斯尔娶了蟒古思姐姐，但后来并没有出现任何与她相关的内容。

第三，人物的属性特点。第十章中，茹格牡－高娃在格斯尔变驴之后，被蟒古思强行掳走才会叛变，符合格斯尔夫人的行为惯例；而第六章中，茹格牡－高娃在没有被蟒古思胁迫的前提下主动为了得到蟒古思的财富而背叛了格斯尔，与蟒古思合谋害格斯尔变成毛驴，这并不符合《格斯尔》传统中茹格牡－高娃的做法。

再如，第十章中，阿鲁－莫日根变的蟒古思姐姐要求见茹格牡，并明里夸她漂亮而暗里诅咒了叛变的茹格牡，引起了茹格牡－高娃的怀疑。而第六章中，蟒古思姐姐见到茹格牡－高娃后夸赞其美丽过人这一情节虽然比第十章精简，却因删减必要成分而显得冗余。

史诗情节不一定遵循现实和理性的逻辑，但并非毫无逻辑和前因后果关系，它的逻辑形成于远古时期，在传承中得以模式化并沉淀下来。一些微小情节可能在史诗中发挥了重要的叙事功能，如果删去，将对整个叙事造成一定的破坏。第六章经过大幅度改编和删减，使史诗原有的逻辑遭到了破坏。

另外，在对两者进行情节对比基础上，再看其他书面和口头文本中相应的诗章，则可发现大多数异文更接近第十章。如布里亚特《阿拜·格斯尔》①中的"格斯尔镇压吕尔·哈日·罗布萨拉代之部"、青海《卫拉特格斯尔》②

---

① 《阿拜·格斯尔》，内蒙古教育出版社，1982。此为1959年在俄罗斯乌兰乌德出版的斯拉夫蒙古文本的转写本。
② 乌斯荣贵编《卫拉特格斯尔》，内蒙古文化出版社，2003。

中的"镇压罗布萨拉岱之部"等口头文本都更接近第十章，其中有诸多不同于第六章而与第十章相同的内容，如蟒古思姐姐教给蟒古思把格斯尔变成驴的办法、用六字真言的山岩压住蟒古思等，可见这些文本与第十章有直接关联。玛·乌尼乌兰在其《〈格斯尔传〉西部蒙古异文研究》①中提出，斯·胡亚克土的口头文本来自木刻本（第六章），并称其中用六字山压住蟒古思的母题来自《西游记》。这一结论有待商榷。书面文本中与第十章同源的异文更加普遍，《诺木齐哈屯格斯尔》等多部抄本都有第十章的异文，可见该异文的书面和口头传播程度都很广泛。

二　语言对比分析

第十章与第六章两者场景描述的差异较大，但通过对相应内容的详细对比，可以发现两者之间细微的变异情况。如表 5 – 2 所示，对于阿鲁 – 莫日根所变的蟒古思姐姐形象的描绘虽然差异较大，但可以看出演变的痕迹。

表 5 – 2　第十章、第六章中的蟒古思姐姐形象

第十章中阿鲁 – 莫日根看到蟒古思姐姐的样子	第六章中阿鲁 – 莫日根变成的样子
Nidün-inü alda širgigsen, *kümüsge-ni ebčigün-dü kürügsen*, degedü sonusqui doruɣši qanduɣsan, door-a-du sonusqui degegšide qanduɣsan, *irǰaiɣsan šidü-tei*, *qoyarküke-ni ebüdüg-tü-ni kürügsen*, qoyar čiki-ni debigür metü terigülen deldeyigsen, qoyar qabar-ni ongɣurqai, qoyarɣar-un qimusu-ni bürged-ün qimusun-metu, üsün-inü ɣurban üy-e alaɣ ulaɣan čaɣan šra ɣurban öngge-tei boyu. daɣun inu bataɣana-metü gingginekü aǰuɣu. Teimü ǰigšikü metü maɣu ǰisütü emegen-i Alu mergen üǰeged, bi ene metü qubiluɣad Geser-iyen arɣalaǰu üǰesügei kemen doturaban sedkiged, ene qoortu-yin ali temdeg-i-ni aldaqu bolba geǰü ergičen yabutala-ni emegen bi idešilesügei kemeged, *yisün alda qara tayaɣ modu n-iyentulǰu* temür gedegeben bariɣad soburɣan-u deger-e-eče baɣubasu nigen kül-ni doɣulang boyu	Nidün-inü nigen alda širgigsen, kümüsge-ni ebčigün-dü kürügsen, köke-ni ebüdüg-tü kürügsen, irǰaiɣ san šidütei, yisün alda qara tayaɣ-iyan tulǰu

---

① 玛·乌尼乌兰：《〈格斯尔传〉西部蒙古异文研究》，内蒙古文化出版社，2015，第 116 页。

第十章中阿鲁－莫日根看到蟒古思姐姐的样子	第六章中阿鲁－莫日根变成的样子
眼睛深陷在眼窝里有一庹深，眉毛垂到胸前，上牙下垂，下牙朝上，獠牙纵横交错，乳房坠到膝盖，两只耳朵如同大扇子，两个鼻孔如同大洞，两只手的指甲犹如猎鹰爪子，毛发红白黄三种颜色，声音如同蚊子嗡嗡叫。阿鲁－莫日根看了那恶心的面貌，心想我要变成这般去试试，又怕漏掉什么特点，来回飞着，（蟒古思姐姐）拄着九庹长的黑色拐棍，从塔上走下来，一看一条腿是瘸的	眼睛深陷在眼窝里有一庹深，眉毛垂到胸前，乳房坠到膝盖，獠牙纵横交错，还拄着九庹长的拐杖

　　上表可为两个异文的关系提供一些线索：在第十章中，对蟒古思姐姐的形象描绘十分丰富，有阿鲁－莫日根的观察过程，也有对蟒古思姐姐从局部到整体的描述，包括眼睛、眉毛、牙齿、乳房、耳朵、鼻孔、指甲、毛发、声音、腿、拐杖等，而在第六章中只有部分核心特征即眼睛、眉毛、乳房、牙齿、拐杖完全对应第十章中相应部分，但对其他部位的描述都已省去。第十章中，阿鲁－莫日根看到蟒古思姐姐站起身时拄着拐杖，仔细一看原来腿是瘸的，走路时一瘸一拐；第六章中，没交代腿瘸而只说拄着拐，说明这里对蟒古思姐姐的形象做了简化处理，只保留了对其形象的一小部分特征描述。史诗口头传统中的扩张主要通过母题的组合、平行式等口头叙事手法来实现，而在一段文字中增删内容则是书面文学的改写方法。

　　此外，论文本特征，第十章虽以散文形式书写，但与木刻本不同的是它有诸多口头演述中常见的程式和平行式，还有长篇的祝词、赞词、训谕诗，如出征前祭祀中呼唤了 53 位神灵、圣物等，这些都是口头演述的特征，后文中有详细阐述，在此不再赘述。这些特征表明第十章与口头文本有密切的关系，而这些特征是第六章所没有的，它在语言、场景描述、情节发展等各层面都与史诗传统有较大的偏离，而偏离的原因似乎在两个文本的对比分析中得到了答案。

　　总结以上内容与语言的对比分析，可以推断第十章与第六章两个异文中，第六章来自于第十章的文本，并且做了大幅度的精简修改。从整体来看，《隆福寺格斯尔》抄本的形成时间晚于木刻本的刊刻时间，因此不能说第六章直接来自第十章，但可以确定第六章来自与第十章同源的口头或书面文本，且经过了情节、语言、程式等各层面的删减和改写过程。

第二节　阿鲁－莫日根：人物的形成与变异

第十章中的主人公阿鲁－莫日根夫人是《格斯尔》中很独特的女性角色，未见于藏族《格萨尔》。我们已知道此章与木刻本第六章的关系，而此章的女英雄阿鲁－莫日根夫人作为此章最突出的独特人物，需要单独探讨。本节通过将第十章中的女性角色与《格斯尔》其他女性角色及蒙古传统英雄史诗中的女性角色进行对比，探讨第十章中女性角色的特点以及其形成和演变轨迹。

一　蒙古传统英雄史诗中的女性结构

就传统而言，蒙古英雄史诗里的世界都是男人主宰的世界。在蒙古传统英雄史诗尤其是单篇史诗中，女性角色并不突出，最常见的是美貌的英雄之妻或丑陋的蟒古思之妻。其中，正方女性通常只是一个情节功能项，英雄为娶美人经过考验和斗争，英雄的敌方垂涎其美貌而入侵，她与土地或财富一样，是勇士们角力或争斗的目标。在复合型史诗中，女性角色数量有所增加，在同一部史诗中可能出现多个女性，但无论单篇还是复合型史诗中的女性都有着较普遍的共性，即她们的出身、容貌、行为等是两极化的，是美与丑、善与恶的极端对立。

无论在英雄征战还是娶妻的主题下，蒙古传统英雄史诗中的女性往往是一个理想化的、抽象的象征性符号。她们的善恶美丑通常是由她们的出身和婚姻关系决定的，是依附于家族传统的，正方亲属为正面角色，反方亲属则为反面角色，善恶美丑不是性别特有的属性。她们作为男性角色的一种附属品，通常是男性征战和婚娶行为的被动承受者，而不是主动行为者。

只有一种特殊情况即在"家庭斗争型"史诗或故事中，英雄的女性亲属背叛英雄，伙同敌方陷害英雄，成为英雄的敌人即反面角色。在这些史诗或故事中，女性角色经历了从正方到反方、从善到恶的转变。这类故事是较为特殊的，关于该类型史诗或故事的起源有诸多讨论和争议。有的学者认为它们源自古老的母系与父系社会交界处的社会矛盾，有的学者认为其源自较晚时期的社会现实生活。但即使在"家庭斗争型"史诗、故事中，她们身为正方角色和变成反方角色之间亦存在断裂，即在她挖出被英雄掩埋的敌人的那一刻，其属性就发生了从正到反、从善到恶的身份转变，依然属于二元对立结构，而不是善恶并存的中性或两面状态。

二 《格斯尔》中的女性结构特点

受其他民族文学传统的影响，《格斯尔》在诸多方面与蒙古传统英雄史诗有一定区别，其中之一便是故事中有诸多发挥较大作用的女性角色。在《格斯尔》中，正方和反方女性角色较多且相关情节较为复杂，她们在《格斯尔》的情节发展中发挥了较大作用。她们有着相对复杂的情感和行为特点，难以用简单的正反、善恶定义和区分她们，这里对格斯尔家族和蟒古思家族分别进行讨论。

（一）格斯尔家族的女性

在《格斯尔》中，正方女性角色主要是格斯尔的夫人们，包括茹格牡－高娃、阿尔鲁－高娃、阿鲁－莫日根等夫人，以及格斯尔打败敌人后从敌方家族中娶得的固玛－高娃、乔姆森－高娃、赛胡来－高娃、乃胡来、蟒古思姐姐等夫人。从外貌形象来看，她们（除阿鲁－莫日根之外①）美如

---

① 阿鲁－莫日根较特殊，将在后文中单独讨论。

天仙，完全符合蒙古英雄史诗传统，形象描述也以高度抽象化的传统程式为主。然而，她们的内在属性与外在形象不是相互对应和一致的。比如，茹格牡－高娃作为格斯尔最亲近的夫人，出身"天界空行母化身"，美如天仙，光彩照人，同时，她嫉妒成性、贪婪、见异思迁，从而常对格斯尔和其他夫人造成危害，这与其家族属性和外貌特征相矛盾，与"黑白形象体系"传统相悖。

1. 角色特点与功能

《格斯尔》多个章节中故事的缘起与女性角色有关，且往往因她们的某种反面属性所致。在这一点上，蒙藏《格斯（萨）尔》同源章节基本一致，只是在藏族《格萨尔》中，正方女性的反面特征更为突出，所有争端常由英雄的夫人挑起，如第一章中格萨尔父亲的妃子嫉妒格萨尔母亲，陷害格萨尔母子二人；第四章中珠毛夫人因嫉妒陷害梅萨夫人，并阻止格萨尔前去营救；等等①。蒙古文《格斯尔》中，上述挑起事端的责任更多地由格斯尔叔叔晁通承担，如晁通伙同茹格牡夫人背叛格斯尔或勾引阿尔鲁－高娃夫人等，女性所发挥的负面作用因而有所降低，但本质上仍然是善恶并存的两面角色。茹格牡有时忠于格斯尔，有时背叛格斯尔且心狠手辣，也常受到惩罚；图门－吉日嘎朗则始终忠于格斯尔，但她也很自私，为留住格斯尔骗他吃黑色魔食忘记了家乡，还关住并虐待格斯尔的枣骝神驹，从而耽误格斯尔征战，使格斯尔家乡、夫人遭到敌人侵略。女性角色在蒙古文《格斯尔》中具有以下几种功能。

（1）被抢夺，构成战争起因

如其他史诗一样，格斯尔的夫人们常常成为敌人入侵格斯尔家乡的直接目标，即战争的起因。茹格牡－高娃、阿尔鲁－高娃等格斯尔夫人都曾

---

① 《格萨尔王传》(《贵德分章本〈格萨尔〉》译文)，王沂暖、华甲译，中国国际广播出版社，2016。

成为蟒古思人侵、抢夺的目标。

（2）因嫉妒互相陷害

格斯尔的夫人们对彼此的嫉妒和迫害是《格斯（萨）尔》中女性的普遍特点。

（3）因自私阻碍格斯尔征战

女性因自私而阻碍格斯尔征战且造成严重后果时，却并不会受到惩罚，而是被视为行为惯例。如图门－吉日嘎朗给格斯尔喂了黑色魔食让其忘记家乡，还将格斯尔的枣骝马关起来虐待，但她并未因此而受惩罚。

（4）对英雄的背叛

当格斯尔夫人被敌方挟持时，并不总是保持对格斯尔的忠诚，有时则叛变为敌方妻子和助手，试图协助蟒古思迫害格斯尔。事后，她们往往会受到严厉的惩罚，如茹格牡伙同蟒古思陷害格斯尔后就受到了严厉的惩罚，但她最终被原谅。

总之，她们作为格斯尔的夫人，在她们的自私行为造成严重后果时也并不都会受到惩罚；即使受惩罚，最终也会被原谅。可见，她们与蒙古传统英雄史诗中抽象的、理想化的女性角色大相径庭。

2. 对传统女性母题的反转

《格斯尔》中的女性角色与蒙古传统英雄史诗中的女性角色有结构性差异。这种差异不仅体现在《格斯尔》女性人物独特的角色属性和功能上，有时还体现为对传统女性人物母题的"反转"。比如，在传统英雄史诗中，女性角色辅助英雄完成伟绩方面有两个典型母题：①梦中预知敌人或不幸的到来；②从死者身上跨过三次以复活死者。在蒙古文《格斯尔》中，格斯尔的夫人们也有上述传统母题，但这些母题的性质出现了"反转"：①梦中预知未来，但故意隐瞒。比如，第十五章中，格斯尔夫人茹格牡－高娃在梦境中得知黑纹虎即将来袭，但故意隐瞒消息，不告知格斯尔，使得格斯尔家乡遭黑纹虎入侵。格斯尔夫人虽然"预知未来"却并没有说出来，这个潜在的能力并没有得以发挥正向作用，因此女性特有的这一协助功能没有发挥出来，反而成了"绊脚石"。②从死者身上跨过三次，但不是复活死者，而是让死者永不得复活。在蒙古传统英雄史诗中，女性在死者身上跨过三次可使其复活，正如海西希指出的，"英雄的起死回生是通过妇女三次跨越尸骨……跨越死者的女人是死者的再生之母"①。《格斯尔》中也出现了类似的母题：第十三章中，格斯尔的夫人们从那钦汗祭祀的神树上跨过三次，但目的不是使其重生，而是玷污它，使它永不得复活；同行的两个男性没有跨越，包括恶人晁通，"因为他们并不肮脏"。这种"反转"母题在蒙古史诗中绝无仅有，女性原本神圣的再生潜力转变为玷污和毁灭之力。

3. 与男性角色的对立

其一，格斯尔夫人往往会对格斯尔造成危害。程度上，在家族中地位越高、与格斯尔越亲近，对格斯尔的危害也就越大，即不是正反的对立，而是性别的对立。这一点在世界各民族民间文学中并不稀奇，女性形象往往被赋予矛盾性特点②：其美貌一方面吸引男性，另一方面又对男性造成威胁（见表5-3）。

表5-3　格斯尔夫人们的地位和危害行为

地位排序	与格斯尔相伴年限	对格斯尔的危害行为
茹格牡 - 高娃	终生	勾结敌人，迫害格斯尔
阿尔鲁 - 高娃	九年	欺骗格斯尔，给他吃黑色魔食

---

① 瓦·海西希：《蒙古史诗中的起死回生和痊愈母题》，原载瓦·海西希主编《亚细亚研究》卷72，威斯巴登·奥托·哈拉索维茨出版社，1981；后载中国社会科学院少数民族文学研究所编《民族文学译丛》（第二辑），内部资料，1984，第204页。

② 如阿兰·邓迪斯在论文《谄媚语及女性在西班牙语世界中的二元形象》中所说，"矛盾却又无处不在的男性文化中的女性形象"。见阿兰·邓迪斯《民俗解析》，户晓辉编译，广西师范大学出版社，2005，第113页。

续表

地位排序	与格斯尔相伴年限	对格斯尔的危害行为
贡玛汗之女贡玛 – 高娃	三年	跟格斯尔产生分歧
黑帐汗之女乔姆森 – 高娃	未提	未提威胁行为

其二，蒙古文《格斯尔》中，人物的话语通常表达了性别对立。这些对话虽内容多样，但都有男女二元对立的特点，且往往表达了男女好恶的价值取向（见表5 –4）。

表5 –4　《格斯尔》中的性别对立

	说者	话语	出处
1	安冲	你的外表像金箱子， 但你的内心就像金箱子里装了生牛皮和蹄筋； 我的外表虽然像马皮做的圆囊， 但我的内心却像是皮桶里装满的锦绣绸缎	第三章
2	胜慧三位神姊	你哭什么鼻子？ 你是女人吗？ 男子汉说到做到， 千里马说到跑到才对啊！	第四章
3	胜慧三位神姊	难道你不知道， 男人成事在于好胜， 女人败事在于嫉妒吗？	第四章
4	图门 – 吉日嘎朗	唉，我的好丈夫！……你没有听说过人间有三个不可信吗？ 棍子不能当作树； 麻雀不能当作鸟； 女人不能当作伴	第四章
5	安冲	男人出门打猎，带上武器就会有好运； 女人参加婚礼，穿衣打扮就变得美丽。……	第五章
6	茹格牡 – 高娃	哎呀！我的巴尔斯巴特尔呀！人们都说， 男人贪睡，会耽误征程和狩猎； 女人贪睡，会耽误家务和女红； 大树倒下了，蚂蚁来筑窝。……	第五章
7	伯通	男子汉大丈夫的胸膛里能容得下一个穿戴盔甲的人， 女人的肚子里能容得下有头发和骨骼的孩子	第五章

	说者	话语	出处
8	嘉萨	谁是男人， 谁是女人	第十三章
9	茹格牡-高娃	他们以为十方圣主格斯尔不在家， 以为他亲近的嘉萨西格尔哥哥和三十个勇士也各回了各的家， 以为我们是女人，所以就敢来欺负我们吗？	第五章
10	茹格牡-高娃	你们听听这个该死的人说的话！他知道格斯尔汗不在家，就因为我是女人而小看我们，明明在家却不去教我们的安冲。……	第五章
11	枣骝神驹	连女人都说出了这样坚定的话，你还在恋恋不舍，踟蹰什么？	第四章
12	格斯尔	真是头发长见识短的女人！你这样放声大哭，蟒古思不就会发现我来了吗？……	第四章
13	蒙古勒金-高娃	并不是我这个新嫁来的女人要多管闲事！但我辞别父母的时候，做了一个不吉利的梦	第五章
14	晁通	孩子！你是个好汉，为什么要听女人之言，贪生怕死、待在家里？	第五章
15	茹格牡-高娃	既然有男人在场，何必让女人来焚烧煨桑？	第五章
16	格日勒泰-台吉	你们的勇士刀砍和箭射， 简直就像两个女人打架，互相用剪刀刺对方； 简直就像没有角的两只山羊互相顶撞一样	第十一章
17	那钦汗	男人好争胜， 女人好嫉妒， 羔羊要趁热吃	第十一章
18	晁通	生为男人，还能怕敌人吗？ 生为游隼，还能怕草原上的野鸡吗？	第十一章
19	那布莎-古尔查祖母	男人有失误的时候， 雄马有绊脚的时候， 女人有因自己的感情而失误的时候	第十一章
20	苏米尔	男人用计谋取胜， 女人用感情取胜	第十一章
21	茹格牡-高娃	男人好争胜，女人好嫉妒， 人的一生要趁年轻， 羊羔肉要趁热吃	第十二章

	说者	话语	出处
22	格日勒泰－思钦	你这射的箭， 如同两个女人争吵后用剪刀刺彼此， 如同无角的两只羊互相斗角	第十二章
23	茹格牡－高娃	好可汗就像太阳 好哈屯就像月亮 好儿子就像黑暗中点亮的灯 好女人就像琴音一样美妙、竹节一样秀丽 次劣的女人则是早晨起床后连头发都懒得梳就到处串门……	第十二章
24	晁通	男人没有坏事， 女人多有坏事	第十二章
25	呼格岱斯琴	男人好争胜， 女人好嫉妒	第十二章
26	那钦汗	生为男人，说出一句话便不再动摇； 生为公马，只受一次鞭策便不再彷徨。 我话已出口，怎能像女人一样出尔反尔？	第十三章
27	那钦汗	生为男人，终有一死， 青铜之城再坚固，也有发出吱嘎声的时候； 生为公马，也有绊腿的时候； 生为女人，亦有心生不忠的时候	第十三章
28	格日勒泰－思钦	谁是男人， 谁是女人	第十三章
29	嘉萨	生为男人一心为汗， 生为儿子一心为父母， 生为女人一心为夫	第十三章
30	嘉萨	男子汉要趁年轻， 羊羔肉要趁热吃， 女人要在有心时， 公马要在未驯时， 嫁人的女子要趁年轻， 被宠溺的孩子靠父母， 有学识的徒弟托师傅的福	第十三章
31	（叙事者）	夫人们从妖树上跨过，树被玷污而树叶枯萎	第十三章
32	（叙事者）	男人没有肮脏， 女人即使是天上的仙女， 生了孩子便被脏水玷污	第十三章

上述性别二元对立的表述所表达的女性角色属性可归类为以下几个方面。

（1）无能、软弱：2、8、9、10、11、18、28

（2）好嫉妒：3、16、17、21、22、25

（3）不可靠、不忠诚：1、4、24、26、27

（4）感性：19、20、30

（5）不该管大事：13、15、29

（6）无知：12、14

（7）肮脏：31、32

（8）有些并没有具体评价意义，但形式上仍与男性形成对立：5、6、7、23

性别对立在蒙古叙事传统中并不多见，《格斯尔》的这一特点体现出其受到了较大的其他文化影响。《格斯（萨）尔》作为蒙藏同源异流史诗，在生成和流传过程中深受印度叙事传统的影响，而印度叙事传统中，常有女性邪恶的观念倾向，这或许是《格斯（萨）尔》中这些观念倾向的来源。《格斯尔》中女性的"对立性特点"使人物更加丰富，使《格斯尔》有了有别于传统英雄史诗的独特特点。当然，相比藏族《格萨尔》，蒙古族《格斯尔》中的"矛盾性"女性特点已大大弱化，在《隆福寺格斯尔》中则变得更加微弱。

可见，格斯尔夫人的一些母题虽然来自史诗传统，但本质上发生了变化，体现出女性内在的矛盾性以及对男性构成的威胁，最终体现出与家族中的男性相对立而不是从属的属性。这种性别对立性与传统史诗的黑白形象体系有着本质的差异。

（二）敌方女性角色

在较古老的蒙古英雄史诗或故事中，蟒古思家族的女性注定是反面角色：善恶对立的身份是家族或婚姻所赋予的，蟒古思家族的女性无论美丽或丑陋，都是故事中的反方、英雄的敌人，因此英雄"见了蟒古思家族的女人就要消灭"①。她们若是美丽的，则美貌只是用来迷惑英雄的表象；若是丑陋的，则往往是蟒古思的得力助手，且腹中孕育着蟒古思的遗腹子，小蟒古思在蟒古思夫妇死去之后跳出来与英雄展开殊死搏斗（见表 5 - 5）。

表 5 - 5　传统蒙古英雄史诗中两种蟒古思家族女性

	角色		过程			属性
1	蟒古思夫人	丑陋	割开其腹	蟒古思遗腹之子出来与英雄打斗	杀死蟒古思母子	反
2	女妖	美丽	被她迷惑并同居	女妖试图暗中使坏	杀死女妖	反

而在蒙古文《格斯尔》中，正如格斯尔夫人并不总是正面角色，蟒古思家族的女性也并不总是反面角色。事实上，除本章讨论的第十章之外，其他诗章中蟒古思家族的女性往往都长相美丽，且在正反方斗争中站在格斯尔一方，为格斯尔提供重要的协助，在故事结尾都嫁给格斯尔，成为格斯尔家族的女性。当然，相比藏族《格萨尔》，其角色地位并非那般重要。在藏族《格萨尔》中，蟒古思妹妹嫁给格萨尔、成为重要角色，她死后进入地狱，格萨尔赴地狱将其救出后一起升天。② 这里似乎有坏人弃恶从善后被救赎的佛教思想的影响。在蒙古文《格斯尔》中，蟒古思家族的女性角色属性淡化了很多，其任务主要是帮助格斯尔杀死蟒古思。

在《隆福寺格斯尔》中，乃胡来、赛胡来等敌方家族女性最后也都嫁给了格斯尔，成了格斯尔夫人。

三　第十章中女性角色的结构特点

第十章中的正方和反方女性与《格斯尔》其他诗章中的女性角色很不

---

① 谢·尤·涅克留多夫：《蒙古人民的英雄史诗》，徐昌汉、高文风等译，内蒙古大学出版社，1991，第 131 页。

② 《格萨尔王传》，王沂暖、华甲译，中国国际广播出版社，2016。

一样，其人物母题结构的独特之处体现出其独特的生成和演变过程。

（一）正方女性角色：阿鲁-莫日根

《格斯尔》中，有一个与其他格斯尔夫人不大一样的女性角色，就是阿鲁-莫日根夫人。阿鲁-莫日根是本章所讨论的"格斯尔镇压罗布沙蟒古思之部"及其异文"格斯尔变驴之部"中的核心人物，另外她还在木刻本第一章结尾、《诺木齐哈屯格斯尔》第五章结尾中出现过。相比其他格斯尔夫人，阿鲁-莫日根从未成为战争起因，反而成为格斯尔的得力助手。

1. "男性专属"母题

有关阿鲁-莫日根的大多数母题与《格斯尔》中的男英雄母题一致（见表5-6），而且程度上比男性母题更胜一筹，由此可以发现其母题构成和来源。

表5-6 阿鲁-莫日根与格斯尔及其勇士们的相同母题

阿鲁-莫日根相关情节	出处	男性角色的对应情节	出处
阿鲁-莫日根主动请缨出征	第十三章	勇士们主动请缨出征	多数篇章
格斯尔不在的时候，阿鲁-莫日根保护茹格牡-高娃并出征	第十二章	格斯尔不在的时候，勇士们保护茹格牡-高娃并出征	第五章
阿鲁-莫日根化身蟒古思姐姐	第十章、第十二章	格斯尔化身蟒古思去杀蟒古思兄弟，又化身蟒古思女儿杀蟒古思母亲	第四章
阿鲁-莫日根射中蟒古思姐姐的化身——母鹿	第十章、第六章	格斯尔射中蟒古思姐姐的化身——母鹿	第四章
阿鲁-莫日根让格斯尔遵守承诺，娶蟒古思姐姐为妻	第十章	格斯尔承诺娶蟒古思姐姐为妻，但最后杀死了她	第四章
格斯尔要惩罚茹格牡-高娃，阿鲁-莫日根劝阻	第十章	嘉萨劝阻格斯尔惩罚茹格牡-高娃	第五章
阿鲁-莫日根携晁通出征，在路上嘲弄晁通，让他吃马粪蛋	第十三章	格斯尔携晁通出征，在路上嘲弄晁通，让他吃马粪蛋	第四章

阿鲁-莫日根身上的这些母题原本都是格斯尔或其男性勇士的母题，在《隆福寺格斯尔》中却被用在阿鲁-莫日根身上，构成了阿鲁-莫日根

英勇无比、能打善战的属性特点。

2. 与其他格斯尔夫人相反的母题

阿鲁－莫日根的另一个母题来源是格斯尔的其他夫人，但这些母题不是直接对应的，而是相反的。她不像其他夫人一样善妒、互相陷害，反而在格斯尔不在家时保护茹格牡－高娃，在格斯尔要惩罚茹格牡－高娃夫人时劝阻格斯尔；她公平公正，在其他夫人意见不合之时给予裁决；她性格暴躁，在见到孩子与格斯尔一起欺骗她时不仅射掉格斯尔的帽子，还向孩子射了箭。在地位上，她还深得格斯尔与那布莎－古尔查祖母、三神姊的尊重，格斯尔与三神姊曾对她下跪感谢，而格斯尔的主要夫人茹格牡－高娃却曾被三神姊辱骂、被格斯尔惩罚折断腿脚。格斯尔给她下跪敬酒致谢，体现出两人在地位上的平等（见表5－7）。

表5－7　阿鲁－莫日根与格斯尔其他夫人的母题对比

格斯尔其他夫人	出处	阿鲁－莫日根	出处
"高娃"，意为美丽		"莫日根"，意为神箭手，是史诗主人公常用的头衔	
茹格牡－高娃和阿尔鲁－高娃抢夺侄子	诺木齐哈屯本第五章	阿鲁－莫日根协调两人，裁断纠纷	诺木齐哈屯本第五章
茹格牡－高娃争风吃醋，陷害图门－吉日嘎朗	第四章	阿鲁－莫日根劝格斯尔饶恕茹格牡	第十章
茹格牡－高娃想赶走阿尔鲁－高娃		阿鲁－莫日根劝格斯尔娶蟒古思姐姐为妻	
茹格牡－高娃伙同蟒古思害格斯尔	第五章	阿鲁－莫日根欺骗蟒古思解救格斯尔	第六章、第十章
图门－吉日嘎朗阻碍格斯尔出征		阿鲁－莫日根全力辅助格斯尔征战	第六章、第十章
三神姊责怪茹格牡－高娃、图门－吉日嘎朗	第十五章	三神姊向阿鲁－莫日根下跪请求	第十章
格斯尔惩罚茹格牡－高娃、责备阿尔鲁－高娃	第五章、第十章	格斯尔向阿鲁－莫日根下跪敬酒并感谢她	第十章

可见，阿鲁－莫日根在英勇善战、公私分明、公正大度、备受尊重等

诸多方面与其他女性角色的母题正好相反,这些女性角色的母题是阿鲁-莫日根的部分人物母题的来源。

3. 相关言语特点

阿鲁-莫日根的言语也针对性地体现了她与其他夫人相反的特点:

(1)格斯尔来与我居住两三月,我并不会因此而感到欢天喜地;

格斯尔离我们而去,两三年不归,我也不会怨恨他。

(第六章)

(2)寺庙毁坏,施主修缮是道理;军队无帅,夫人统领是道理。

(第十二章)

其他女性的相关言语体现出的两个核心特点是对情感上的自私自利与对家国大事的漠不关心,而阿鲁-莫日根的以上两则言语恰好与格斯尔其他夫人们的两个共同特点形成反差。

(二)第十章中的反方女性

第十章中的反方女性为蟒古思的两个姐姐。两人在外貌、行为上与第四章中的蟒古思姐姐有完全对应之处(见表5-8),而第四章中的蟒古思姐姐与藏族《格萨尔》同源诗章中的对应人物大不相同。在藏族《格萨尔》中,蟒古思妹妹外貌美丽,在被格萨尔征服之后,成为格萨尔非常重要的夫人,后格萨尔下地狱将她从地狱中解救出来并与她一同升天。而她的情况在对应的《格斯尔》第四章中有了很大转变,《格斯尔》第四章中的蟒古思姐姐丑陋邪恶,是蟒古思家族女性的典型代表。

表5-8 蒙藏《格斯(萨)尔》中四个蟒古思姐妹的属性对比

出处	人物	外貌	过程情节	相关母题
贵德分章本《格萨尔》第四章	蟒古思妹妹	美丽	崇拜格斯尔 嫁给格斯尔	格斯尔娶她

续表

出处	人物	外貌	过程情节	相关母题
第四章	蟒古思姐姐	丑陋 （巨大乳房、拖地的眉毛）	帮助蟒古思	格斯尔射中了她，化身成她弟弟，最后杀了她
第十章	蟒古思姐姐	丑陋 （巨大乳房、拖地的眉毛）	帮助蟒古思	阿鲁－莫日根化身成她，最后杀了她
	蟒古思姐姐	丑陋 （巨大乳房、拖地的眉毛）	为保命嫁给格斯尔，帮助格斯尔	阿鲁－莫日根射中了她，格斯尔化身，阿鲁－莫日根强迫格斯尔娶了她

《格斯尔》中敌方女性的形象、属性与藏族《格萨尔》同源诗章中的女性形象是完全不同的，她们体现出巴·布林贝赫先生所说的"恶的诗学"，是一种善与恶、美与丑、英雄家族出身与蟒古思家族出身的对立。

表 5－9　第四章与第十章中三个蟒古思姐妹相关母题对比

第四章中的蟒古思姐姐或女儿 （4－24－2）	第十章中的蟒古思大姐 （10－18－1）	第十章中的蟒古思二姐 （10－22－1）
nige kügšinqu-a maral degülin debkelün dobtulan γarba 一只白色的老母鹿冲格斯尔跑来		quu maral ebesün ideǰü baiqu 一只白色的母鹿在吃草
mangnai čagan-iyar qarbuγsan somun-i oqur segül-i-yin tegüber γarba. Tere maral somun-i abun dutaγaba 格斯尔向母鹿的额头射了支箭，箭一直穿到尾巴。母鹿带着箭逃走了		manglai-yin čaγan-iyar γadatala qarbuba，qarbuγsan somutai temür-ni bügse-ber γarču γilulǰu，unaǰu bosuγsaγar ečiba. 阿鲁－莫日根射中了母鹿的额头，铁箭头从臀部露出来，母鹿跌跌撞撞地逃走

续表

第四章中的蟒古思姐姐或女儿 （4 – 24 – 2）	第十章中的蟒古思大姐 （10 – 18 – 1）	第十章中的蟒古思二姐 （10 – 22 – 1）
Čal buɣurul emegen doɣudu soyuban tegri-dü tulɣaǰu degedü soyuɣaban altan delekei-dü tulɣaǰu qoyar kükeben altan delekei de-ger-e delgeregülǰü	Degedü soyuɣ-a doruɣši qanduɣsan door-a-du soyug-a degegšide qanduɣsan irǰaiɣsan šidü-tei, qoyar küke ni ebüdüg-tüni kürügsen …… üsün-inu ɣurban üy-e alaɣ čaɣan šira ɣurban öngge-tei boyu	
下面的獠牙顶到天上，上面的獠牙顶在金色世界，两个大乳房拖了一地，从额头射进去的箭从臀部露出箭簇的白发老女人	眼睛深陷在眼窝里有一庹深，眉毛垂到胸前，上獠牙下垂，下獠牙朝上，獠牙纵横交错，乳房坠至膝盖，两只耳朵如同大扇子，两个鼻孔如同大洞，两只手的指甲犹如猎鹰爪子，毛发红白黄三种颜色	
noqaičilaǰu čoru-yin saɣuǰu yoo qalaqai yayila geǰü saɣunam. Geser ɣuu-a sayiqan kümün bolǰu oruɣad		Geser bey-e-ben kubilǰu keüken bolun güiǰü orubasu, mangɣus-un egeči ni noqaičilaǰu očuin saɣunam
一个白发老女人像只狗一样蹲在地上呻吟，格斯尔化身美女走进去		格斯尔化身女孩走进去，蟒古思姐姐像只狗一样蹲在地上
抓住留在额头上的箭翎朝上拔，拔得筋疲力尽也没能拔出来；再抓住从臀部露出来的箭簇朝下拔，双手都快断了也没能拔出来		
Abai qoyaɣula nükür boluɣ-a, nükür minu či yayiǰam či		či minu gergei bolqu boyu kemebesü ǰ-a ǎnu gergei boluɣ-a gebe
老女人又哀求道："我们俩做夫妻吧！你无论如何要帮忙把箭拔出来。"		格斯尔问："如果给你拔出箭，是否愿意嫁给我？"蟒古思姐姐同意
		格斯尔拔了箭，蟒古思姐姐把他们吞掉，格斯尔恐吓让其吐出，并让她发誓
格斯尔假意拔箭，搅动箭杆，杀死了蟒古思姐姐	苏米尔拉着蟒古思姐姐的四颗獠牙滚下去，伯通一棒打死蟒古思姐姐	
		娶了蟒古思姐姐

可见，《隆福寺格斯尔》中蟒古思两个姐姐的外表和相关情节均来源于木刻本第四章中的蟒古思姐姐，是第四章中蟒古思姐姐分解而成的两个人物。第四章中蟒古思姐姐的最后结果在此章里也被分成两种相反的结果：第四章中的蟒古思姐姐请求格斯尔救她，答应要嫁给他，格斯尔假装要救她却把她杀死；而在第十章中，蟒古思的一个姐姐被格斯尔的勇士们直接杀死，另一个姐姐则请求格斯尔救她，假装答应嫁给他，当格斯尔救她时，她反而要吞掉格斯尔，但最后不得已嫁给了格斯尔并为格斯尔通风报信。然而，两章中对应的内容在表层上仅限于一些核心名词，说明两者间只是母题的传承，而没有书面抄本间的关联，系相同的母题在口头表述中的不同实现方式。

蒙古传统英雄史诗中的人物均体现出二元对立的"黑白形象体系"[1]，而《格斯尔》的核心诗章中则有明显的男女性别对立。但第十章关于女性的描述中，新增的阿鲁－莫日根与蟒古思姐姐不与男性对立，而与正方、反方勇士一样，是善恶、美丑之对立；阿鲁－莫日根与蟒古思姐姐的出现将《格斯尔》中男女性别的对立转变为蒙古传统英雄史诗中"正方与反方"的二元对立。

第三节　阿鲁－莫日根角色的体系化

上文谈到了蒙古文《格斯尔》中作为"黑白形象体系"代表的阿鲁－莫日根和蟒古思姐姐两个女性形象。除第十章及其异文——木刻本第六章之外，以阿鲁－莫日根为主人公的情节还有木刻本等文本的第一章最后一部分、《诺木齐哈屯格斯尔》第五章最后一部分。它们不属于《隆福寺格

---

① 巴·布林贝赫：《蒙古英雄史诗诗学》，内蒙古教育出版社，1997，第83页。

斯尔》，所以在此不再进行详细的文本分析，只简单探讨这几个片段的形成机制。

一　"格斯尔智娶阿鲁－莫日根"

此情节是阿鲁－莫日根（原文为阿珠－莫日根，是《隆福寺格斯尔》中的阿鲁－莫日根在北京木刻版《格斯尔》中的异名，人名的音变是蒙古文《格斯尔》中较为普遍的现象）在木刻本中的首次出现。此部结尾处，格斯尔向茹格牡－高娃讲述自己 1 ~ 13 岁的事迹之后，又讲述了自己在 14 岁时娶阿鲁－莫日根的过程：格斯尔 14 岁时打猎遇见阿鲁－莫日根，不知其是男是女，有意考验她，在连续较量中，阿鲁－莫日根不输格斯尔，甚至胜于他，于是格斯尔用计赢了阿鲁－莫日根并娶了她。两人的较量包括第一次射箭，格斯尔先输后用计惊吓阿鲁－莫日根；第二次摔跤，格斯尔先输后赢；第三次两人在海里较量，格斯尔用计谋娶了阿鲁－莫日根。

在木刻本第一章中，此情节以格斯尔向茹格牡－高娃转述的形式讲述，是格斯尔回顾的他 1 ~ 14 岁事迹的最后一件，内容十分简略。而在《扎雅格斯尔》《鄂尔多斯格斯尔》等一些抄本中，此情节独立为一章，篇幅较长，详细描述了两人打猎相遇的前因后果，以及阿鲁－莫日根成为格斯尔之妻的详细过程，其中大多数内容是木刻本所没有的。可见"格斯尔智娶阿鲁－莫日根"原本为一个独立的故事，在木刻本中或因诗章权重的考虑，经过改编、缩写，以格斯尔讲述的方式并入了第一章中。

二　"阿鲁－莫日根裁断争端"

在《诺木齐哈屯格斯尔》《鄂尔多斯格斯尔》等抄本的第五章最后，也有一小段关于阿鲁－莫日根的情节，主要讲述了在格斯尔镇压锡莱河三汗之后，阿鲁－莫日根受格斯尔之托，裁断茹格牡－高娃与图门－吉日嘎朗两人间矛盾的故事。这里突出了阿鲁－莫日根公平、公正、中立的人物角色特点，说明她是受格斯尔及格斯尔其他夫人信任的一个决断者。

这部分与第五章有明显的断裂，不仅情节上无内在关联，连所用的人名也并不统一。例如，茹格牡－高娃在木刻本等文本的第一至第七章中没有其他名称，但在《隆福寺格斯尔》中均叫作阿拉坦达格尼（意为金色空行母）。在《诺木齐哈屯格斯尔》《鄂尔多斯格斯尔》第五章的主体中称其为茹格牡－高娃，但在最后的这一片段中变成了阿拉坦达格尼，显然这是在《隆福寺格斯尔》或其他相似抄本的基础上创编的一个情节，后被嵌入上述抄本第五章之后。总之，添加的有关阿鲁－莫日根的这两部分显然都是后插入的情节，其功能是塑造和完善阿鲁－莫日根的人物特点。

三 阿鲁－莫日根与《格斯尔》的当代传承

蒙古文《格斯尔》中的女性形象形成了两种相对独立的结构特点。蒙古文《格斯尔》独有的阿鲁－莫日根与蟒古思姐姐是"黑白形象体系"的代表。通过对《格斯尔》地方化口头演述传统的观察，可以看出两种结构特点在民间的接受和传承情况。

阿鲁－莫日根和丑陋的蟒古思姐姐在《格斯尔》口头传统中成了主要女性人物。在《格斯尔》国家级传承人金巴扎木苏演述的 37 章《金巴扎木苏格斯尔》[①] 中，第 1～24 章与 13 章书面《格斯尔》相对应，后面的第 25～37 章则全是格斯尔与阿鲁－莫日根两个主人公的故事，讲述了阿鲁－莫日根的神奇诞生、神奇成长以及出兵征战等故事，按照蒙古传统英雄史诗的英雄母题和程式，把她塑造成了与格斯尔相提并论的主人公。海西希记录的奥根巴雅尔演述的《格斯尔》[②] 也讲述了类似的格斯尔与阿鲁－莫日根的故事。在旦布尔加甫整理出版的卡尔梅克《格斯尔》中，也有以格斯

---

① 见斯钦孟和主编《格斯尔全书》（第二卷），内蒙古人民出版社，2003。

② 在德国科恩大学创建的"海西希蒙古口头传统"网站中记录。

尔与阿鲁－莫日根为主人公的《格斯尔》史诗。① 在这些故事中，蟒古思及丑陋的蟒古思家族女性是必不可少的反面人物。这些口头传统表明这对女性形象在民间有了更好的接受度和传承度，在当代口头演述中较为普遍地存在着。

阿鲁－莫日根还与格斯尔一同进入地方传说，成为传说主人公。在内蒙古巴林右旗、巴林左旗、阿鲁科尔沁旗、扎鲁特旗等地区广泛流传着格斯尔与阿鲁－莫日根的射山传说，"可称得上是格斯尔传说中的一个类型"②。它主要讲的是格斯尔或阿鲁－莫日根射箭，射穿了山峰，导致山峰出现了豁口。③ 这些传说虽然都叫作"格斯尔传说"，但主人公常常是"第二位"的阿鲁－莫日根。

可见，阿鲁－莫日根与蟒古思姐姐的形象和相关情节内容在口头演述中的接受程度最高，她们在其中逐渐发展并普及，成为《格斯尔》口头传统中的主要人物。阿鲁－莫日根从单个诗章中的人物到成为整个史诗中的人物，从次要人物到成为核心人物，体现了演述者与受众对人物的选择过程。

本章小结

本章分析证明了"格斯尔镇压罗布沙蟒古思之部"与其木刻本中的异文之间的文本关系，揭示了《隆福寺格斯尔》与木刻本之间与以往学界公认的文本关系完全相反的一种变异过程，说明了两个文本之间多重、复杂的文本关系，同时这个结果也表明，《隆福寺格斯尔》各诗章在组合为一

① 旦布尔加甫：《卡尔梅克〈格斯尔〉文本及注释》，民族出版社，2020。
② 乌·纳钦：《格斯尔射山传说原型解读》，《民族文学研究》2017年第5期，第112～124页。
③ 索德那木拉布坦编《巴林格斯尔传》（蒙古文），内蒙古科学技术出版社，2000，第723～743页。

个整体之前独立存在。

从此诗章核心人物阿鲁-莫日根的人物母题结构上可以探索出蒙古文《格斯尔》人物的演变规律。此章核心人物阿鲁-莫日根的形象充分体现出与男性趋同的母题特点，而蟒古思姐姐体现出丑陋和邪恶的反方"恶的诗学"特征，这是《格斯尔》与藏文《格萨尔》之间的主要区别之一。

有关阿鲁-莫日根的情节内容在"格斯尔镇压罗布沙蟒古思之部"的基础上逐渐扩展，发展出了与"阿鲁-莫日根"这一女性角色相关的较完整的情节体系，"格斯尔镇压罗布沙蟒古思之部"正是阿鲁-莫日根相关诗章中最重要、最核心的部分。而相关情节形成的顺序与现在的章节顺序不同，从"格斯尔镇压罗布沙蟒古思之部"，产生了"格斯尔智娶阿鲁-莫日根"的故事，又产生了"阿鲁-莫日根裁断茹格牡-高娃与图门-吉日嘎朗的纠葛"等情节，继而在《格斯尔》当代传承中又发展出关于阿鲁-莫日根的多个诗章，她成为与格斯尔同样重要的核心人物。阿鲁-莫日根和蟒古思姐姐的形象的这些传承和演变过程表明，在传统的张力下，女性形象逐渐回归传统史诗的正反二元对立结构，美丽、勇敢的阿鲁-莫日根和丑陋、邪恶的蟒古思姐姐往往由于符合受众群体的预期，成了核心女性角色，体现出蒙古传统史诗结构的接受度较高。"蒙古英雄史诗的人物是不断地吸收本民族的和其他民族、甚至外国叙事文学的成就而充实和发展的，这也是英雄史诗的发展规律。"①《格斯尔》史诗中女性形象的发展过程非常生动地体现了《格斯尔》中不同文化的交流、交融过程，以及不同传统之间的互动和影响过程。

---

① 仁钦道尔吉:《蒙古英雄史诗源流》，内蒙古大学出版社，2001，第152页。

第六章

最后三章：组合型诗章的形成

　　《隆福寺格斯尔》最后三章为第十一章"格斯尔镇压罗刹汗之部"、第十二章"格斯尔镇压魔鬼的贡布汗之部"和第十三章"格斯尔镇压那钦汗之部"。把这三章放在一起讨论有两个原因：一方面，它们有着高度类型化的结构特点。它们在篇幅和内容上与其他诗章有较大的差异，但三章之间又有诸多相似之处，都体现出篇幅很长、人物众多、交战过程复杂等特点。另一方面，这三个诗章虽然也是蒙古文《格斯尔》的重要组成部分，但它们的传播程度远不及《格斯尔》其他诗章，目前遗留下来的书面文本只有《隆福寺格斯尔》和《策旺格斯尔》两个抄本里的文本（《鄂尔多斯格斯尔》中有第十章），口头演述中亦很少见。

　　关于这三章的研究甚少。一些学者曾在相关研究中对这三个诗章提出了概括性的观点，如蒙古国知名学者呈·达木丁苏伦认为这三个诗章是对北京木刻版《格斯尔》第四、第五章（分别为"镇压十二颗头颅的蟒古思之部"和"锡莱河之战之部"）"进行模仿和重复而成的"，在故事和情节上并无新意，因此在其1987年编辑出版的西里尔蒙古文《格斯尔》中删除了这三章①。俄

① 呈·达木丁苏伦：《〈格斯尔〉序言》（西里尔蒙古文），载蒙古国科学院语言文学研究所整理《蒙古民间文学大集》第8卷，乌兰巴托国家出版中心，1986。

罗斯蒙古学家 E. O. 洪达耶娃认为"这三章的内容形成比较晚，至少说作为《格斯尔传》的组成部分较晚"①。这些观点不是对文本进行分析研究得出的结论，而是基于整体内容做出的判断。总之，截至目前尚无对这些诗章的内容和结构的具体分析与研究。然而，正因为这三个诗章的传播、传承程度有限，文本化程度相对较低，其文本中相对更多地保留着诗章形成初期的一些结构特征以及文本化痕迹，因此在史诗结构研究方面有其独特的文本价值，可为我们了解《格斯尔》的口头演述及其文本化过程提供重要的线索。

第一节　模式化情节结构和主题

这三个诗章的核心内容可以总结如下：

第十一章：罗刹汗为抢夺格斯尔夫人，入侵格斯尔家乡。格斯尔与勇士们一同出征迎战，突破层层关卡，战胜敌方勇士，消灭敌方军队，最后在罗刹汗的女儿赛胡来的帮助下消灭罗刹汗的灵魂并杀死了他，娶了赛胡来为妻。

第十二章：魔鬼的贡布汗趁格斯尔杀死罗刹汗后未归，入侵格斯尔家乡。格斯尔的夫人们组织格斯尔勇士们备战，勇士们突破层层关卡，与贡布汗的勇士展开血战。格斯尔回乡与阿鲁－莫日根夫人一同赴魔鬼的贡布汗的城堡，杀死了贡布汗的勇士们，并与随后到来的勇士们里应外合，杀死了贡布汗的灵魂，消灭了贡布汗，凯旋归乡。

---

① E. O. 洪达耶娃：《在蒙古和布里亚特流传的〈格斯尔传〉》，国淑苹译，载中国社会科学院少数民族文学研究所编《民族文学丛》（第一集），内部资料，1983，第 169 页。

第十三章：那钦汗为了抢夺格斯尔的夫人，入侵格斯尔家乡。格斯尔的勇士们和夫人们出征，莱查布之子萨仁－额尔德尼在关键时刻从天上帮助格斯尔。勇士们突破层层关卡，那钦汗的养女乃胡来、大臣朱思泰－思钦还前来帮格斯尔杀死那钦汗的岗哨。到达蟒古思城后，格斯尔勇士们杀敌无数，格斯尔和朱思泰－思钦一同杀死了那钦汗的灵魂，消灭了那钦汗，并娶了乃胡来为妻。

根据概述可知，这三章可概括为格斯尔征战试图入侵的蟒古思大汗、将其消灭（并娶妻），这是很典型的英雄史诗征战和婚姻主题。在传统蒙古史诗中，主题是史诗文本演变过程中最稳定的因素，而母题系列由主题而定，两者间有着较稳定的对应关系，因此母题系列中的母题的组合方式也是相对稳定的。然而就这三个诗章而言，虽然主题很典型，但与之对应的母题组合却相当奇特，不同于传统的母题序列。这三章有高度一致的框架，在讲述格斯尔与蟒古思汗之战时均包含如下模式化的母题序列：敌方蟒古思汗入侵—格斯尔/夫人得知，决定出征方式—探知蟒古思汗的各种关卡—祈求上苍保佑，得到上苍祝福—依次派出勇士突破关卡—取胜归来，格斯尔/夫人赏赐珍珠衫/如意宝—到达蟒古思城—与蟒古思勇士搏斗—格斯尔的勇士死去则将其灵魂寄托鹰身并用甘露将其救活—蟒古思汗的臣子或女儿叛变，欺骗蟒古思并向格斯尔告密—格斯尔在上天和勇士的协助下杀死蟒古思及其属下—分发战利品，回乡。

这三章的母题有以下特点：①三章里的母题几乎全部来自《格斯尔》其他诗章，主要来源为《格斯尔》核心诗章即木刻本第四、第五两章，另有一些来自第一、第二、第三、第八、第九章等。②一个典型的主题下包含了来自不同诗章的多个母题，这些母题不是以主题或母题系列为单位来组合的，而是脱离了其母题系列，相对独立地相互组合，因此显得极为随意和繁杂，如第十二章中蟒古思大汗入侵格斯尔家乡的母题组合中，所有母题均来自《格斯尔》其他诗章（见表6－1）。

表6－1 第十二章中蟒古思大汗入侵格斯尔家乡的母题来源

第十二章中蟒古思大汗入侵格斯尔家乡的母题组合	在其他诗章中出现过的母题
赛胡来给格斯尔吃魔食	图门－吉日嘎朗给格斯尔吃魔食（第五章）
贡布汗侵占十三属国	昂都拉姆侵占五个属国（第九章）
贡布汗派飞禽打探天下美女的消息	白帐汗派飞禽去打探天下美女（第五章）
被侵占的属国派人为格斯尔报信	被侵占属国派人来为格斯尔报信（第九章）
勇士们请格斯尔回乡	勇士们请格斯尔回乡（第五章）
格斯尔因忘记家乡不肯回，嘉萨领勇士们返回	格斯尔因忘记家乡不肯回（第五章）
夫人们抽签派勇士打仗	夫人们抽签派勇士打仗（第五章）
三神姊下凡告知敌方关卡	格斯尔启程前三神姊叮嘱路上关卡（第四章）
各种人物和动物关卡	各种人物和动物关卡（第四章）
敌方之城在二十一年骑行距离之外	敌方之城在十五年骑行距离之外（第九章）

这些母题并不新颖，只是以上组合是"新颖"的。这种复杂且看似随意的母题组合背后有没有深层的规律和逻辑？答案是肯定的。以往的史诗结构研究通常关注的是故事的"谓语"——情节，如海西希的14个母题分类，以及仁钦道尔吉的"单篇史诗""串联复合型史诗""并列复合型史诗"三分法，都是对情节结构的分析。但这几个诗章在人物方面有突出的特点，即人物复杂、人数众多，因此本章将对此三章的"主语"和"谓语"即人物和情节分别进行结构分析，探索其复杂的母题组合背后的类型特点和生成机制。

一 "主语"：组合型人物

在大多数蒙古传统英雄史诗诗章中，无论正方还是敌方都是完全类型化的人物，虽然名字不同，但人物特点几乎一致，即海西希所说的"为数众多的短篇史诗……总是按照一定的结构模式，围绕着经常重新命名、甚或在现今生活中存在的英雄形象不断产生出来"①。

　　然而，对于这三个诗章而言，人物并不是重新命名那么简单。他们的首要特点是属性奇特、数目众多，同时三章之间又有着明显的模式化特征。而这三个诗章的题目均为"格斯尔镇压某某大汗"，可见敌方的蟒古思汗是这三个诗章的核心变量，也就是诗章里定义性的"关键信息"或"提示信息"。斯钦巴图通过对史诗歌手的采访总结道，史诗主要人物名字是"艺人心目中史诗最高层级的提示"。② 他所指的人物是短篇史诗里的英雄人物。而对于史诗集群的不同诗章而言，这个有着"提示功能"的人物则转变成了敌方人物。

　　（一）敌方核心人物

　　在蒙古传统英雄史诗中，敌方人物主要有两种类型："多头恶魔蟒古思"和"人类敌方大汗"③。这两个类型有着亘古的起源和象征意义：恶魔蟒古思样貌凶恶丑陋，多头多角，有多个灵魂分别存放于体内和体外的某些神秘的地方，通常还有一个为其孕育后代的丑陋的妻子，他们象征着自然灾害以及后期的多个部落联盟；敌方大汗则在外貌上与正方人物并无太大的差异，手下有众多英勇的勇士和将领以及庞大的军队，还有美丽的夫人，是"蟒古思被现实社会中的人物形象所取代"的结果④，是集权汗国的象征。《格斯尔》中最具代表性的两个敌方人物——第四章里的十二颗头的蟒古思和第五章里的锡莱河三汗正是这两种类型的代表。

　　而最后三章中的三个大汗有别于这一人物传统，他们并不属于上述两种

---

① 瓦·海西希：《关于蒙古史诗中母题结构类型的一些看法》，赵丽娟译，载中国社会科学院少数民族文学研究所编《民间文学译丛》（第一集），内部资料，1983，第354页。

② 斯钦巴图：《史诗歌手记忆和演述的提示系统》，《民族文学研究》2017年第4期，第87页。

③ 谢·尤·涅克留多夫：《蒙古人民的英雄史诗》，徐昌汉、高文风等译，内蒙古大学出版社，1991，第115页。

④ 仁钦道尔吉：《蒙古英雄史诗源流》，内蒙古大学出版社，2001，第148页。

类型。三个大汗既是恶魔蟒古思，长着多头多角，有着体内和体外的灵魂，还有一些妖法动物和妖树作为看守和岗哨，又是一方敌国的大汗，拥有属国、城池、家族、多位勇士将领，以及数不尽的军队、士兵，还有美丽的夫人。他们是由上述两个代表性敌人组合而成的，具体特点见表 6 – 2。

表 6 – 2　相关诗章的敌方人物特点

属性特点		第十一章	第十二章	第十三章	第四章	第五章
蟒古思	形象	二十一颗头、十八只犄角，有一千种化身	长着十八颗头颅、四十八只犄角，骑着巨大如山的花马，有五百种化身	豹子尾巴	十二颗头的蟒古思，上唇顶到天上，下唇拖到地上	
	灵魂	金钩银钩、铜锅、针茅草、绿青草、金盒里的火尖箭	五色石头里的五色盒子，再用五色绸缎包裹的灵魂；骷髅碗里的小鱼、甲壳虫、大鳄蜂、金蜘蛛、蛇、白鼠、金银针	扁石盒里的斑纹蛇、金银针、金蜘蛛	母鹿肚子里金匣子里的铜针、一罐虫子	
	化身	一次可变化出一千种样子	一次可变化出五百种样子	一次可变化出一千种样子	有各种化身	
	咒语	古如 – 古如 – 索哈，提勒 – 提勒……	古如 – 古如 – 索哈！古如 – 古如，拉克沙！咿呀咿呀，舒如 – 舒如，拉克沙！阿嘎如 – 阿嘎如 – 塔斯！	希鲁 – 希鲁，古 如 – 古如，绍克 – 绍克！	古如 – 古如 – 索哈！吧嗒！	
	关卡	从内到外：占卜师、博克、两个孩童、恶狗、三棵金槐树	从外到内：四个蟒古思、三百条恶狗、一个蟒古思、八百士兵，距离二十一年	从外到内：一千士兵、两只虎、两条蛇、两只乌鸦、老鹰、两妖树、甲虫、勇士父亲格勒苏彻德、萨尤嘎顿	从外到内：凶猛的野牛、两座魔法山、不同颜色的部落、蟒古思的牧驼人牧羊人牧马人、两个孩童、妖树	

续表

属性特点		第十一章	第十二章	第十三章	第四章	第五章
敌国大汗	数量	众多将领、勇士	众多将领、勇士	一百零八位将领，百个国师大臣		三十位勇士，三百名先锋
	勇士	达拉泰巴图尔等	特斯凯、德斯凯等	辛迪巴图尔等		朱尔干-额尔黑图等
	军队	九十万士兵，三百万士兵	三十三亿三百万	五十三亿士兵		无数士兵
	叛变者	罗刹汗女儿赛胡来、腾德图思钦	达兰泰-思钦、达拉泰-乌仁	那钦汗女儿乃胡来、大鹅、朱思泰-思钦		乔姆森-高娃
	美丽女儿	赛胡来-高娃		乃胡来-高娃		乔姆森-高娃

三个大汗与上述两个敌方人物类型的组合关系如表 6-3 所示。

表 6-3　三个大汗与敌方人物类型的组合关系

敌方人物类型	典型人物	组合型人物	组合型特点
多头恶魔蟒古思	十二颗头的蟒古思属性（第四章）	三个蟒古思大汗	多头、多角有各种妖法关卡有体内、体外的灵魂
人类敌方大汗	锡莱河三汗属性（第五章）		有众多勇士、将领有庞大的军队

　　敌方人物的两个类型属于史诗不同的演进阶段，是史诗演进过程中不同维度上的产物，有各自程式化的形象和母题体系。因此，在史诗中，虽然母题系列的并联或串联是常见的结构模式，但人物类型的组合却是极少见的。而在最后三章中，敌方大汗是多头多角的蟒古思，是凶恶丑陋的恶魔，同时手下还有很多精兵强将，以及美若天仙的夫人和女儿。这种结合是自带矛盾性的，也是传统史诗少有的人物结构特点。

（二）敌方家族的女性

在《格斯尔》中，敌方家族的女性也起着重要作用，因此也属于重要的人物角色。最后三章中，敌方家族的女性有两位——第十一章里罗刹汗的女儿赛胡来－高娃和第十三章里那钦汗的女儿乃胡来－高娃。两人对第四章和第五章里两个主要女性人物的组合特点也显而易见。第五章里，黑帐汗的女儿乔姆森－高娃期待嫁给格斯尔，为掩护格斯尔，欺骗了父亲黑帐汗，最后如愿以偿成为格斯尔夫人。第四章里的阿尔鲁－高娃夫人则是在被迫成为蟒古思妻子后，打探蟒古思的灵魂并帮助格斯尔消灭了蟒古思。赛胡来－高娃与乃胡来－高娃正是组合了这两个人物，她们期望成为格斯尔的妻子，不仅为掩护格斯尔而欺骗了父亲，还成为格斯尔的得力助手，帮助格斯尔打败了父亲，并最终成为格斯尔的妻子。除此之外，两人身上还可以看到一些正方女性即格斯尔夫人们的属性特点，比如她们的相貌与茹格牡－高娃夫人一样美丽，所用的程式也是相同的。赛胡来－高娃还有与图门－吉日嘎朗一样献给格斯尔使其忘记家乡的黑色魔食、像阿鲁－莫日根一样被格斯尔智娶的母题，如表 6－4 所示。

表 6－4　赛胡来－高娃与乃胡来－高娃的组合型特征

女性人物	母题来源	母题性质	母题
赛胡来－高娃/乃胡来－高娃	乔姆森－高娃（第五章）	出身	敌方大汗的女儿
		愿望	成为为格斯尔挤牛奶的婢女，或者每天早晨为他倒炉灰的女佣
		保护格斯尔	在格斯尔化身而来时，欺骗父亲
		婚嫁	嫁给格斯尔，成为格斯尔夫人
	阿尔鲁－高娃（第四章）	格斯尔助手	帮助格斯尔，探知杀死其父亲的方法/杀死父亲的得力助手
	茹格牡－高娃（第五章）	相貌	双肩上如金银蛉子盘旋/夜里散发的光芒能照亮一千匹骏马/在月光下看，让人担心她会凝结，在阳光下看，让人担心她会融化

女性人物	母题来源	母题性质	母题
赛胡来 - 高娃	图门 - 吉日嘎朗 （第五章）	嫉妒心	给格斯尔献魔食，让其忘记家乡
	阿鲁 - 莫日根 （第一章）	被格斯尔智娶为妻	格斯尔用神通使天气变冷刮风，使得对方不得不跑进他的被窝

表 6 - 4 表明赛胡来 - 高娃、乃胡来 - 高娃二人主要组合了第四章、第五章中的两个主要女性人物，即第五章中的锡莱河黑帐汗女儿乔姆森 - 高娃、第四章中帮格斯尔消灭蟒古思的阿尔鲁 - 高娃夫人，还组合了正方女性人物即格斯尔夫人们的美貌、嫁给格斯尔的方式、和格斯尔相处的方式等。

在外貌描述上，两人与茹格牡 - 高娃夫人保持一致。她们的形象描绘有高度模式化的特点，是在对茹格牡 - 高娃的描述的基础上形成并扩展的（见表 6 - 5）。

表 6 - 5 最后三章中对女性相貌的描写与第五章中对茹格牡 - 高娃的描写对比

第十一章 赛胡来 - 高娃	第十二章 茹格牡 - 高娃	第十三章 乃胡来 - 高娃	第五章 茹格牡 - 高娃
站起身如松树/坐着时如如意宝石	站起身如松树/坐着时如如意宝石		站起时如同用锦缎裹着的松树/坐着时如能容纳五百人的洁白宫帐
		容颜如日月之光	
头上如鹦鹉啼鸣	头上如鹦鹉啼鸣	头上如鹦鹉啼鸣	
	右脸如莲花盛开/左脸如百鸟啼鸣		
右肩上犹如金蛉子在翻飞/左肩上犹如银蛉子在翻飞	右肩上犹如金蛉子在翻飞/左肩上犹如银蛉子在翻飞	双肩上如金蛉子翻飞	右肩上犹如金蛉子在翻飞/左肩上犹如银蛉子在翻飞
夜里的光中如能守千匹马/白天的光中如能万人惊艳	夜里的光中如能守千匹马/白天的光中如能万人惊艳	夜里的光中如能守千匹马/白天的守护神如如意珍宝	她的光彩照亮了黑夜/守夜人可以如数点清千军万马

第十一章 赛胡来－高娃	第十二章 茹格牡－高娃	第十三章 乃胡来－高娃	第五章 茹格牡－高娃
从前方看如千人微笑/从后方看如万人在跟随			
在月光下看让人担心她会凝结/在阳光下看让人担心她会融化		在月光下看让人担心她会凝结/在阳光下看让人担心她会融化	在月光下看让人担心她会凝结/在阳光下看让人担心她会融化
后面犹如羔羊欢叫跟随/前方如同马驹聚集奔跑	前方如同马驹聚集奔跑		
从下方看如无数莲花盛开	从下方看如莲花盛开		
具足腾格里们的仙女化身	生为腾格里们的仙女化身	具足佛经的仙女之化身	
早时为森格斯鲁的亲戚	森格斯鲁的女儿茹格牡	原来就是格斯尔夫人的表妹	

可见，反方蟒古思及其家族的女性在外貌、母题与功能上都是《格斯尔》核心诗章人物的不同组合。

（三）正方人物

正方人物是史诗集群里不同诗章之间的黏合剂，因此是各个诗章所共享的。最后三章里的正方人物依然是格斯尔及其勇士和夫人们，其属性功能等方面的变化不大（下文将具体说明），变化在于数量——勇士们均有了后代。

第十一章开头对十三名勇士的儿子做了大篇幅的介绍，并通过三个经典程序让他们成为格斯尔勇士队伍里的正式成员：①嘉萨儿子莱查布向格斯尔汇报了每一位勇士的儿子及其年龄；②格斯尔为每人赐予了姓名和称号；③那布莎－古尔查祖母为每人赐予了装备、马匹和武器。勇士的儿子们经过特定程序加入了勇士队伍，同时，一代勇士们并未谢幕，从而使人数得以倍增。二代勇士的铠甲、马、弓、箭、箭筒、钢刀都有极为程式化的特点，外形、功能上与其父辈的装备、武器、马匹基本一致，描述也一致，有的甚至直接说明为"枣骝神驹之胞弟白嘴马驹""叉尔根老人的黄马之胞弟黄色马驹"①"十方圣主格斯尔可汗所穿一对黑色铠甲的另一件"等，可见二代勇士们的武器、马匹也都直接承袭自一代正方人物。与一代勇士的藏族名字不同，二代勇士的名字均为蒙古语，且和蒙古传统英雄史诗中的勇士名称一样，大多两两相似，构成一对，朗朗上口，如格日勒泰－思钦、格日勒泰－台吉；格伊古勒齐－托雷、格图勒格齐－托雷；萨仁－额尔德尼、那仁－额尔德尼等。叠用姓名这一点在最后三章中十分普遍，在格斯尔的名称、敌方勇士的名称上也有体现，如第五章中格斯尔变成叫花子去锡莱河，被称为"奥勒哲拜"，而在第十二章的相同情节中被叫作"küsere-eče oluɣsan/kögedei sečen"（地上捡来的呼和台－思钦），这是一个有着传统程式与腰韵特征的名称。蟒古思的女儿叫乃胡来、赛胡来；蟒古思通常有两名贴身勇士，叫达兰泰、德勒泰，或达斯黑、德斯黑，又或伯迪、希迪；背叛蟒古思汗的勇士分别为腾德图－思钦、达兰泰－思钦、朱思泰－思钦等。

二代勇士的加入方式充分体现了口传史诗诗学传统。第一，赐名、赐武器是勇士成年仪式的典型母题，也是成为勇士、出征伐敌的必备前提。在蒙古传统英雄史诗中，"神仙来给小勇士起名和剃胎发，……起名和剃胎发是成人仪式，从此以后，勇士开始他的业绩，即可以上战场打仗……"②。通过这些仪式，二代勇士们被首次介绍时便成功加入了格斯尔勇士队伍。第二，勇士名称两两构成一对押韵的词是蒙古英雄史诗中最为普遍的起名方式。第三，根据第一代英雄形象和母题，组合创编勇士后代的故事并以此延续故事也是常见的蒙古史诗叙事模式。海西希对在内蒙古民间广泛流传

---

① 斯钦孟和主编《格斯尔全书》（第一卷），民族出版社，2002，第1157~1158页。
② 仁钦道尔吉：《蒙古英雄史诗源流》，内蒙古大学出版社，2001，第134页。

的胡仁乌力格尔《唐朝故事》所做的研究中也介绍道，第一部之后的《唐
朝故事》在第一代开国皇帝和将领的母题基础上，以重组母题的方式创编了
二十四代唐朝故事①，并指出李世民与将士们的后代"所使用的武器与其祖
先们的武器同名，所骑的马也与其祖先们的马同名"②。《隆福寺格斯尔》第
十章里的二代英雄的情况也与此完全一致（见表6-6）。

表6-6　关于二代勇士的描述

人物	年龄	格斯尔赐名称	铠甲	坐骑	钢刀	箭	弓	箭筒
苏米尔之子	3	格日勒泰-思钦	一对额白铠甲的另一件	赛万马而无敌的枣骝神驹之弟枣骝飞马	砍无数敌人而不卷刃的钢刀	游隼之羽翼制作的纤细火箭	能测前后敌人的水磨黑神弓	魔法箭筒
伯通之子	9	光神化身给古勒格其-托雷	百种拼件的魔法铠甲	云青飞马	闪亮的钢铁宝刀	具众星化身游隼羽翼制作的纤细白箭	水磨黑色神弓	灵性如意闪电箭筒
乌兰尼敦之子	5	火神化身五岁的格图勒格其-托雷	众星铠甲	跑万里而不疲倦的云青马驹	火神闪电钢刀	数不尽的闪电之箭	无比的神弓	镶嵌珍珠的金箭筒
巴姆苏尔扎之子		伯迪（非格斯尔所赐）						
巴姆西户尔扎之子		锡迪（非格斯尔所赐）						

---

① 学界通常认为《唐朝故事》共24部，称为1~24代《唐朝故事》，讲的是唐朝24代皇帝及其将领的故事，但流传至今的并无24部。
② 瓦·海西希：《〈唐朝故事〉序》（蒙古文），载瓦·海西希等整理《唐朝故事》，哈斯巴特尔译，内蒙古人民出版社，2001。

人物	年龄	格斯尔赐名称	铠甲	坐骑	钢刀	箭	弓	箭筒
安冲之子	3	烛拉	一对黑色铠甲的另一件	枣骝神驹之弟白嘴马驹	砍万人而不卷刃的钢刀		白鸟羽翼做的自行瞄准的阳箭阴弓	金色箭筒
巴尔斯巴图尔	5	菩萨化身五岁的青毕锡日勒图	火红宝物铠甲	如飞驰般奔跑的云青马	灵性如意钢刀	月光白鹰之羽翼制作的自行瞄准的箭	水磨硬弓	优美箭筒
赛因色赫勒岱		格日勒泰-台吉	宝物黑色铠甲	跑万里而不倦的云青马	闪光钢刀	火神闪电之箭	水磨硬弓	明亮的箭筒
呼鲁其巴图尔	4	希迪化身达里努尔	具火神化身的千只扣铠甲	耐力无比的云青马	他人无法搬动的钢铁宝刀	精雕细琢的秃鹫之羽翼制作的箭	具诸多神力的水磨硬弓	色彩斑斓的箭筒
莱查布之子		众星化身萨仁-额尔德尼	万箭中牢固不破的火光闪电铠甲	叉尔根老人的黄马之弟黄色马驹		猎鹰之羽翼制作的优美火箭	自行瞄准从不失误的水磨硬弓	
阿尔衮巴图尔之子		那仁-额尔德尼	千种拼件制作的火红铠甲	云青飞马	钢铁宝刀	猎鹰之羽翼制作的白箭	水磨硬弓	各种手法制作的箭筒
阿斯麦诺言之子		飞禽走兽化身霜呼尔	具诸多神力的明亮铠甲	云青飞马	钢铁宝刀	具诸多神力的箭	水磨硬弓	闪电箭筒
荣萨巴图尔之子		电神化身查干哈日查盖	火红铠甲	云青飞马	灵性如意钢刀	秃鹫之羽翼制作的火神闪电箭	从不失误的水磨硬弓	金箭筒

　　二代勇士的装备和武器包括铠甲、马、弓、箭、箭筒、钢刀，类型化特点明显，且与第五章中勇士们出征锡莱河三汗之时的装备和武器大同小异，"特性修饰语"也基本一致（见表6-7）。

表6-7 第五章中对一代勇士的装备和武器的描述

勇士	铠甲	坐骑	刀	箭	弓
嘉萨	密不透风的铠甲 享誉世界的头盔	灰飞马	锋利的纯钢弯月宝刀	三十支白羽箭	威猛的黑硬弓
苏米尔	露珠般闪亮的黑铠甲	云青马	不卷刃的青钢刀	三十支白羽箭	威猛的黑硬弓
安冲	百叶黑铠甲	云青马	不卷刃的黑钢刀	三十支白羽箭	威猛的黑硬弓

除此之外，最后三章还利用其他方式逐渐增加人数：第十一章中，13名二代勇士加入勇士队伍；第十二章中，除13名二代勇士之外，3位夫人和5名叛变而来的勇士也参与了征战，赴敌方突破蟒古思大汗的关卡；第十三章中，除13名二代勇士、3位夫人、5名叛变而来的勇士以外，还有5位来自天上的小神仙也加入了战斗。

原有的正方人物即格斯尔及其夫人和勇士们在此三章中还在，但人物结构特点有一定变化：与木刻本相比，原有的正方人物更具两级化特点，那些不符合蒙古传统英雄史诗正面人物特征的双面性角色则失去了原来的角色功能。比如，格斯尔的叔叔晁通在木刻本中是一个十恶不赦的恶人，在格斯尔出生之前便开始给他制造诸多困难和障碍，当然结果总是以晁通计谋失败而告终；然而，在《隆福寺格斯尔》的最后三章中，晁通已弱化为一个屡遭嘲弄的滑稽人物，几乎没有造成威胁或险阻的能力，每次征战中他假装积极出征，但面对敌人时贪生怕死、退缩不前，事后又极力吹捧自己，要求封赏，而该做法往往被勇士们识破并遭嘲讽。但有时，比如第十二章直接套用了第五章中的母题，即晁通在关键时刻欺骗勇士们说自己打赢了敌人、令其撤退，致使勇士们在没有准备的情况下依次赴战并纷纷战死沙场，这是第五章中曾出现过的情节。而在第十三章中，晁通与格斯尔夫人阿鲁-莫日根等人一同征战时，在路上被骗，吃了马粪蛋、马绊皮扣，又因贪图格斯尔夫人的美色而背着磨盘石行走，这与第四章中晁通被格斯尔嘲弄的过程完全一致，只是在第十三章中由格斯尔夫人代替了格斯尔，而被夫人们嘲弄显然是更加软弱无能的表现。同样，另一个带有负面特征的人物——茹格牡－高娃，其因嫉妒或背叛而挑起战争的角色功能大大减弱，其嫉妒心只体现在言语上，但并无迫害格斯尔或其他夫人的情节。总的来看，《隆福寺格斯尔》的最后三章中，人物更加类型化的同时其角色功能也在向蒙古英雄史诗传统靠拢，与传统不符的人物特征和功能被弱化或消失了。

综上，最后三章中的人物是通过对《格斯尔》原有的人物属性进行组合而成的结构特征明确了起来。组合的原则有二：一是通过对不同类型的人物进行"叠加"而形成了新的"组合型"的敌方人物，同时通过对原有的人物进行"复制"而增加了正方人物的人数。敌方人物以组合方式具备了双重甚至多重威力，而正方人物人数翻倍，但功能、属性不变——双方的变化可以总结为"强大化"。二是人物两极化特点即"正反二元对立"的特征更加突出，而不符合"正反二元对立"传统的两面性人物的角色功能被大大弱化。

二　"谓语"：组合型情节

正如句子中主语对谓语所起的支配作用，最后三个诗章里独特的人物结构也对叙事内容和叙事结构形成了制约，形成了相应的叙事结构特点。

（一）母题的组合

英雄史诗通常讲述英雄历经艰险，战胜敌人或恶魔后凯旋的故事。最后三个诗章中，敌方大汗作为组合型人物，均力大无穷、法力无边，且手下勇士成群，正方英雄需要结合多种手段，才能战胜并消灭他们，因此交战过程变得更加持久和复杂。

在这三个诗章中，格斯尔战胜敌方大汗的历程包含以下几个步骤：第一，格斯尔和勇士们赴蟒古思之国的途中突破蟒古思诸多关卡；第二，进入蟒古思疆域之后，格斯尔的勇士们和敌方大汗的勇士们单打独斗并杀死他们，消灭了敌方庞大的军队；第三，遇见蟒古思大汗，与蟒古思大汗手下的叛变者里应外合，通过各种手段，得知并消灭蟒古思存放于体内和体外的各个灵魂；第四，娶其妻/女为妻。其中，一、三为消灭蟒古思的必要步骤，二、四是战胜敌方大汗的过程。意即，这三个诗章的交战过程，是"消灭十二颗头颅的蟒古思"和"镇压锡莱河三汗"的两种叙事的穿插组合。结合人物分析可知，该主题结构是由这三个蟒古思大汗兼具两种类型敌人属性的组合型特点决定的，是以主语即人物的形成结构为基础的谓语组合，如表6-8所示。

表6-8　最后三个诗章与《格斯尔》核心诗章的叙事主题比较

叙事主题	最后三个诗章			《格斯尔》核心诗章	
	第十一章	第十二章	第十三章	第四章	第五章
①起因（蟒古思大汗入侵或产生入侵的意图）		格斯尔食黑色魔食，留他乡			格斯尔食黑色魔食，留他乡
	祸害百姓的恶魔	试图抢夺格斯尔的夫人	试图抢夺格斯尔的夫人		试图抢夺格斯尔的夫人，入侵格斯尔家乡
②格斯尔或夫人得知消息	那布莎-古尔查祖母和三神姊下凡告知	属国使者报信	格斯尔通过神明得知		茹格牡-高娃夫人得知
③出征并突破关卡（正方 vs. 敌方的妖魔关卡）	（3名勇士）1次出征攻破7关	（24名勇士和3位夫人）7次出征攻破9关	（23名勇士和3位夫人）5次出征攻破7关	格斯尔1人1次出征攻破11关	
④闯过所有蟒古思关卡，抵达蟒古思城堡（正方 vs. 敌方勇士）	（共7人：一代勇士+二代勇士）7次出征交战	（共35人：一代勇士+二代勇士+5名叛变者）9次出征交战	（共40人：一代勇士+二代勇士+3位夫人+5名叛变者+5位小神仙）5次出征交战		（18人）依次出征并战死；[①]格斯尔一人出征

续表

叙事主题	最后三个诗章			《格斯尔》核心诗章	
	第十一章	第十二章	第十三章	第四章	第五章
⑤进入城堡，消灭蟒古思大汗（正方 vs. 敌方大汗体内、体外灵魂）	用化身动物追逐、刀砍、火烧、射箭、念咒语等方式，先后消灭了蟒古思大汗的8种灵魂	用刀砍、射箭、化身动物追逐、火烧等方式，先后消灭了9种灵魂	用搏斗、刀砍、射箭、折断、火烧、念咒语等方式，杀死了5种灵魂	用射箭、勒死、折断、烧死、砍头、开膛等方式，消灭了5种灵魂	
⑥娶敌方大汗的女儿为妻（正方 vs. 敌方大汗的女儿）	娶赛胡来-高娃		娶乃胡来-高娃		娶乔姆森-高娃

注：①其中10次为单人出征，两次为多人出征。

这三个诗章的叙事片段及其来源如图6-1所示。

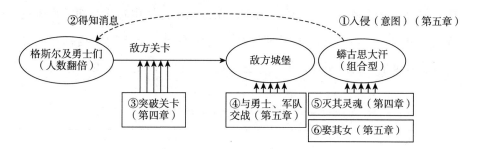

图6-1　最后三个诗章的主题结构和顺序

图中的横向箭头与方框表示主题的顺序和步骤，即①（第五章）—②—③（第四章）—④（第五章）—⑤（第四章）—⑥（第五章）①，这是主题的前后步骤，是串联叙事。这一穿插组合的主题结构是在敌方大汗的组合型特点基础上形成的。

图中的竖向箭头代表着该主题或该步骤又包含数次或数十次的出征，

———————————

①　第十二章中少一个主题，即娶蟒古思大汗女儿的主题。

通过多位勇士依次出征来实现，其叙事是并联关系。这种并联结构次数繁多，是以正方人物的人数为基础的。由于二代勇士的加入，正方人物数量翻倍，因此每个步骤中并联的数量也随之大大增加，如第十二章的"④与勇士、军队交战"这一步骤中，正方派出九批共 35 名勇士，含 19 名一代勇士，11 名二代勇士以及 5 名敌方叛变者，需要多次出征交战，因此虽然主题未变，但叙事时间得以拉长数倍，叙事内容也变得极为繁琐。

在这些多次出征的并联叙事中，每次出征都有极为程式化的开头和结尾，即明确的形式标记：在每次出征前，勇士们几乎都要向天上的那布莎－古尔查祖母焚烧煨桑祈愿，而那布莎－古尔查祖母享用了祭祀的酒后，必要祝福勇士们凯旋。而勇士们结束征程时分两种情况：若凯旋，则收到珍珠衫或如意宝的赏赐；若沙场上死去，则被寄魂于鹰鸟，并被施以甘露复活。这些程式母题中，有的是《格斯尔》其他诗章的核心主题或重要环节，如勇士复活是第八章的核心主题，在这三个诗章中转化为频繁出现的程式化母题，保障了征战的循环进行，同时在形式上起到结构标记的作用，使叙事单元更加明确，体现了程式化口头叙事特点（见表 6－9）。

表 6－9　作为叙事单元形式标记的程式

叙事单元	程式	
每次启程、出征时	点燃煨桑，使用阿尔扎、胡尔扎、米日巴、东秀尔等九种奶酒	
	那布莎－古尔查祖母喝了各种祭祀的酒，微醺，祝福勇士们	
	格斯尔夫人们抽签，依次派出参战的勇士	
每次结束征程时	勇士杀死敌人，将其头颅挂在马脖子上做装饰	
	勇士凯旋	勇士死去
	获得珍珠衫/如意宝赏赐	灵魂被寄托于鹰身，并被施以甘露复活

从以上分析可知，这三个诗章中的主题极为模式化，但组合的母题多且复杂，使故事变得极为冗长、复杂，从而淹没了主题。但是，拨开繁杂的枝叶去看枝干，仍然可以发现这三章的结构框架模式：一方面，根据敌

方人物的组合型特征，穿插组合多个主题，以主题串联并在主题内并联的方式展开故事；另一方面，来自其他诗章的核心主题诸如勇士复活等转化为典型场景，形成交战过程的循环模式，同时在并联叙事中起到形式标记的作用。

应该说，这三个诗章中母题的组合方式复杂，但程式化特征突出，有明显的口头诗学特点。其中包含了无数次出征交战，叙事时间极长，但有明显的形式标记来体现并区分叙事单元。显然，这些史诗诗章是让"听众"去"听"的，而不是让"读者"去"读"的。口头叙事在现场演述中还有诸多其他手法，如主题之间的停顿，音乐、节奏的变换，演述者的散文体解说等。而在抄本中，这些演述手法统统消失，很多口头叙事的结构标记变得模糊。因此，当口头文本变成一页页无形式差异的文字的时候，结构层次标记消失，对"读者"而言，这些文本显得平淡而冗长。

（二）组合型结构的一些问题

综上所述，这三个诗章与传统蒙古史诗不同，其母题层面的组合并非基于主题，而是基于人物特点。组合原则是：人物"更大、更多、更强"和"两极化"，情节则主要依据"组合型"敌方人物形象以及数量翻倍的正方人物进行母题的组合。这种基于人物而非主题的母题组合方式不是常见的史诗生成机制，有一些独特和缺陷之处。

一方面，这种组合方式虽然大都取材于核心诗章，但从整体上看，与被组合的诗章很不同。这三个诗章的母题基本来自第四、第五章，但在意境、氛围上与其截然不同。第四章中，格斯尔为了解救夫人，一人单枪匹马奔赴蟒古思城堡，全凭自己突破了蟒古思的层层关卡并杀死了蟒古思的多个灵魂。而第五章中，格斯尔勇士们前赴后继、战死沙场，格斯尔只好只身赴锡莱河三汗之地，计谋和武力兼施，战胜了敌人。这两章的情景都是悲壮的。而在最后三章里，勇士们在格斯尔或格斯尔夫人的安排下，三五为伍，争先恐后（多次为谁先出征而争吵），"杀敌如割草"，死了又被复活，将敌方杀得片甲不留，与第四、第五章是完全不同的一番景象。最后三章中的人物虽然变得"更强大"，征战过程变得繁琐、复杂，但整体上，故事转折性和英雄性反而减弱了。

另一方面，组合型人物本身有内在矛盾性，在一个人物身上套用来自不同类型人物的多个母题，必然会出现一些逻辑问题。比如，罗刹汗的女儿赛胡来－高娃渴望成为格斯尔的妻子，因此当格斯尔消灭蟒古思大汗之后，她本该顺理成章地成为格斯尔的妻子，却因组合了格斯尔用计谋智取彪悍的阿鲁－莫日根夫人的母题，让赛胡来被迫嫁给格斯尔，这在逻辑上产生了矛盾。再如，第五章中格斯尔夫人们之所以不得不抽签派勇士出征，是因为敌人入侵时格斯尔因食用黑色魔食，逗留他乡不肯回归；但在第十二章中格斯尔本人在的情况下，仍由夫人们抽签派出勇士，甚至夫人们亲自出征，显然缺乏必要的逻辑前提。对这些逻辑问题，故事说明是那布莎－古尔查祖母查看命运占卜书后给出的上述旨意，即以"神仙谕旨"母题仓促地弥补漏洞并进行合理化。

同时，由于一些人物母题脱离了原来的语境，被生硬组合，因此显得多余，有悖"俭省原则"。如格斯尔杀死魔鬼的贡布汗时，还组合了第二章"格斯尔镇压黑纹虎之部"中的"藏于黑纹虎口中试探勇士"与"剥下虎皮做铠甲"两个母题，该母题对于消灭蟒古思而言显得多余，只是使蟒古思大汗附加了一层野兽的特征。对于史诗主题而言，"多余的"母题多了起来，使文本的读者很容易迷失在细节里，从而使故事显得凌乱庞杂且"内容无新意"。

三　母题来源

《隆福寺格斯尔》的最后三章篇幅长，看似情节多而复杂，但对《格斯尔》传统而言，其情节母题并不陌生，与木刻本中的情节高度重合。下面将分别探讨这三章的情节母题来源。

（一）第十一章的母题来源

"格斯尔镇压罗刹汗之部"讲的是罗刹汗为夺取格斯尔的美丽夫人而入侵，格斯尔带领勇士们出征，一路遇见并突破了六道蟒古思关卡，到达罗刹汗的城堡，在罗刹汗女儿赛胡来的帮助下打败并杀死罗刹汗的故事。表6-10列出了此章的母题，以及之前各章中出现过的相应母题及出处。

表6-10 第十一章的母题及其相应母题来源

第十一章的母题	《格斯尔》其他诗章中的相应母题	来源
格斯尔与勇士一番争论后出征	格斯尔的勇士们争论是否带士兵	第九章
格斯尔探知敌方情况	格斯尔探知昂乃拉姆汗的情况	第九章
罗刹汗有个美丽的女儿叫赛胡来	蟒古思有个美丽的夫人叫巴德马拉	第九章
从内到外：九百万个士兵、占卜师、博克、两个孩童、疯狗、三棵金槐树	从外到内：蟒古思的牧驼人、蟒古思的儿子们、占卜师、妖树、两只两岁牛犊大的蜘蛛	第四章
格斯尔抵达蟒古思部落	格斯尔抵达蟒古思部落	第四章
第一关：化身、用谎言欺骗并砍掉妖树	格斯尔化身乞丐、用谎言欺骗并砍掉妖树	第四章
第二关：格斯尔挖了洞，盖上洞口，作为陷阱杀死疯狗	格斯尔到蟒古思城后挖洞隐藏，把洞口盖上	第四章
第三关：格斯尔说服给罗刹汗放哨的两个孩童	格斯尔说服蟒古思的占卜师	第四章
第四关：苏米尔之子格日勒泰-思钦杀九百万士兵	苏米尔赴战杀无数士兵	第五章
鹦鹉会说人话的原因		神话母题
第五关：嘉萨赴战，杀三千万个士兵	嘉萨赴战，杀无数士兵	第五章
第六关：敌方占卜师向格斯尔告知敌方一切情况	敌方占卜师向格斯尔告知敌方一切情况	第四章
突破所有关卡，抵达罗刹汗部落		
格日勒泰-思钦化身小孩，进入敌方军中，碰到锡莱河朱尔干-额尔黑图孙子转世，互相射箭	朱尔干-额尔黑图与嘉萨互相射箭	第五章

续表

第十一章的母题	《格斯尔》其他诗章中的相应母题	来源
杀了敌方勇士后死，坐骑神驹痛哭	安充死去，他的云青马痛哭	第五章
青比昔日乐图赴战，因口渴低头喝水，被敌人从背后砍头	嘉萨口渴低头喝水，被敌人从背后砍头	第五章
巴姆苏尔扎将两人的尸骨收下，将灵魂转移到大鹏鸟身上	嘉萨的灵魂被转移到大鹏鸟身上	第五章
苏米尔杀敌，又与看守的蟒古思搏斗，蟒古思告知杀死自己的方法，苏米尔将其杀死		典型母题
赛胡来欺骗父亲说没事	图门－吉日嘎朗欺骗蟒古思说没事	第四章
格斯尔化身小鸟赴罗刹汗的城堡	阿鲁－莫日根化身小鸟赴蟒古思城堡	第六章
赛胡来告知格斯尔杀死父亲罗刹汗的方法	图门－吉日嘎朗询问蟒古思要害与灵魂寄存处，告知格斯尔	第四章
乌兰尼敦和德勒泰巴图尔互相射箭，杀死德勒泰巴图尔	嘉萨与朱尔干－额尔黑图互相射箭，杀死后者	第五章
晃通假装赴战，回来欺骗勇士们说敌人所剩无几	晃通与外敌勾结，告诉勇士们敌人已全部杀光	第五章
勇士们上当，纷纷战死，只剩少数勇士	勇士们上当，纷纷战死，只剩少数勇士	第五章
<div align="center">格斯尔与罗刹汗搏斗并将其消灭</div>		
罗刹汗出去打猎	蟒古思出去打猎	第四章
格斯尔化身小鸟进城堡，罗刹汗女儿赛胡来得知并收养他	格斯尔化身乞丐，到锡莱河三汗的城中，黑帐汗女儿乔姆孙－高娃收养他	第五章
罗刹汗回来时格斯尔变出钩，抓捕他	蟒古思回来时格斯尔试图用钩抓捕他	第四章
格斯尔与其搏斗，互相砍头却都能愈合，不分胜负	格斯尔与昂都拉姆搏斗中互相砍头却都能愈合，不分胜负	第九章
格斯尔踩了黑白豆，摔倒	英雄踩黑白豆，摔倒	典型母题
三神姊送来宝物，格斯尔用它烧掉黑白豆，又用三只鸟的体液烧掉	格斯尔用三只鸟的体液	第三章
嘉萨要射死罗刹汗，格斯尔阻止，称要剥了皮做铠甲	嘉萨要射死巨大如山的黑纹虎，格斯尔阻止他，称要剥了皮做铠甲	第二章
晃通催他赶紧杀死，格斯尔让他闭嘴		
用赛胡来的咒语消灭了罗刹汗的灵魂	用图门－吉日嘎朗夫人的方法消灭了蟒古思的魂	第四章
格斯尔为死去的勇士痛哭	格斯尔为死去的勇士痛哭	第八章

续表

第十一章的母题	《格斯尔》其他诗章中的相应母题	来源
三神姊告知救活勇士的方法，格斯尔用神水救活勇士们	三神姊告知救活勇士的方法，格斯尔用神水救活勇士们	第八章
拜谢那布莎 - 古尔查祖母、父亲等		典型母题
晁通报功，格斯尔骂他	晁通报功，格斯尔骂他	第九章
两只鸟飞来，巴姆苏尔扎拿出遗骨，两个孩子复活		
回乡、祭祀、让百姓安居乐业		典型母题
趁赛胡来游泳，格斯尔用魔法刮起大风，赛胡来钻进格斯尔的被窝	阿珠 - 莫日根游泳，格斯尔用魔法使天气变冷，阿珠 - 莫日根钻进格斯尔的被窝	第一章
从罗刹汗的城堡里出来的蛇、鼠、蜘蛛三种动物繁殖的原因		神话母题

从表6－10可见，此章的母题是由若干诗章中的母题组合而成，组合过程主要以主题为单位，有明显的串联特点，组合方式较为简单、直接，母题变异程度很小。

（二）第十二章的母题来源

此章主要是第四、第五章中母题的组合，但组合方式不是简单的串联，而是以第五章中格斯尔不回家乡、锡莱河三汗趁机试图掠夺茹格牡 - 高娃、格斯尔夫人们抽签派勇士迎战的故事做框架，并嵌入了第四章、第六章、第二章的核心主题。其母题来源分析如表6－11所示。

表6－11　第十二章的母题及其相应母题来源

第十二章的母题	《格斯尔》其他诗章中的相应母题	来源
赛胡来给格斯尔吃魔食	图门 - 吉日嘎朗给格斯尔吃魔食	第五章
魔鬼的贡布汗侵占13属国，抢来些人马	昂都拉姆侵占5个属国	第九章
魔鬼的贡布汗派飞禽去打探周围美女	白帐汗派飞禽去打探周围美女	第五章

续表

第十二章的母题	《格斯尔》其他诗章中的相应母题	来源
被侵占的属国派人来向格斯尔报信	被侵占的属国派人来向格斯尔报信	第九章
勇士们请格斯尔回归	勇士们请格斯尔回归	第五章
格斯尔因吃了魔食忘记家乡，嘉萨领勇士们返回	格斯尔因吃了魔食忘记家乡	第五章
夫人们准备抽签派勇士打仗		第五章
三神姊下凡，告知魔鬼的贡布汗的看守关卡	格斯尔启程去蟒古思城前，三位神姊叮嘱路上关卡	第四章
从外到内：四个蟒古思、三百条恶狗、一个蟒古思、八百个士兵	从外到内：蟒古思的牧驼人、蟒古思的儿子们、占卜师、妖树、两只两岁牛犊大的蜘蛛	第四章
敌方之城在二十一年骑行距离之外	敌方之城在十五年骑行距离之外	第九章
第一次抽签，派两位勇士		第五章
第一关：两位勇士杀了无数士兵返回，得到赏赐		第五章
晁通邀功，被嘲笑		典型母题
第二次抽签，派四位勇士		第五章
三神姊变小鸟来赐予武器和祝愿	三神姊变小鸟为祖母转赠武器和祝愿	第十一章
第二关：四位勇士化身女子、孩子，挖了洞，铺了花草和垫子做陷阱，蟒古思想到树下乘凉，掉进去死了	格斯尔到蟒古思城，挖了洞进去，用草盖上，隐藏起来	第四章
第三次抽签，派两位勇士		第五章
蟒古思吞了色赫勒岱，色赫勒岱说不放他出去就用小刀割他的喉咙出去，蟒古思心想吐出来再杀死他，便把他吐出来	蟒古思姐姐吞了格斯尔，格斯尔说不放他出去就抓她的心脏，蟒古思姐姐害怕，把他吐出来	第六章
第三关：色赫勒岱假装叛变，蟒古思信以为真，把魂交给他管，色赫勒岱趁机杀了他	格斯尔假装蟒古思的徒弟，蟒古思信以为真，让他盖房子，格斯尔盖完房子烧死了他	第六章
魔鬼的贡布汗头疼，达兰泰安抚他说是生病所致	蟒古思头痛，图门-吉日嘎朗安抚他说是饥饿所致	第四章
色赫勒岱化身蟒古思惊吓晁通，并教训他	格斯尔惊吓晁通并教训他	第五章
晁通邀功，色赫勒岱揭发		典型母题
第四次抽签，派四位勇士		第五章

续表

第十二章的母题	《格斯尔》其他诗章中的相应母题	来源
第四关：杀了蟒古思变的一条鱼		第四章
魔鬼的贡布汗要派希曼比儒札孙子后世达斯黑、德斯黑二位勇士带兵应战	蟒古思要派希曼比儒札孙子后世阿尔海、沙尔海二位勇士带兵去应战	第九章
魔鬼的贡布汗信达兰泰劝告，不再派勇士		
格斯尔已逗留二十一年，三神姊化身三种人物（乌鸦、狐狸、牵牛的老太太）试图唤醒格斯尔	格斯尔已逗留九年，三神姊化身三种人物（乌鸦、狐狸、牵牛的老太太）试图唤醒格斯尔	第五章
第五次抽签，派六位勇士		第五章
第五关：化身去杀死贡布汗看守	格斯尔化身乞丐，烧死蟒古思妖树	第四章
第六关：砍断、烧死妖树	砍断、烧死妖树	第四章
第七关：射箭、念咒语杀死了四个蟒古思	格斯尔射箭杀死了蟒古思的牧驼人	第四章
贡布汗头痛，达兰泰说服贡布汗让其去查看关卡	蟒古思头痛，图门－吉日嘎朗安抚他说是饥饿所致	第四章
三神姊又化身要饭的老太太、鸟和羚羊去劝说格斯尔	重复母题	第五章
射向格斯尔的箭打在格斯尔箭筒里，格斯尔反射回去，打在希望之敖包	茹格牡－高娃射出施了魔法的箭矢，落到了格斯尔的箭筒里	第五章
第六次抽签，派三位勇士		第五章
第八关：杀了贡布汗岗哨三条疯狗	杀了罗刹汗岗哨疯狗	第十一章
第九关：射箭杀死了贡布汗姐姐	阿鲁－莫日根射箭杀死蟒古思姐姐	第六章
阿南达去试探勇士，钻进贡布汗嘴里	格斯尔为试探勇士，钻进黑纹虎嘴里	第二章
苏米尔知道他在试探，假装要砍，阿南达出来阻止	嘉萨要砍杀黑纹虎，格斯尔出声阻止	第二章
阿鲁－莫日根射箭给格斯尔送信让他返回，无果	茹格牡－高娃射箭给格斯尔送信让他返回，无果	第五章
第七次抽签，阿鲁－莫日根夫人带上阿南达和众夫人出征	阿鲁－莫日根夫人带上英俊的莫日根侍卫出征	第六章/第十章
两个山峰相撞，夹死路过的人，夫人们骗它们	格斯尔赴蟒古思城的路上碰到两个山峰相撞，夹死路过的人，格斯尔骗它们	第四章

续表

第十二章的母题	《格斯尔》其他诗章中的相应母题	来源
路上又克服了无人城、没路的山、尖刺森林	格斯尔又克服了无人城、没路的山、尖刺森林	第四章
阿鲁－莫日根问了贡布汗姐姐的模样，化身为贡布汗姐姐	阿鲁－莫日根化身为蟒古思姐姐	第六章/第十章
阿鲁－莫日根欺骗贡布汗，打探了其灵魂和要害所在，返回	图门－吉日嘎朗夫人打探了蟒古思的灵魂和要害所在	第四章
闯过蟒古思所有关卡，抵达蟒古思城堡		
三神姊变仙鹤给格斯尔送信	三神姊变仙鹤给格斯尔送信	第五章
神驹对格斯尔生气	神驹对格斯尔生气	第五章
格斯尔带着夫人返回	格斯尔带着夫人返回	第五章
色赫勒岱吓格斯尔	色赫勒岱吓格斯尔	第五章
赛胡来与格斯尔夫人们相见		
格斯尔出征		典型母题
阿鲁－莫日根化身贡布汗姐姐，带上一丫鬟和小孩子（格斯尔）去见蟒古思	阿鲁－莫日根化身蟒古思姐姐去见蟒古思	第六章
贡布汗收养小孩，取名地上捡来的呼和台－思钦	黑账汗收养小孩，取名奥勒哲拜	第五章
嘉萨带兵来时小孩领贡布汗兵出征	嘉萨带兵来时小孩领蟒古思兵出征	第五章
格斯尔教诲勇士们	格斯尔教诲勇士们	第九章
第一批，格日勒泰等两位勇士出征，杀了敌方无数士兵，与敌方勇士搏斗，被敌方勇士射中死去		第五章
第二批，叉尔根老人等两位勇士出征		第五章
第三批，格日勒泰－台吉等两位勇士出征，格日勒泰－台吉被射中身亡，其坐骑痛哭，守护尸骨		第五章
第四批，安冲等两位勇士出征，收回死者尸骨		第五章
交战中死去的勇士的灵魂寄托到鸟身上	嘉萨死后灵魂寄托到鸟身上	第五章
第五批，巴姆苏尔扎等四位勇士出征		第五章

续表

第十二章的母题	《格斯尔》其他诗章中的相应母题	来源
第六批，那仁－额尔德尼等六位勇士出征		第五章
第七批，色赫勒岱等五位勇士出征		第五章
第八批，苏米尔等六位勇士出征		第五章
第九批，伯通等六位勇士出征		第五章
格斯尔与贡布汗搏斗并将其消灭		
格斯尔领众勇士出征		第五章
那布莎－古尔查祖母送祝福		典型母题
贡布汗逃回城堡中躲起来		典型母题
格斯尔与贡布汗搏斗，两人变成禽类追逐	格斯尔与蟒古思变成各种动物追逐	第六章
射中了贡布汗	嘉萨射中昂都拉姆蟒古思	第五章
用三只鸟的三种体液毒死了贡布汗的魂	格斯尔用三只鸟的液体毒死了毒蛇	第三章
贡布汗咒骂		典型母题
格斯尔用贡布汗的灵魂控制他		典型母题
格斯尔钻进贡布汗口中试探勇士	格斯尔钻进虎口试探勇士	第二章
嘉萨试图砍死贡布汗	嘉萨试图砍死黑纹虎	第二章/第十五章/扎雅本第七章
格斯尔阻止嘉萨	格斯尔阻止嘉萨	第二章/第十五章/扎雅本第七章
格斯尔砍断贡布汗喉咙	格斯尔砍断黑纹虎喉咙	第二章/第十五章/扎雅本第七章
格斯尔叫嘉萨用贡布汗的皮做盔甲	格斯尔叫嘉萨用蟒古思的皮做盔甲	第二章/第十五章/扎雅本第七章

此章除了开头对贡布汗入侵格斯尔家乡的简短讲述，主体用相当大的篇幅讲述了格斯尔勇士们突破敌方关卡的过程，通过对六次派出勇士，突破了蟒古思十层关卡的详细描述，以及格斯尔与勇士们分十批与敌方勇士们交战的描述，使容量大大增加。此章母题的组合方式主要是大故事套小

故事，即以第五章的母题为框架，将来自不同诗章的母题组合并套入此框架中，以及母题重复等。套用的情节主要为格斯尔突破地方关卡（来自第四章）、阿尔鲁－高娃变敌方大汗的姐姐（来自第六章）、格斯尔钻进虎口试探勇士（来自第二章）等主题。还有少量来自木刻本第一章、第三章、《隆福寺格斯尔》第九章等诗章的母题，这些母题不是原诗章的主要母题，而是较为独特的个别母题，比如第三章中的三种鸟的体液作为毒液的母题等有着外来文化特点的母题，它们在此章情节中未展现必要的情节功能，纳入此章主要有两个方面的原因：一是有助于其内容容量的扩张；二是通过独特的母题保留并强化了《格斯尔》传统的特点，提升了《格斯尔》的整体性和连续性。

另外，此章中"阿尔鲁－莫日根变成蟒古思姐姐/姑姑欺骗蟒古思""格斯尔跳进黑纹虎/蟒古思口中将其杀死"等情节在不同抄本中有差异较大的异文：木刻本第六章、《隆福寺格斯尔》第十章中都有"阿尔鲁－莫日根变成蟒古思姐姐/姑姑欺骗蟒古思"的情节；木刻本第二章、《隆福寺格斯尔》第十五章、《扎雅格斯尔》第七章中均有"格斯尔跳进黑纹虎/蟒古思口中将其杀死"的情节。从情节内容来看，几个异文都有可能是此章中情节母题的来源。为了论证此章中的两个情节到底来自哪个异文，需要从情节的微小差异部分的对比或是某些词句的对比分析来考证具体来源。表6－12、表6－13对不同异文中的"阿尔鲁－莫日根变成蟒古思姐姐/姑姑欺骗蟒古思""格斯尔跳进黑纹虎/蟒古思口中将其杀死"两个情节对应部分进行了对比分析。表6－12为"阿尔鲁－莫日根变成蟒古思姐姐/姑姑欺骗蟒古思"情节母题与对应词句的对比。第十二章中的此情节相比另外两个文本中的相关情节变异较大，词句上的对应之处更少，但仍有几个句子可以看出异文之间在语句层面的联系。

表 6 – 12 三个文本中"阿鲁 – 莫日根变成蟒古思姐姐/姑姑欺骗蟒古思"相关情节的细节对比

第十二章	第六章	第十章
变成姑姑	变成姐姐	变成姐姐
为了探知贡布汗的灵魂寄存处	为了营救格斯尔	为了营救格斯尔
阿鲁 – 莫日根把阿南达放在口袋里带走了（ibaγu qabtaγan-daγan kiged yabuba）	阿鲁 – 莫日根把俊美的莫日根侍卫变成了一只鸟，装进口袋里带走了（šibaγu bolγaγad qabtaγalan yabuba）	
手支着千庹长的木棍（mingγan alda šidam bolγaǰu γar-iygn tulǰu）	拄着九庹长的拐杖（yisun alda qara tayag-iygn tulǰu）	拄着九庹长的拐杖，原来一条腿是瘸的（yisun alda qara tayaγ modun-iygn tulǰu …… baγabasu nige kül-ni doγulang boyu）
蟒古思姑姑假装倒在地上打滚，嘴里满是尘土（geǰü širui emkügěi bolqui-dur）	蟒古思姐姐倒在地上打滚，嘴里满是尘土（ged širui üngküǰü unaba）	姐姐生气，谩骂着便要走（tedüi aγurlan dongγuduγad yabuba）

从表中对应内容可见，与第十二章中的此情节直接相关的是木刻本第六章，而不是《隆福寺格斯尔》第十章。这种关联是在情节层面而不是语句层面的，因此表层的对应程度较低。

表 6 – 13 四个文本中"格斯尔跳进黑纹虎/蟒古思口中将其杀死"相关情节的细节对比

第十二章	第二章	第十五章	扎雅本第七章
想要试探一下勇士（Ene deger-e basa nige tengsey-e geǰü）	想要考验勇士们是否英勇（baγatur baγatur ügei-gi suriy-a geǰü）		
不卷刃的青钢宝刀（Qaril ügei ir-e-tei čud bolud ildü）	不卷刃的青钢宝刀（kürmi kürtü irtü čud bolud ildü）		青钢黑背宝刀（čud bolud dam qara ildü）
我用计杀死他吧（bi araγ-a-ber alay-a）	用计杀他吧（arγ-a-ber alay-a）	我会用计杀死他（bi arγabar alaqu boi）	

续表

第十二章	第二章	第十五章	扎雅本第七章
用水晶柄的匕首，一刀就切断了它的喉咙（šil išitü onubčin-iyer baɣalǰuɣur-i-inu tasu daruɣad ɣaruba）	抽出水晶柄的匕首，一刀就切断了老虎的喉咙（šil ešitü onubčiban suɣulǰu abuɣad bars-un baɣalǰaɣur-i tasu daruɣad ɣarba）	拿起水晶柄的小刀砍断了它的喉咙（šil išitü ketuɣan-iyan abuɣad …… baɣulčaɣur-i-inu oɣtulan ɣarun güibei）	八面刃的水晶柄将其血管一一割断（Naiman irtü molur qituɣ-a-ban abuɣad …… sudasun-i tasur-a tasur-a oɣtučiɣad）
嘉萨西格尔你不是手巧吗（J̌asa šikir minu či urin bišiü）	嘉萨西格尔你不是手巧吗（J̌asa minu uran bišiü ǎ）		
裁制盔套（duɣulɣan-u ger-e ǰöblen esge）	裁制盔套（duɣulɣan-i geri ǰöblen esge）		裁制盔甲（quyaɣ-un ger ǰöblen esgejü）

　　四个异文中的"格斯尔钻进黑纹虎/蟒古思口中将其杀死"的情节虽然在情节母题层面基本一致，但在表述和语言层面差异较大。同上，通过对四个文本中对应内容的对比，可知此段在词句上与第二章最为接近，甚至有完全一致的表述。因此可以推断，第十二章中的此情节与木刻本第二章"格斯尔镇压黑纹虎之部"直接相关，而不是与同源抄本《策旺格斯尔》中的第十五章或《扎雅格斯尔》第七章直接相关。

　　经过对比分析可知，《隆福寺格斯尔》/《策旺格斯尔》第十二章中的母题并不是来自《隆福寺格斯尔》第十章或《策旺格斯尔》第十五章，而是来自木刻本中精简化的异文，即第六章或第二章。

　　（三）第十三章的母题来源

　　第十三章与前两章的框架依旧是相同的：北方的那钦汗入侵，格斯尔夫人们抽签派出勇士们去突破那钦汗的关卡，最后格斯尔率领勇士们打败并杀死那钦汗。格斯尔夫人五次通过抽签派出勇士，在莱查布之子、天上的萨仁－额尔德尼的帮助下突破了那钦汗的七道关卡。最后，格斯尔在那钦汗女儿乃胡来和手下朱思泰－思钦的帮助下杀死了那钦汗。此章中的母题及其来源如表6-14所示。

表6-14　第十三章的母题及其相应母题来源

第十三章的母题	《格斯尔》其他诗章中的相应母题	来源
北方的那钦汗称无美丽夫人，聚集众臣说明意图，朱思泰-思钦规劝	锡莱河白帐汗为给儿子娶妻，召集两兄弟说明意图，希曼比儒札规劝	第五章
那钦汗执意发出招兵的指令	白帐汗执意出征	第五章
朱思泰-思钦劝那钦汗留下童兵	希曼比儒札劝其留下孩童、老人	第五章
格斯尔得知，发布书信召集勇士		典型母题
三神姊下凡，祝福		典型母题
格斯尔预知敌方情况	格斯尔预知敌方情况	第九章
从外到内：一千士兵、两只虎、两条蛇、两只乌鸦、老鹰、妖树、甲虫、勇士父亲格勒苏彻德、萨尤嘎顿	从外到内：蟒古思的牧驼人、蟒古思的儿子们、占卜师、妖树、两只两岁牛犊大的蜘蛛	第四章
向那布莎-古尔查祖母祭祀，祖母祝福并让三神姊告知抽签派勇士		典型母题
第一次抽签，派六位勇士		第五章
三神姊下凡下令		典型母题
那钦汗派勇士西迪应战		典型母题
第一关：伯通得知，告知其他五人，苏米尔儿子格日勒泰-思钦等说要与其搏斗	苏米尔想独自与敌人搏斗	第九章
勇士化身美女、小孩、老头	格斯尔化身美女、小孩	第四章
大鹅飞来，伯通假装赞美，抓住后准备将其杀死	格斯尔假装赞美妖树，后将其砍断并烧死	第四章
大鹅诉说自己对格斯尔的向往，告知西迪勇士的情况	赛胡来诉说自己对格斯尔的向往	第十一章
大鹅为转移嘉萨灵魂附体的蓝色大鹏鸟的转世	嘉萨的灵魂被转移至大鹏鸟	第五章
伯通和西迪开始搏斗	勇士们单独搏斗	第五章
西迪化身蛇，格日勒泰-思钦射箭打不死，向天祈祷，天上的箭下来射中拇指	格斯尔杀不死昂都拉姆，向天上求助，嘉萨从天上射神箭射中其眼睛	第九章
萨仁-额尔德尼从天上送金色天书，叫六位勇士返回	三神姊化身仙鹤，给格斯尔送信	第五章
那钦汗不知情，想派勇士拉德纳去探视	昂都拉姆派两位勇士探视	第九章

《格斯尔》史诗叙事结构研究：以《隆福寺格斯尔》为中心

第十三章的母题	《格斯尔》其他诗章中的相应母题	来源
大鹅遇见萨仁－额尔德尼，诉说了自己的身世	达兰泰－思钦诉说自己的身份	第十二章
萨仁－额尔德尼赐予它转世为人，派它去给那钦汗送金色天书		
那钦汗看金色天书，以为勇士已上天，又以为自己源自上天		
朱思泰－思钦阻止那钦汗派拉德纳，让他们再等一个月	达兰泰劝告蟒古思，不再派勇士	第十二章
第二次抽签，派四位勇士		第五章
第二关：勇士化身动物并射杀了两只虎		第四章
晁通假装要报名参战，被儿子阿勒坦训斥		典型母题
第三次抽签，派五位勇士		第五章
第三关：一勇士预知对方情况		第四章
两条蛇被杀死，并放火烧死了乌鸦		第四章
第四次抽签，嘉萨等六位勇士出征		第五章
第四关：搏斗并杀了敌方勇士腾迪，返回		第五章
第五次抽签，阿鲁－莫日根等六个夫人和两名勇士按照那布莎－古尔查祖母指示赴战	阿鲁－莫日根按照那布莎－古尔查祖母指示赴蟒古思城	第六章
晁通跟随夫人征战	晁通跟随格斯尔征战	第五章
夫人们路上刁难晁通，让晁通误以为是食物而吃了马粪蛋、马绊皮扣，又误以为是阿鲁－莫日根的胸坠儿而背了磨盘石	格斯尔路上刁难晁通，让晁通误以为是食物而吃了马粪、马绊皮扣，又误以为是阿鲁－莫日根的胸坠儿而背了磨石	第五章
往前走了一关	重述了沿途所见的已死去的敌方放哨者	第四章
那钦汗女儿乃胡来带着女仆上山	乔姆孙－高娃带女仆们打水	第五章
萨仁－额尔德尼从天上送来金色天书，劝乃胡来嫁给格斯尔	乔姆孙－高娃以神灵得知自己要嫁给格斯尔	第五章
第五关：乃胡来收到天上送来的金色天书，砍掉敌人的妖树		第四章
那钦汗的占卜师得知乃胡来想嫁给格斯尔	锡莱河三汗的女萨满得知格斯尔的情况	第五章
第六关：乃胡来让朱思泰－思钦杀了认出格斯尔并要告状的占卜师	格斯尔在乔姆孙－高娃的帮助下杀了女萨满	第五章

第十三章的母题	《格斯尔》其他诗章中的相应母题	来源
第七关：三条虫子看到乃胡来议论起来，乃胡来放火烧死了它们	格斯尔放火烧死了岗哨	第四章
乃胡来背着五色光前来见夫人们	赛胡来前来见格斯尔夫人们	第十一章
格斯尔娶了乃胡来		第五章
闯过所有关卡，抵达那钦汗城堡		
格斯尔穿戴铠甲、祭祀，那布莎－古尔查祖母下令、祝福		典型母题
格斯尔叫那钦汗出来应战，那钦汗的勇士逃跑		典型母题
格斯尔激励勇士们	格斯尔激励勇士们	第九章
朱思泰－思钦告知敌人的灵魂有三个	图门－吉日嘎朗告知敌人的灵魂	第四章
第一批：4 人出征（安冲、西迪、苏米尔、格日勒泰－台吉）		
第二批：6 人出征（嘉萨、巴姆西胡尔扎、大理诺尔、托雷、萨仁－额尔德尼、班珠尔）		
第三批：12 人出征（阿南达、阿拉泰－思钦、阿拉泰－巴图尔、阿拉坦、哈日查改、双呼尔、达兰泰－思钦、达拉泰－乌仁、巴尔斯－巴图尔、青比西日勒图、伯通、荣萨）		
第四批：13 人出征（两个天子、葫芦齐、达兰泰－思钦、达拉泰－乌仁、朱思泰－思钦、大塔尤、小塔尤、大火凤、小火凤、吴努钦塔尤、阿斯塔尤、阿斯迈诺言）		
第五批：5 人出征（安冲、苏米尔、乌兰尼敦、西迪、格日勒泰－台吉）		
格斯尔与那钦汗搏斗并将其消灭		
格斯尔与那钦汗搏斗		
勇士们从四方赶来		
朱思泰－思钦找出那钦汗的灵魂收藏处，杀死了其灵魂	格斯尔找出蟒古思的灵魂收藏处，杀死了其灵魂	第四章
回到故乡，分发战利品		典型母题

　　此章故事框架与前两章保持一致，但情节更加复杂，内容更加冗长。母题组合方式不再是串联或重复，而是大量不同母题的多种组合，正反方人物都更加复杂，母题的变异程度较大。第十一章中，蟒古思关卡上的岗哨是有妖术的动物和植物，而此章中的岗哨不仅有有妖术的动植物，还有那钦汗手下强大的勇士，第四章与第五章中的人物母题在此交织起来，突破关卡时不仅需要用神奇的魔法，还需要勇士间的武力搏斗，增加了难度和复杂程度。此外，正面人物也变多、变复杂了，如莱查布之子、天上的萨仁－额尔德尼作为格斯尔的助手，在突破那钦汗关卡的关键时刻给予了诸多协助，还有，那钦汗手下朱思泰－思钦及其手下的大鹅也投奔格斯尔，从敌方内部协助格斯尔。格斯尔勇士们在突破那钦汗第一层关卡时，讲述了有关萨仁－额尔德尼的诸多变异母题，完成了按平常逻辑或母题无法实现的任务，如在正反方勇士们难分上下之时，从天上射神箭杀死敌方勇士（第九章中嘉萨的母题），给格斯尔夫人们送去金色天书（第五章中三神姊的母题），又给敌方送去假的金色天书安抚蟒古思（第四章中图门－吉日嘎朗的母题），给敌方女儿捎去劝其归附格斯尔的金色天书，以及让归从格斯尔的那钦汗手下的大鹅投生为人等，将各种母题组合在一个人身上。阿鲁－莫日根等在突破第五层关卡时，按照三神姊的命令带领夫人们征战，在此过程中突破各种障碍，并在路上捉弄晁通（与第四章中格斯尔赴蟒古思城的过程完全一致）。这些大故事套小故事并以调换人物等方式变异的母题让突破蟒古思关卡的过程变得复杂而冗长。在一个人身上套用多个母题，有时会出现人物与母题不搭配的情况，故事中则主要以天上"神仙口谕"的母题填补了逻辑漏洞，如第五章、第十二章中敌人入侵时格斯尔不在家乡，他的夫人们不得已承担起组织勇士并通过抽签派出勇士的任务，但在此章中，在格斯尔本人在家的情况下，却仍由夫人们抽签派出勇士，并且阿鲁－莫日根还亲自带领勇士们出征，显然有不符合传统逻辑之处，因此本章补充说明这是那布莎－古尔查祖母查看命运占卜书后做的决定，对这些变异后不合理的情节赋予"神谕"性，保证了情节的顺利发展。

总结以上对最后三章母题来源的分析，在路程中突破蟒古思大汗关卡的来自第四章、第五章的主题通过母题数量和母题变异程度的增加，逐步变得复杂、冗长，而到达蟒古思汗的城堡后与蟒古思大汗及其勇士们搏斗的来自第五章的情节则相对简化。其中，蟒古思部落内部的变节者在关键时刻背叛蟒古思大汗协助格斯尔，以及告知格斯尔蟒古思大汗的要害之处这一情节对格斯尔战胜蟒古思汗起到了关键作用。

四 情节母题的演变

上文分析说明最后三章的母题主要来自以第四章、第五章为主的《格斯尔》其他诗章，并以不同方式组合而成。下文将以来自第四章的突破关卡情节与来自第五章的情节为例，分析和阐释在母题组合的过程中，情节是如何演变的，又体现出了怎样的内在规律。

（一） 第四章母题的演变

三章中均有来自第四章的赴敌方大汗城堡的路途中，遇见并闯过蟒古思诸多关卡的情节。总体而言，在第十一章、第十二章、第十三章中，突破敌方关卡的叙事时间和情节复杂程度均逐渐增加。下文通过对第四章和最后三章中相应情节的对比，揭示其重组和变异的过程。

1. 在第四章中，格斯尔为解救阿尔鲁－高娃夫人而独自启程赴十二颗头的蟒古思之城，路途中遇见并闯过了蟒古思的 10 道关卡，方抵达蟒古思的城堡（见表 6－15，省去在蟒古思关卡的斗争过程等母题）。其路径是在一条直线上单向行进。

表 6－15　第四章中格斯尔闯蟒古思关卡的路径

| 1 | 格斯尔出发、向三位神姊祈祷 |
| 2 | 登上了一座大山的高高山峰，在不远的地方遇到了凶猛的野牛，杀死 |

续表

3	向前走了不远，到了妖河的岸边，渡过
4	再往前走，来到了蟒古思的两座魔法山崖前，渡过
5	再向前走，到了蟒古思领土上的不同颜色的部落，渡过
6	再向前走，遇到了蟒古思的牧驼人、牧羊人、牧马人，杀死
7	来到了腾格里天神的儿子们放哨的上天的山岭，说服
8	格斯尔来到了人间的黄色山岭，渡过
9	格斯尔来到了蟒古思的黑色山岭，渡过
10	来到了三座高山脚下，在山谷里见到了小矮人占卜师，说服
11	格斯尔走到长着妖树的地方，烧死
12	格斯尔来到了蟒古思的城堡

2. 在第十一章中，格斯尔同样独自启程，但闯过第一道关卡之后便召集勇士们一起行进，并与勇士们一同闯过路途中的其他关卡，抵达敌方大汗的城堡（见表6-16）。相比第四章中格斯尔单枪匹马闯关，此章中每道关卡由不同勇士完成，有格斯尔本人，也有格斯尔的勇士及其子嗣，但路线相同，仍然是在一条直线上单向前进。

表6-16　第十一章中格斯尔闯罗刹汗关卡的路径

1	格斯尔点燃煨桑，出发
2	走到妖树处，杀死妖树
3	将三十位勇士们叫来，再往前走，遇三条疯狗，将其杀死
4	再往前走，遇见两个孩童，收服
5	再往前，碰到九十万士兵，格日勒泰-思钦迎战，把他们杀光
6	再往前，遇三百万士兵，嘉萨迎战，把他们杀光
7	再往前，遇见身高一尺的小矮人占卜师，收服他

3. 在第十二章中，由于格斯尔留在罗刹汗之处不肯回乡，由格斯尔夫人们在那布莎-古尔查祖母的指示下抽签派出勇士去闯那钦汗的关卡，即以第五章中格斯尔夫人抽签派出勇士的母题为框架。每道关卡都离格斯尔

家乡二十一年之遥，其位置几乎一致。对于每道关卡，格斯尔夫人们都抽签选择了勇士，每次出征的人物均有变化，但每次派出的勇士闯关的过程是一致的，即"出发—到达关卡所在之处—完成任务—返回"。因此，其路径是勇士们在两点之间多次往返（见表6-17）。

表6-17 第十二章中格斯尔勇士们闯贡布汗关卡的路径

1	格斯尔夫人们抽签，派出两位勇士；向上天祈祷	走了八个月，抵达雪山附近	杀死八百个士兵返回，得到赏赐
2	第二次抽签，派出四位勇士；向释迦牟尼等祈祷，三神姊送来神器并祝福	二十一年的路走了三个月，抵达金山	突破蟒古思关卡后返回，得到赏赐
3	第三次抽签，派出两位勇士；向那布莎-古尔查母献祭，那布莎-古尔查祖母祝福	走了九个月抵达雪山	突破蟒古思关卡后返回，晁通没有得到赏赐
4	第四次抽签，派出四位勇士；向天上祈祷，三神姊祝福	二十一年的路走了一个月，到达雪山	杀了为蟒古思放哨的鸟和金鱼，返回，得到赏赐
5	第五次抽签，派出十位勇士；向天上祈祷，三神姊祝福	到达山上，看到妖树	烧死了妖树，又杀了四个蟒古思，遇见投奔格斯尔的达兰泰-思钦，返回，得到赏赐
6	第六次抽签，派出五位勇士；三神姊来祝福	到达金山	杀三百只野狗，又杀蟒古思的表姐，返回，获得赏赐
7	第七次，阿鲁-莫日根夫人带上阿南达和众夫人出征；释迦牟尼同意阿鲁-莫日根的请求，并祝福	二十一年的路走了两个月，抵达金山	走过两壁山崖、大海、一个城堡、一座山，到达蟒古思城了解情况，返回，那布莎-古尔查祖母赏赐
8	格斯尔携带阿鲁-莫日根夫人等出征；向上天煨桑	二十一年的路走了三个月，抵达雪山	往前走到一条河，再往前走，到达蟒古思城

4. 第十三章与第十二章相似，依然是以第五章中格斯尔夫人依次抽签派出勇士的母题为框架，在此框架下勇士们依次出发突破蟒古思关卡。勇

士们闯关的过程依然是"出发—到达—完成任务—返回"，且那钦汗的第一道关卡与格斯尔家乡之间的距离也与第十二章相同——二十一年之遥，不同的是每一道关卡之间有一定距离，越后面的关卡距离越远，勇士们要重复之前走过的路、见过被他们杀死的岗哨尸体之后才能到达下一道关卡，如表6-18所示（因表格空间有限，省略勇士们启程前往那布莎-古尔查祖母处祈祷、那布莎-古尔查祖母派三神姊送祝福，以及勇士们凯旋后格斯尔赏赐等重复母题）。

表6-18　第十三章中格斯尔勇士们闯那钦汗关卡的路径

1	第一次抽签，六位勇士，二十一年的路走了十五个月，抵达蟒古思部落，再走到土山上	到一座山上逗留一个月，收到萨仁-额尔德尼的金色天书，杀死希迪勇士，收服大鹅					
2	第二次抽签，四位勇士，十二个月到土山	走到三口泉水旁，是萨仁-额尔德尼扔下金色天书之处，走到希迪勇士的尸骨处	走到山上的一座塔处，杀死两只虎				
3	第三次抽签，五位勇士，八个月到土山	走到萨仁-额尔德尼扔下金色天书的三口泉处，再走到希迪尸骨处	走到山上那座塔处，两只死老虎	往前走，杀死两条蛇	往前走，杀死两只乌鸦		

续表

4	第四次抽签，嘉萨等，五个月到土山	走到希迪尸骨处	走到山上那座塔处，两只死老虎	走到两座山崖，两条死蛇	走到杀死两只乌鸦的山林	走到一黑暗的高山，杀死蟒古思的勇士腾迪		
5	第五次抽签，阿鲁等，四个月到土山	再往前走，碰到枯树以及希迪尸骨				到黑暗的高山，以及杀死腾迪的山崖	走到一座冷山，杀死妖树	
6	格斯尔启程，半个月到土山						走一个月到达冷山	到达那钦汗城堡

在第十三章中，那钦汗的关卡与关卡之间有一定距离，每一次派出的勇士须在途中经过之前的勇士们走过的路之后方能到达新的关卡。在该情节的叙述中，勇士们每闯过一道关卡时均会重复描述他们在路途中的所见所遇，即已被之前的勇士们突破的关卡和在这些关卡中死去的蟒古思岗哨的尸体，因此叙事变得极其冗长。由不同人物多次重复进行相似行为，且每次增加一步，这种叙事模式其实是民间口头叙事中非常普遍的叙事模式，有利于口头叙事的记忆、接受和传播，比如童话故事常使用此叙事模式，熟悉童话故事的人应不会感到陌生。

（二）第五章母题的演变

最后三章中人物与情节的另一个主要来源是第五章。其中，第十一章中的组合方式为以主题串联，简单、明了；第十三章中，情节冗长而复杂，但直接来自第五章的部分较简短；相对而言，第十二章与第五章之间的关联最为密切，基本以第五章的情节作为整章的框架，对应程度大，变异过程更具典型性。这里以第十二章为例，对第十二章与第五章中的相似情节进行提炼和对比分析，探讨情节的变异过程。

图 6-2 的对比显示，两者整体情节相似，但第五章的情节比第十二章

复杂得多，尤其转折性情节很多。第五章的故事情节线有多处转折，使故事情节曲折复杂，而第十二章的故事情节线大致与第五章的直线情节重合，少了转折线部分，说明两者主线一致，区别主要在一些转折性情节。

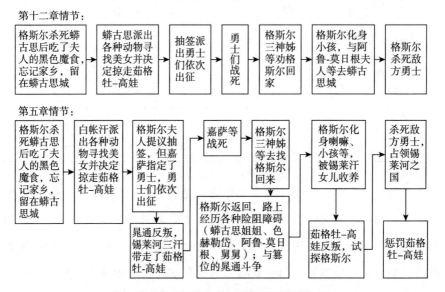

图 6 - 2　第十二章与第五章的相应情节对比

进一步对两者相同情节进行对比分析，可揭示第十二章和第五章相似情节之间的变化，如表 6 - 19 显示了两个文本中格斯尔不肯回家时，三神姊、格斯尔夫人等相继来提醒他的情节对比。

表 6 - 19　三神姊、格斯尔夫人等相继提醒的情节对比

第五章	第十二章
牵牛老婆子、乌鸦、狐狸来相劝	黄色狐狸、乌鸦、牵牛老婆子来相劝
	格斯尔夫人抽签，派勇士与敌方交战（第四次抽签）
	乞丐、两只鹿、两头黄羊来相劝
	格斯尔夫人抽签，派勇士与敌方交战，阿鲁 - 莫日根出征（第五次抽签）

续表

第五章	第十二章
茹格牡－高娃与格斯尔向彼此射神箭传递信息	格斯尔与夫人向彼此射神箭传递信息
三神姊变仙鹤送信	三神姊变仙鹤送信

在第十二章的此情节中，第五章中三神姊、格斯尔夫人、仙鹤等规劝格斯尔回家的情节都有保留，且在第十二章中以两种方式得以扩展：一是母题的重复，牵牛老婆子、乌鸦、狐狸三者依次去提醒格斯尔回家乡的母题在第十二章中出现了两次，第二次的人物或动物变成乞丐、两只鹿、两头黄羊，但他们的行为及功能如出一辙。换言之，该母题第二次出现时更换了人物，但深层结构完全一致。二是穿插、组合了格斯尔夫人抽签、派出勇士们与敌方勇士交战的母题。因此，虽然第十二章的情节逻辑比第五章更简单，但因母题的重复和其他主题的组合，其篇幅大大增加。

进一步对两章中的细节进行对比可发现以下几个特点。

第一，第十二章与第五章的母题不是简单的相似或相同，也有接续或回应，如第五章中嘉萨被锡莱河勇士杀死后灵魂升天，他没有像其他勇士一样在"格斯尔复活勇士之部"中复活，而是在第十二章中独自从天上下凡为人；第五章中色赫勒岱与格斯尔说好互相惊吓一回，而在第十二章中色赫勒岱惊吓了格斯尔并称是因为以前有此约定。这些细节说明第十二章在某种程度上也是第五章的接续。

第二，第五章在藏文《格萨尔》中有同源异文，是《格斯尔》的核心诗章。它与藏文《格萨尔王传》中的《征服霍尔》[①] 基本一致，而第十二章的变化却比较大。比如，在第五章与藏文《格萨尔》中，茹格牡－高娃

---

① 《格萨尔王传》，王沂暖、华甲译，中国国际广播出版社，2016。

（藏文《格萨尔》中为珠毛夫人①）在整个故事情节中发挥了重要作用，而在第十二章中，虽然茹格牡 - 高娃仍然是魔鬼的贡布汗前来征战的原因之一，但她既没有被掳走，也没参与交战，而阿鲁 - 莫日根——蒙古文《格斯尔》独有的人物——在此章中发挥了关键作用。这是因为茹格牡 - 高娃的矛盾性属性特点被简化，而阿鲁 - 莫日根的角色特点更加符合蒙古传统英雄史诗的人物特点。可见，第十二章在第五章的基础上，经过了基于人物的一系列变异和改编过程。

第三，原来的一些母题经变异后更加夸张、抽象化，如在第五章中，格斯尔在异乡逗留了 9 年，而在第十二章中为 21 年；第五章中的锡莱汗是人类的形象，而魔鬼的贡布汗则是有 48 只角、18 颗头颅、骑着巨大如山的马的蟒古思汗。换言之，最后三章中的人物形象和情节更加夸大、抽象，体现出蒙古英雄史诗审美传统的影响。

综上，最后三章与第四章、第五章相比，情节、母题有多种组合方式，也体现了多种变异规律，有情节的扩展、延续，也有情节的删减，删减通常是转折性情节的删减和逻辑的简化，而扩展则主要是通过母题的重复、组合，以及使用民间叙事模式，演变出更长且复杂的情节。

第二节　文本特征

《隆福寺格斯尔》最后三章与第四章、第五章两个《格斯尔》核心诗章之间有密切关联，但两者文本特征有较大差异。相比北京木刻版《格斯

---

① 茹格牡 - 高娃夫人和图门 - 吉日嘎朗夫人在藏文《格萨尔》中对应的人物为珠毛夫人和梅萨夫人（全称"梅萨绷姬"）。茹格牡是珠毛的音译；图门 - 吉日嘎朗是绷姬的意译，意为万福。

尔》，此三章文本散韵结合，且故事范型、程式等较为突出，口头性特征明显。也有学者曾提出这一观点，比如涅克留多夫在《蒙古人民的英雄史诗》中提及，此三章"同口头记录本的联系尤其密切……这部分章节以口头叙事传统为基础是确定无疑的"①。

最后三章的口头性特征主要体现在以下几个方面。

第一，平行式是此三章韵文的最突出特点。平行式被频繁使用于每章中的英雄形象、场景描绘、口头论辩等之中，若干诗句的平行式随处可见，甚至还有十五句诗句组成的平行式。"从表演的角度来看，将平行关系从简洁、短暂的话语延伸至较长的、精雕细琢的诗歌形式是十分重要的。"② 平行式是韵文的重要判断标准，正如雅各布森（Roman Jakobson）指出的，平行式是"诗歌功能的经验性的语言评判标准"③。以下为《隆福寺格斯尔》中的两个平行式示例。

（1）

去往白色河的人少

去往黑色河的人多

去往黄色河的人少

去往野草河的人多

去往棕色河的人少

（第十一章）

---

① 谢·尤·涅克留多夫：《蒙古人民的英雄史诗》，徐昌汉、高文风等译，内蒙古大学出版社，1991，第235页。

② 理查德·鲍曼：《作为表演的口头艺术》，杨利慧译，广西师范大学出版社，2008，第21页。

③ Roman Jakobson，"Linguistics and Poetics". In *Style in Language*，ed. T. Sebeok（Cambridge：MIT Press，1960），p. 358. 转引自理查德·鲍曼《作为表演的口头艺术》，杨利慧译，广西师范大学出版社，2008，第21页。

（2）

> 天上飞的鸟以为谁能射中我却被猎鸟抓住
>
> 嫁给人家的姑娘以为谁能笑话我却被火烧了衣襟
>
> 大臣以为谁能蔑视我却被智者抓了把柄
>
> 天上飞的鸟以为谁能射死我却坐在田中被人射死
>
> 吼叫的大臣以为谁能招惹我却任由城堡被人破坏
>
> 天上飞的鸟以为没有谁能射死我，却坐在青海湖边被人射中
>
> 骄傲的天鹅以为没有谁能招惹我，却炫耀自己时被人杀死
>
> （第十二章）

诸如此类的平行式在最后三章中极为多见，是其独特的语言特点。

第二，从内容来看，口头论辩是最后三章又一个较为突出的特点。以出征一事为例，有多种相关论辩：蟒古思汗出征时为是否带士兵而论辩；格斯尔出征时为是否带士兵而论辩；叉尔根老人欲赴战而引发论辩；晁通假装要出征，引发论辩；勇士出征时为是否带妻儿而引发论辩；某个勇士出征，他人嫉妒，引发论辩；阿鲁－莫日根夫人要出征，引发论辩；等等。在木刻本中，这些通常是一句带过，而在最后三章中，辩论内容则使用重复的句式铺陈开来，篇幅很大。口头论辩的内容广泛，使用箴言、反讽、反问、类比等多种手法，这些手法与藏族讽刺文学和佛教文学训谕诗传统有密切关系。

第三，《隆福寺格斯尔》最后三章中有非常明显的故事范型和典型场景，韵文部分还有突出的互文性特点。其中，各种蒙古民间韵文文类内容十分多见，典型的有以下几类：祭祀场景、祝词、赞词、诅咒、训谕诗等，均在不同章节中反复出现，比如这几章中，格斯尔方每次出征前都要用精心酿制的九种奶酒向天上的那布莎－古尔查祖母献祭，祖母享用祭祀

食物后微醉，向凡间的格斯尔和勇士们送出祝福等。场景描述语言雷同，不再一一列举。其中训谕诗的例子最多，而且训谕诗通常以对话的形式出现，佛教思想的影响较为明显。在对话中纳入佛教箴言、训谕诗、说教内容，以及用对话的形式展开佛教说教说辞的传统在喀尔喀十分盛行，并在19世纪发展为一种独立体裁，称为"对话小说"（üge ǰoqiyal）。

第三节　文本化过程中的诗章关联与衔接

一　基于人物的跨诗章交互指涉

如前文所述，最后三章的组合方式造成了一些逻辑问题，并且整体上显得松散。无论口头传统还是书面文本，这三章的传播程度均很低，未经过长久流布的文本化过程，其稳定性、诗章间的均衡分布、故事的统一性均较差。涅克留多夫亦曾提出最后三个诗章离核心诗章最远，稳定性最差。①

这三个诗章在文本化过程中，也明显经历了一些增加稳定性与合理性的尝试。作为三个诗章结构的关键要素，人物还被用来对这些诗章进行关联和指涉，以增加其稳定性与合理性，主要通过不同诗章之间的人物关系、方位体系和年龄关系得以实现。

（一）人物关系

蒙古传统英雄史诗的不同诗章通常是平行关系，在各诗章中，英雄消灭了敌方的整个家族，方可凯旋，敌方人物是相互独立的。而在这三个诗

---

① 谢·尤·涅克留多夫：《蒙古人民的英雄史诗》，徐昌汉、高文风等译，内蒙古大学出版社，1991，第201～202页。

章中，蟒古思大汗家族中的赛胡来－高娃、乃胡来－高娃以及一些勇士们与"锡莱河之战之部"中的人物有转世或亲属关系，与他们藕断丝连。这种敌方家族之间跨诗章的关联在蒙古史诗传统中十分少见，其目的显然是对《格斯尔》核心诗章进行指涉，以增加敌方人物的合理性，并与核心诗章人物形成关联。

表 6 – 20　最后三章中的敌方人物与第五章中人物的关联

	敌方人物	与第五章中人物的关联
第十一章	赛胡来 – 高娃	茹格牡 – 高娃的姑姑的孙女
第十三章	乃胡来 – 高娃	乔姆森 – 高娃的表妹
第十一章	罗刹汗手下的一名勇士	朱日干孙子
第十二章	贡布汗手下的一名勇士	希曼比儒札孙子转世
第十三章	大鹅	寄托嘉萨灵魂的大鹏鸟转世
第十三章	朱思泰 – 思钦	带走嘉萨头颅的辛吉日毕锡转世

上述亲属关系在第五章中从未提及，甚至被指涉的对象（如辛吉日毕锡）并不存在。在第十一章中，赛胡来－高娃见到茹格牡－高娃后，称自己的奶奶是茹格牡－高娃的父亲僧加洛汗的姐姐，茹格牡－高娃并不知道这一亲属，只好拿出九十九卦命运书来验证。可见，上述亲属关系不是原本预设的，它们是这些诗章对第五章的单向指涉，目的是使这些诗章与核心诗章之间产生关联，以增加边缘诗章的合理性与稳定性。

（二）方位体系

蒙古传统英雄史诗中的方向完全是象征性而非地理性的，英雄位于欣欣向荣的日出之向，敌人处于落寞的日落之向。而最后三章则独特地建构了以敌方蟒古思大汗为中心，其他兀鲁斯①立其周围的方位体系。《格斯

———————

① 蒙古语，意为"部落"或"国家"。

尔》的其他诗章中，并没有指明敌方的方位信息。

第十一章的罗刹汗：

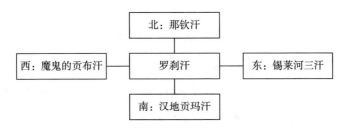

图 6 – 3 第十一章敌国的方位信息

第十二章的魔鬼的贡布汗：

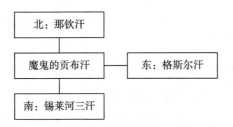

图 6 – 4 第十二章敌国的方位信息

第十三章的那钦汗：

图 6 – 5 第十三章敌国的方位信息

这三个诗章中的方位体系相互指涉，如第十一章的方位体系明确了罗刹汗在中间、贡布汗在西方、那钦汗在北方的关系。但这些方位体系并非一以贯之，一些其他兀鲁斯所处的方向是随机的。第十一章中，早在第五章已被消灭的锡莱河三汗又出现，位于贡布汗的东边，而在第十二章中又位于其南边。第十三章中，历史人物与故事人物交叉出现，显然这时其他敌方大汗已被消灭，因此随机添加了一些历史人物以填补空缺。这些方位并无实际意义，只是通过人物之间的方位体系强化最后三章在整个文本中的位置。

印藏史诗中有以英雄作为宇宙中心、由四方神灵守护的传统体系。①正如《格斯尔》题目所指，格斯尔本属"十方圣主"，理应在中心位置，但在最后三章中，敌方大汗位于叙事空间的中心，格斯尔的家乡位于敌方四周的某一方，甚至没有确切的方位。原本以格斯尔为中心的世界体系在这里演变成以敌方大汗为四方之中心。这说明，此三章的方位体系只是对一些框架模式进行改编的结果，是文本化过程中不同诗章之间构成交互指涉和关联的一种方式。

（三）人物年龄

最后三章还通过人物年龄来加强篇章之间的关联。在蒙古史诗传统中，英雄的年龄通常有两种描述方式：一是英雄幼小但力大无比，如在《三岁英雄古纳干》中，英雄完成的事迹都发生在他 3 岁时；二是英雄总是 25 岁，年轻力壮，永葆青春。迄今发现的蒙古传统英雄史诗从来没有描述过英雄主人公的晚年生活②。但最后三章中，正反方人物不仅有具体年龄，而且处于晚年。比如，第十一章中，格斯尔 85 岁，晁通也是 85 岁；第十三章中，晁通 90 岁，那钦汗 78 岁。这三章还给《格斯尔》其他诗章附加了年龄维度，形成了相对顺序，如第十一、第十二章分别通过嘉萨与格斯尔的对话、枣骝神驹与格斯尔的对话，指出锡莱河三汗入侵时格斯尔35 岁（但第五章"锡莱河之战之部"从未提及格斯尔年龄）。这是因为此

---

① 参见石泰安《西藏史诗和说唱艺人》，耿昇译，中国藏学出版社，2012，第 269 页；谢·尤·涅克留多夫：《蒙古人民的英雄史诗》，徐昌汉、高文风等译，内蒙古大学出版社，1991，第 171 页。

② 虽然有"一百五十五岁的龙莫日根汗"这样的史诗，但是史诗主人公不是龙莫日根汗本身，而是他的儿子或者其他年轻的英雄。

三章形成时间较晚且传播程度低，在《格斯尔》的十三章文本中位于最后，稳定性较差，而人物的年龄关系有助于增强其关联性和稳定性。

这种标示具体年龄的做法不符合蒙古史诗传统，如用现实逻辑理解会显得十分混乱。格斯尔已身处老年，他的一些勇士仍为青年，如格斯尔三十勇士之一的安冲才25岁，格斯尔25岁时出生的安充儿子才3岁，这些象征性数字与格斯尔的年龄呈现出混乱的状态。第十一章中，格斯尔与其叔叔晁通同岁，也不太符合现实逻辑。因此，我们须将其理解为相对顺序，而不能作为实际数字来理解。它们的唯一功能是强化诗章之间的相对顺序，以明确这些诗章在《格斯尔》文本中的位置及其顺序。基于人物的上述关联和指涉都是跨诗章实现的，以增加诗章之间的稳定性与连贯性，使边缘化的三个诗章更加合理。

二　回顾与指涉

《隆福寺格斯尔》的第十一、第十二、第十三章除在文本化的过程中添加了时间、方位等"历史"维度之外，还在诗章之间添加了大量的相互指涉，以强化诗章之间的连贯性和衔接性。

一方面，以叙事者的视角直接添加关联。如《格斯尔》其他诗章一样，这三章分别讲了一个战胜某个敌方蟒古思大汗的独立事件，但三个诗章在复合的过程中，在开篇时都对上一章的故事做了较详细的总结、复述，在形式和内容上与前一章做了衔接，形成相互之间的关联。

另一方面，这三章中多次使用他人向格斯尔阐述的形式，以故事人物的话语回顾了以往发生过的重大事件。第十一章中，嘉萨从天上下凡之前，用很大篇幅回忆了与格斯尔在一起时的种种经历；第十三章中，格斯尔坐骑枣骝神驹回顾了格斯尔生平中的重大事件。这些内容主要为回顾之前诗章中的重要内容，与前文内容进行衔接。另外，也有由天上神仙回顾过往和预见未来的方式，将不同诗章中的事件联系起来。

三 文献性建构

对于历史文献而言，事件的时间和地理信息极为重要，"时历与地理是历史的两只眼睛"①。在故事中，故事时间是与现实历史时间平行的，彼此并无交叉，因此故事时间仅对故事本身有意义，而不能用来在现实世界中对故事事件进行定位或追溯。史诗作为兼具历史与传说两种特征的综合型文类，其时间和地理信息虽然通常不具备真实性，但常被视为重要因素，也是学者们重点关注的信息。比如，石泰安在《西藏史诗和说唱艺人》一书的第二卷里对《格萨（斯）尔》中的人物、地理范围、时间三个方面做了系统而有意义的研究，探讨了《格萨（斯）尔》中隐含的历史、地理信息。②

蒙古传统史诗中的时间和空间往往是基于民众的生活与生产体验的，是具有模糊性、夸张性、想象性的"诗性时历"和"诗性地理"，正如巴·布林贝赫先生曾提出的，"时空维度的复合性、形象性和模糊性是蒙古史诗时空观念的几种重要特征"③。而在本章所讨论的三个诗章中，有着不同于《格斯尔》其他诗章的时空信息，它们体现出具体化、系统化、文献化特征，与传统史诗时空维度的模糊性和形象性有着很大的区别。

最后三章中，很多事件的节点，如格斯尔或其勇士们出征的时间、抵达敌方国度的时间、结束征战的时间等，都用了一些具体的时历信息，这些信息不具备模糊性和形象性等传统史诗的特点，十分具体且具有一定的随机性（见表 6–21）。

---

① 维柯：《新科学》，朱光潜译，人民文学出版社，1986。
② 石泰安：《西藏史诗和说唱艺人》，耿昇译，中国藏学出版社，2012。
③ 巴·布林贝赫：《蒙古英雄史诗诗学》，陈岗龙等译，中国社会科学出版社，2018，第47页。

表 6 - 21 最后三章中出现的一些时历信息

第十一章	第十二章	第十三章
腊月十五	虎年虎月十三	龙月龙日龙时龙年
春天	虎日虎时	鸡年五月二日抵达
腊月马日马时	秋季首月	鸡年二十九日
第 18 个龙年三月十四日马时抵达	第 21 个青虎年（甲寅年）马月二十日	鸡年八月出发，欲在十月二十六日抵达
夏、秋	第 24 年马年鼠月蛇日鼠时	鸡年十二月十五日早晨
秋中月 25 日马时结束	九月二十八日	狗年白月
	第 21 个青蛇年（甲巳年）十月大寒之日	狗年五月二十七日

　　三章中，描述故事发生的时间用了具体的时间，有年份、季节、月份、日期，甚至还有时间点，且三章之间在时间上有对应和关联，三个故事分别发生在龙年、虎年、鸡年和狗年，时间的详细程度逐渐增加。乍一看，这些时间点似乎真实而精确，但它们并不足以建立真实的时间维度，虽显得很具体但并非客观、明确，如第十一章中的时间并没有具体年份而仅有月份和日期，而且时间跨度上夸张度很高，说明它们并非真实的历史时间，只是在形式上具备了现实性，本质上却并不具体，也不是故事情节内在的时间信息，与情节本身没有任何内在的联系。时间信息将故事事件定位到现实历史中，但我们并不能在现实时间维度中找到其确切位置。第十一章、第十二章中的龙年、虎年等有一定的象征意义，毕竟龙、虎都是《格斯尔》中最常见的动物意象，而第十三章中的鸡年、狗年则应为相对于前者而定的时间，主要用来确定其时间顺序。它们有一定的具体性、诗性和随意性特点，是在原有的故事基础上附加的时间维度，是时间的再定位。而故事中特别说明时间是那布莎－古尔查祖母用占卜确定的，含有佛教黄道吉日的思想，从而为随意性的时间设置赋予了一定的神圣性。

　　此外，最后三章中还添加了诸多历史、地理名称，如第十二章中有

"Šaɣdu Kaiping"（上都开平）、"Kürdü Balɣasun"（法轮城），第十三章中有 "Činggis Qaɣan"（成吉思汗）、"Šidurɣu Qaɣan"（唐兀惕失都儿忽）[①]、"Gürbeljin-ɣua"（固日贝勒金高娃夫人）[②]、"四十四个蒙古（部落）" 等历史信息。一些学者曾认为这些信息透漏出史诗事件的历史性，但事实上，这些历史信息和人物在该史诗诗章中并没有承担任何情节功能，比如 "圣主成吉思汗" "唐兀惕失都儿忽" 等都是作为描述四方国度时的一个填充内容。霍姆诺夫等还指出 "成吉思汗的四十四个蒙古（部落）" 这一说法中，把邪恶的东方四十四个腾格里 "说成蒙古人民的四十四个部落"[③]，是后期改编的一种表述。这些与上方所述方位信息一样，是在文本化过程中相当随意地添加的与蒙古历史相关的历史人物，为的是让文本具有历史文献特征，它们不能作为史诗的历史人物信息，自然也不能用作史诗人物的民族属性等。

本章小结

《隆福寺格斯尔》最后三章是主题与情节高度模式化的三个诗章，是在 "多头蟒古思" 和 "敌方大汗" 两种人物类型组合而成的敌方蟒古思大汗这一类型化人物的基础上，依据人物特点将来自多个诗章的母题、情节进行组合而成的诗章。该诗章类型可称为 "组合型诗章"。这些诗章中构

---

① 据《蒙古秘史》第 267 节记载，成吉思汗让前来献贡的唐兀惕主（西夏末帝）布儿罕改名为失都儿忽，失都儿忽意为恭顺。见《蒙古秘史》，额尔登泰、乌云达赉校勘，内蒙古人民出版社，1980，第 1047 页。

② 据传说，固日贝勒金高娃夫人为西夏末帝失都儿忽献给成吉思汗的公主。

③ 霍姆诺夫：《布里亚特英雄史诗〈格斯尔〉》，内蒙古自治区社会科学院文学研究所、内蒙古自治区《格斯尔》工作办公室编印，内部资料，1986，第 14 页。

成人物和情节的母题均来自《格斯尔》其他诗章（主要来自核心诗章），但是人物和情节、母题的组合方式是新的；人物属性，尤其是诗章的核心变量——敌方大汗的"组合型"属性特点决定了叙事结构。人物按照"强大化"与"两极化"的原则进行组合，主题和情节按照人物特点进行组合。敌方人物不仅成为母题组合过程中的核心变量，也发挥了在诗章之间形成关联并增强稳定性的关键作用。敌方人物的这两种核心功能，是该"组合型诗章"有别于其他蒙古英雄史诗的独特之处。

在这三章中，人物和情节的母题均来自《格斯尔》以往诗章，按照一定的规律和逻辑组合演变而成。在母题的安排上，综合使用了加法和减法：加法主要是部分母题的多次重复、不同母题之间多种方式的组合、正方人士出征次数与难度的增加等，从而大大延长了叙事时间；减法主要是故事结构的简化、转折性复杂情节的简化和删减、人物角色的类型化等。这三个诗章内容冗长，尤其书面化后结构变得不够清晰，因此在书面化过程中经过了诸多文献性建构，比如穿插了时间、地理信息，建构了诗章间的关联和指涉，但这些信息和关联是浮在表面上的，而不是事件或情节内在的关联，因此与书面文献之间仍有巨大差异。

最后三个诗章在结构上有高度模式化的特点，组合方式繁杂、人物繁多、故事情节冗长，不利于演述者记忆和创编，也不利于诗章的流布和稳定化。因此，在《格斯尔》口头传统中，这些诗章的传承程度较低，稳定性和统一性也最差。纳吉在构建荷马史诗的演进模型时提出，史诗的文本化是口头演述和书面文本反复作用的漫长过程中，口头演述的变异性逐步减少，文本的稳定性和统一性逐渐增加的过程；在这一过程中，史诗片段之间均衡分量化，顺序加强，稳定性增加，文本趋于固定[1]。换言之，史诗的文本化是口头传统流布的历时过程的结果，流布的过程对其组合方式

---

[1] Gregory Nagy, *Homeric Questions* (Austin：University of Texas Press, 1996), p. 40.

进行集体验证，进而淘汰或传承。有的诗章在长久的演述过程中逐渐趋于稳定，有的则经过短暂的传承后，逐渐被遗忘和消亡。这三章流布过程较短，文本化程度很低，相应地，其稳定性、统一性也较差。当口头叙事被抄本化之后，原本在演述中以多种方式呈现的结构框架和形式标记消失不见。"读者"不容易把握其叙事结构，史诗的流传进而受限。因此，这三个诗章现仅存两个抄本，在现代的文本出版和研究中均遭冷落。

然而，这三个诗章作为蒙古文《格斯尔》的重要组成部分，保留了独特的类型特点以及文本化早期的结构特点，其结构类型特点有独特的文本价值和启发意义，对我们理解史诗人物的衍生及诗章的生成过程有不可替代的重要价值。

第七章

"格斯尔镇压黑纹虎之部"的结构及其形成

"格斯尔镇压黑纹虎之部"是唯一一个《隆福寺格斯尔》的同源异本《策旺格斯尔》中有而《隆福寺格斯尔》中没有的一个诗章。除《隆福寺格斯尔》以外，几乎所有《格斯尔》多章本中都包含这一诗章的异文，因此本书将其纳入研究范围，以便涵盖蒙古文《格斯尔》文本中独有的所有诗章。这样，对于《格斯尔》的本土化与文本化过程的讨论才会相对完整。

学界最熟悉的"格斯尔镇压黑纹虎之部"是北京木刻版《格斯尔》的第二章，篇幅极为短小精练，言辞优美，因此常作为《格斯尔》节选被选入蒙古文学经典读本、教材。该文本与《策旺格斯尔》中的异文差异较大。本章将从情节、词语、程式等几个方面，对"格斯尔镇压黑纹虎之部"的几种异文进行对比分析，探讨异文间的文本关系，从而探讨其内容的生成、变异过程。

第一节　异文的情节对比分析

经初步对比可知，蒙古文《格斯尔》中的"格斯尔镇压黑纹虎之部"大致有三种异文，除《策旺格斯尔》第十五章外，还有分别以北京木刻版

《格斯尔》第二章和《扎雅格斯尔》第七章为代表的两种异文。三种异文的故事大致一致：格斯尔召集勇士出征—格斯尔遇到老虎，跳进（被吸进）老虎口中—勇士们见到老虎吞格斯尔感到害怕而逃跑—嘉萨欲杀老虎又怕伤了格斯尔—格斯尔告知自己无碍并提醒嘉萨勿破虎皮—嘉萨放手跳下虎身—格斯尔割断黑纹虎喉咙—格斯尔剥虎皮让嘉萨为众勇士做铠甲—对于逃跑勇士的评论。

《策旺格斯尔》的同源异文《隆福寺格斯尔》中没有"格斯尔镇压黑纹虎之部"一章。与《隆福寺格斯尔》一样，《策旺格斯尔》在第十三章后，记有"tegüsbe（完）"一字，可后面又接了十四、十五两个诗章（第十四章已散佚）。由此判断，《策旺格斯尔》前五章和后两章分别来源于不同的底本。其中，第十四章已散佚而无从考证；第十五章即本书将讨论的这一章与其他版本中的相应诗章差别较大，具有独特的版本研究价值。但此前，针对这一文本的专门研究尚付阙如。

在北京木刻版《格斯尔》中，"格斯尔镇压黑纹虎之部"作为第二章，权重较大，但内容十分简短，在篇幅上与其他章节相比严重失衡，且因是蒙古文《格斯尔》独有的章节，其来历也备受关注。

《扎雅格斯尔》是在蒙古国扎雅班智达书院中发现的一部《格斯尔》手抄本。它的前十五章情节内容与木刻本大致对应，其中，前六章对应木刻本第一章，"格斯尔镇压黑纹虎之部"则为其第七章。呈·达木丁苏伦首次对该抄本进行了系统研究，认为其部分内容为译自藏文的译文，并认为《扎雅格斯尔》与木刻本之间的关系有两种可能：①《扎雅格斯尔》和木刻本可能是源自同一个底本的两种不同译本；②木刻本改编或转述了《扎雅格斯尔》的内容。不存在《扎雅格斯尔》来源于木刻本的可能。①

---

① 阿·呈·岑迪娜、达·策德布：《呈·达木丁苏伦〈格斯尔〉研究史料》，索永博出版公司，2013，第490页。

上述三个版本中的"格斯尔镇压黑纹虎之部"在情节上高度对应，在细节上又存在较大差异。本章主要依托对三个异文的对比分析，探讨其情节、逻辑、语言的演变过程。为方便比较，下文中将三种异文分别简称为策旺本异文、木刻本异文和扎雅本异文。

一　策旺本异文的情节特征

策旺本异文篇幅最长，情节大致与扎雅本异文重合，但其篇幅较扎雅本异文更长。其特征可概括为如下四点。

第一，典型母题多。相比其他两个文本，策旺本异文中详细描述了三神姊三次托梦给茹格牡－高娃夫人的情节，谕示黑纹虎入侵（海西希的母题分类中的序号为 8、4、1）；格斯尔夫人为了把格斯尔留在身边，隐匿情报（海西希的母题分类中的序号为 8、5、3），被发现后遭到格斯尔责骂（海西希的母题分类中的序号为 4、13、2）；伯通和嘉萨欲营救格斯尔时遭到对方坐骑的威胁（海西希的母题分类中的序号为 6、2、4）；格斯尔出征和凯旋时，格斯尔夫人手托吉祥物接送并唱诵祝词（海西希的母题分类中的序号为 14、4、2）；格斯尔凯旋后回家乡举行盛宴（海西希的母题分类中的序号为 14、4、3）。[①] 以上都属于海西希所提出的蒙古史诗的典型母题，而它们并没有出现在另外两个文本中。

第二，策旺本异文中重复的内容即多诗行程式较多。比如，文本中勇士武装备马、拜见格斯尔的过程高度程式化。在勇士们依次出场时，只有勇士的名字、盔甲和坐骑的颜色等发生变化，其余内容基本毫无变化地重复出现，如描述勇士们拜见格斯尔的过程时：……ɣorbi nebte qarayilɣaju/ oɣtarɣui-tur……ǰüyil-ün solongɣ-a tataɣulǰu/ ……ǰüyil budung ɣarɣan/ badma-

---

①　瓦·海西希：《关于蒙古史诗中母题结构类型的一些看法》，赵丽娟译，中国社会科学院少数民族文学研究所编《民族文学译丛》（第一集），内部资料，1983，第 357～370 页。

rasun oboɣon deger-e/ ……ǰüyil belig bilig-ün ɣal-iyar/ üimečetel-e ǰolɣaldubai（跳跃……层/空中划出……色彩虹/腾起……种烟雾/在巴德玛拉松（Bad-marasun）敖包上/以吉祥智慧之火/拜见格斯尔）。此段内容在六位勇士身上出现了六次，只有省略号处的数字发生了变化，或偶有从句顺序的变化。相比之下，其他异文中重复出现的内容较少，主要介绍了每位勇士的盔甲和坐骑的不同特点，对武装、备马、点将、战斗等母题的描述也被极度缩减了。程式之外的简短对话内容，如嘉萨看到黑纹虎之后与格斯尔和其他勇士的对话、格斯尔在黑纹虎口中与嘉萨进行的对话等，则在几种异文中几乎完全一致。①

　　第三，策旺本异文对英雄的动作描述极具画面感，如格斯尔跳进虎口、嘉萨擒拿黑纹虎的手法等都描述得细致到如同在读者眼前展开了一幅幅画卷。比如，嘉萨擒住黑纹虎后担心伤到格斯尔，说"若是砍了这虎的头，可能会伤了圣主的两条金腿；若是砍了它的前身，可能会伤了圣主的身体；若是砍了它的臀部，可能伤了圣主的头"，描绘出格斯尔头朝里脚朝外的姿势，而其他文本中只说了一句他担心伤害格斯尔的身体；接下来，策旺本异文又细致描述了嘉萨擒拿老虎的手段，其简略描述如下：嘉萨跳上虎身，因老虎耳朵太大手握不下，就用他的宝刀将虎耳割成十二条，将十指插进去猛地一拉，老虎额头的皮就裂开了，他又打破了老虎的颅骨，使其脑浆溢出。较之另外两个文本的简略描述，这些动作就很有画面感。对史诗艺人而言，很多典型场景的大脑文本

---

① 两段对话内容如下：嘉萨从五宿远处看见黑纹虎的影子，问威武圣主，那看上去漆黑一片似山非山似烟非烟似雾非雾的是凶狠的黑纹虎吗？威武圣主说："我的嘉萨，那就是它呀！"其他勇士们问："哪里哪里？我要看！"嘉萨命令道："你们看不见，威武圣主马缰朝哪里往哪里走。"格斯尔从黑纹虎的口中说道："哎呀，可敬的嘉萨，我明白你的为人（英勇）了。现在，先不要损坏这只老虎的皮，要用计杀掉它。他的头皮可以做成一百个（一千五百）盔套，身上的皮可以做成一百五十套（一千五百）铠甲。"

（mental text）① 都具有一定的结构，从左到右，从外到内，便于他们"即兴创编"，娓娓道来。

第四，策旺本异文中的一些情节叙述中存在跳跃而不够紧凑之处，有些地方甚至前后矛盾。比如，相比扎雅本异文，它缺少了"众勇士在黑纹虎口里吐出的云雾中迷路"的前提，后却称嘉萨迷路找不到格斯尔和老虎，因此情节突兀，而此情节在扎雅本异文中有着系统的描述。此外，此章在策旺本异文中位处最后一章，较为独立，而在扎雅本异文和木刻本异文中被安排在格斯尔幼时事迹之后，且明确交代格斯尔时年 15 岁，与其各自前一章中描述的格斯尔 14 岁以前的事迹紧密衔接。

二　经典化文本的情节特征

相较另外两个文本，木刻本异文内容最为精简，仅由本章开头所勾勒的核心情节构成，此外几乎再无多余情节母题，因此内容紧凑，篇幅短。具体看来，木刻本异文有以下四个特点。

第一，少了一些与战征无关的史诗母题。另两个文本的开头情节为格斯尔在举行盛大法会，这是蒙古史诗中常见的举办盛会的开头场景的一个变体。比如，在《江格尔》中，往往就是在勇士们举行盛大宴会时收到敌人入侵的情报，导致饮宴终止、战争开始。这种事件的"意外化"是故事的一种叙事手段，但木刻本异文里并没有举办宴席这一典型母题。

第二，三个文本中关于主人公格斯尔的内容相似，但木刻本异文中少了大量关于其他人物如茹格牡－高娃夫人、三十位勇士、格斯尔的神驹等的相关情节。

---

① "大脑文本"（mental text）是劳里·杭柯所提出的史诗演述相关概念，即史诗艺人在演述史诗之前其大脑中已存在的一种"前文本"。见 Lauri Honko, *Textualizing the Siri Epic*（Folklore Fellows' Communications 264）（Helsinki: Academia Scientiarum Fennica, 1998），p. 94。

第三，在木刻本异文中，使用夸张手法的内容多被删减或弱化，这一点在人物的描述上体现得最为明显。

第四，在叙事安排方面有调整，有由于删减故事情节而造成的情节顺序变化，也有对其他两个版本中的内容加以修改的情节。比如，关于黑纹虎的形象描述：在策旺本异文中，格斯尔在三神姊的指示下出征，在途中首次看见黑纹虎时，格斯尔根据亲眼所见描述了黑纹虎的形象与魔力，这是按照时间顺序进行的第一视角叙述；在扎雅本异文中，三神姊在通知格斯尔时向他描述了黑纹虎的特征；而在木刻本异文中，文本开头即由叙事者直接交代了黑纹虎的形象与魔力。对黑纹虎的形象描述越靠前，叙事越紧凑，但黑纹虎形象的"既视感"却逐渐减弱。再如，先说格斯尔出征时想要在勇士们面前显露本领，后又说他为试探考验勇士们而钻入虎口，而不是被虎吞入口中，这些说辞是木刻本中独有的，经过前后一致的修改，格斯尔的勇士们变成了观摩这场搏斗的观众，从而突出了格斯尔的事迹，减少了有关勇士的情节，做到了前后衔接、简单明了，但格斯尔为显露自身英勇而率勇士们出征，似有内在逻辑上的欠缺，修改痕迹明显。

综合以上四点，相比另外两个文本，木刻本异文的叙事只叙述了格斯尔的杀虎事件，少有典型场景和重复的情节，事件的起因、目的等有效融入了《格斯尔》的整体叙事中，内部结构不可谓不紧凑，但仔细考察其文本，就可发现情节顺序被调整的痕迹。

综上，这三个异文的内容存在情节、典型母题、程式安排等方面的差异。策旺本异文的篇幅较长，出现的典型母题和程式较多；木刻本异文的情节少，相较另外两个文本少了很多次要情节，文字表述简练，事件安排有后期调整的痕迹。根据情节对比，我们可大致断定策旺本异文是最接近口头传统的文本，而木刻本异文是精减版本。

第二节 异文的语言对比分析

三种异文在语言层面的差异较大。下面从语句对比与口头性特征对比两个方面进行分析。

一 语句对比分析

在情节母题的对比之后，笔者进一步进行了语句对比分析，以揭示异文间的词语对应规律。

（一）语句层面的删减

从三个文本中典型场景的部分可以看出句型、语词层面的对应（见表7-1）。

表7-1 三个异文中一些句型和内容的对比

例1		
木刻本/扎雅本	següder-yin gilbelgen öngetü kükür qara quyaγ-iyan emüsbe	穿上如露珠般闪耀光彩的黑宝铠甲
策旺本	següder-yin gilbelgen odod-un öngge tegüsüsen	如露珠般闪耀、如繁星般光彩的
	kükür qara quyaγ-iyan	黑宝铠甲
	erdeni-tü biy-e-tegen emüsbe	穿在尊贵的身上
例2		
木刻本	aran saran qoyar-i ǰergečegülün kigsen manglai čaγan tuγulγa	并列日月而制的额白盔套
扎雅本	naran saran-iyer ǰergečegülün keyigsen	并列日月而制的
	erdeni-tü manglai čaγan tuγulγa-ban	尊贵的额白盔套
	erdeni-tü terigün-tegen aγulbai	戴在尊贵的头上

续表

策旺本	odud-un önge tegüsüsen	繁星色彩齐备的
	naran saran-iyar ǰergečegülün bütügegsen	并列日月而制的
	doluyan ǰüyil erdenis-iyer bütügegsen	七种宝物制作的
	ǰayun naiman tal-a-tu	一百零八面的
	ǰayun naiman bilig tegüsügsen	一百零八智慧齐备的
	čayan labia erdeni-yin kükür qara tayulya-ban	白宝黑色头盔
	erdeni-tü terigün-tegen ayulba	戴在尊贵的头上

例 3

木刻本	bilig-ün rurban alda qara širü selemen-iyen ǰegübe	挎上智慧三度黑色利剑
策旺本	sanaya baladay-ača bilig-ün yal öber-iyen dusuluysan	自由放射智慧之火的
	yisün alda sorongjing kürü-ber neilegülün kigsen	用九庹黑磁铁熔铸的
	daqin sungyabasu yerin bara-in yaǰar-a-tur tusuyči	抽出时能打九十里地之外的
	kürü qara yeke šoru ildü-ban ǰegübe	巨大的黑色利剑挎在身上

通过对比，可以发现这几个句子的主干部分基本一致，但修饰语部分的区别很大。相比另外两个文本，策旺本异文的表述有丰富的修饰语。另两者有时少了一些定语，有时只对应了若干定语词组中的一个词组，有时只在几个定语词组中各对应了某个词。其中，最能反映问题的是最后一种情况，即另两者的修饰语是策旺本中修饰词语中的个别词，因为缺少一些修饰语，语义会发生微小的变化。比如，在例 1 中，策旺本中的"如露珠般闪耀、如繁星般光彩的黑宝铠甲"在其他文本中为"如露珠般闪耀光彩的黑宝铠甲"，少了"如繁星般"，语义上产生了些许差异。有时，保留的词甚至不是对应句子中的核心词，如在例 3 中，"用九庹黑磁铁熔铸的……黑色利剑"改成了"三庹黑色利剑"，即"九庹"改为"三庹"，而"黑磁铁熔

铸的"则消失了。根据这一点，我们可以对版本关系进行判断。歌手在演述中进行创编的原因，是要根据他所掌握的程式缓慢地推进故事的发展，而在即兴的演述过程中，不可能进行缜密而复杂的扩展，因为这种扩展不仅没有意义，也不符合歌手现场演述的思维模式。洛德在《故事的歌手》中指出，歌手的创编过程遵循"俭省"原则，即选择既有的程式，而不是复杂化处理。① 据此可以判断，简略的表述是在富有程式的文本基础上经删减、改编而成的，而这些基于口头程式的表达经缩减、改编，在后来的《格斯尔》文本整体中被固定下来了，成了新的程式。在扎雅本异文和木刻本异文中就可以看到这些新的程式，它们保留了原口头程式中的很多核心词汇。可以说，扎雅本异文和木刻本异文这两个书面文本不仅在情节上进行了"缩减修改"，在具体语句表述上也经过了"缩减修改"，即在此章的史诗情节从遥远的口头演述演变为书面文本的过程中，语句表述经过了多次修改，逐渐演变成书面经典化文本形态。在这一过程中，文本情节和语句都经历了多次删减、修改。

（二）词语的演变

为了考察词语的演变过程，笔者将三个文本使用的词语进行了对比。其中部分典型例子如表7-2所示。

表7-2 三个文本中部分词语的对比

策旺本异文	扎雅本异文	木刻本异文
［口］东边（ǰegün ǰaqa）	［书］东方（doruna ǰüg）	［书］北方（umar-a ǰüg）
［口］我未知（bi medegsen ügei）	［书］我未知（ese medele bi）	［书］我未知（bi ese medele）
	［口］小时候（baγ-ačaγ-tur）	［书］自年幼时起（qaraqan baqan-ača）
［非敬语］手（γar）	［敬］手（motor）	

---

① 阿尔伯特·贝茨·洛德：《故事的歌手》，尹虎彬译，中华书局，2004，第207页。

续表

策旺本异文	扎雅本异文	木刻本异文
五宿	两三宿	一宿
一千五百件盔套	三十位勇士的盔套	一百五十件盔套
一千五百件铠甲	三十位勇士的铠甲	一百件铠甲
八刃水晶刀（naiman iritü molor kituγa）	玻璃柄刀（šil išitü kituγan）	玻璃柄匕首（šil išitu onubči）
哎呀可敬的嘉萨先生知道你的英勇了（ay-a erdeni-tü J̌asa abuγai minu čima-yii baγatur-i činu medebe）		可敬的嘉萨我知道你了（erdeni-tü J̌asa mini medebe bi čimayiγan）
笑着下去（iniyeged baγuba）		笑着放手（inegeged talbiba）

可以看出，该诗章在从策旺本异文到扎雅本异文再到木刻本异文的演变过程中，出现了口语变书面语、非敬语变敬语、复句变单句、数字从夸张到现实的逐步变化。另外有一些词语、句子是策旺本异文和木刻本异文共有而扎雅本异文没有的。这表明了两种可能性：①在木刻本异文的编辑过程中，除以扎雅本异文为基础外，还参考了策旺本异文；②还存在一个改编自策旺本异文的未知版本，并从它分别衍生出了扎雅本异文和木刻本异文两个版本。此结论也支持了呈·达木丁苏伦关于木刻本和扎雅本的文本关系的观点。

二 口头性特征对比分析

三个文本中，策旺本异文与另外两个文本的差异更明显，且不仅限于上文所列的情节和词句方面的不同。同一故事的异文之间产生如此大的差异，首先应考虑到其为口头文本的可能性。口头文本在传播过程中的变异性很大。相较于木刻本和扎雅本两种异文，策旺本异文的口头性特征更为突出。口头程式理论①为文本口头性分析提供了行之有效的方法，笔者将

---

① 见阿尔伯特·贝茨·洛德《故事的歌手》，尹虎彬译，中华书局，2004。

从它所提供的程式、韵律等角度出发进行分析。

（一）程式

"程式是验证一个文本口头性的试金石。"[1] 程式有很多种类，包括片语程式、诗行程式、多诗行程式等。策旺本异文中的程式丰富多样，此处主要考察特性形容修饰语的程式。

特性形容修饰语的运用是口头史诗的普遍特征之一，是口头史诗结构研究中的重点考察对象。策旺本异文中，特性形容修饰语非常多，相对而言，另外两个文本中只保留了部分修饰语，有的缩减，有的改编。如策旺本异文标题中的 kiling-ün dogšin/ qara eriyen baras（凶猛无比的/黑纹虎，k 与 q 是［h］音的阴辅音和阳辅音）较另外两个文本的 aɣulan činegen /qara eriyen bars（巨大如山的/黑纹虎）是有押韵特征的：aɣulan činegen（巨大如山的）与 kiling-ün dogšin（凶猛无比的）有着相同的音节数和韵尾，但后者与 qara eriyen baras（黑纹虎）形成头韵，显然更符合口头史诗特征。类似的例子在蒙古传统史诗中很常见，如 ke buɣural moritai/ keriyedei mergen（骑红沙马的/赫热岱莫日根），ɣurban nasutai/ɣunaqan ulaɣan baɣatur（三岁的/古纳罕乌兰巴特尔），等等。

其他例子还有 tabun uqaɣan-tu mergen boloɣsan/ tabun ǰüng bilig tegüsügsen/ kimusun ɣuu-a qatun（精通五种智慧/具备五类吉兆的/黑姆森－高娃夫人）、Gurban bodisadwa öküi-i mini/ ɣurban örlüge ǰegüde öggün bayital-a/ natur ülü kelekü činu yaɣu bui（三位神姊/三次托了梦/你为何不告知）等。三神姊的称谓通常为 bodisadwa ɣurban öküi（菩萨三姊），ilaɣuɣsan ɣurban öküi（胜慧三姊），而此处为了与下一行同韵，改成了 ɣurban bodisadwa öküi（三位神姊）。格斯尔在策旺本异文里有 ayuqu metü boɣda/ ačitu nom-un Geser qaɣan/ boɣda Geser qaɣan（可畏的圣主/经法恩师格斯尔可汗/圣

---

[1]　阿尔伯特·贝茨·洛德：《故事的歌手》，尹虎彬译，中华书局，2004，第 207 页。

主格斯尔）等不同修饰语，随语境而变化，如 ayuqu metü boɣda / ariluɣsan nom-un qarši-tur oruǰu（可畏的圣主/进入经法殿堂），而在扎雅本异文中仅有少量修饰语，在木刻本异文中则几乎只有"格斯尔"或"十方圣主格斯尔"。

前文中还阐释了策旺本异文中的多诗行程式，即勇士武装备马、拜见格斯尔的过程高度程式化并反复出现的现象。"口头表演的一个核心特征，是反复的修饰，是细节的膨胀"[①]，而在书面文学中，重复通常是忌讳的。由此可以做出判断，策旺本是一个程式化程度很高的口头文本。

（二）韵律特点

蒙古语诗歌韵律最显著的特征是押韵，主要为押头韵，其次是押尾韵和内韵。古代口头史诗步格较为自由，较常见的有 3 音步、4 音步、6 音步。[②]古代诗歌里诗行和步格的形成通常基于自然的停顿，即诗行是基于句子中名词或动词词组的自然单元的，基本没有跨行现象。

策旺本异文多处体现出诗歌韵律特征，下面选取两段诗歌的部分诗句来加以说明。

1. 临出发前，格斯尔给夫人的嘱咐如下（此段在另外两个版本中没有对应内容）：

	ǰirɣuɣan ǰüyil qamuɣ amitan-i	将六道众生
1	öberün beyen-ečegen törögsen	视作自己亲生
	ömdege ǰulǰaɣa metü asurun tedküǰü	幼子般爱护
	ünen ketürekei ür-e-yi	将真致业

---

① 朝戈金：《口传史诗诗学：冉皮勒〈江格尔〉程式句法研究》，广西人民出版社，2000，第 206 页。

② 巴·布林贝赫：《蒙古英雄史诗诗学》，内蒙古教育出版社，1997，第 259 页。

续表

5	jirüken-degen qadangqutala nomlaǰu	心中默念至透心不忘
	ürgülǰide ɣurban erdeni-yi	永远将三宝
	wačir-un sakiɣulsun bolɣaǰu	视作金刚神明
	sanaɣadun či	你要如此念想

此例中，头韵分布情况为 ABBB' AB' B"C、B、B'、B"，都是圆唇元音，舌位靠前或靠后，在口头诗歌中常视为同韵，尾韵为 ABCACACA，具有显著的韵律特征。这是［宾语诗行］＋［谓语诗行］的三重并列，每个诗行都包含修饰成分，丰富的修饰语担负了构成诗行和形成韵律的重要功能。

（2）格斯尔鞴马的过程（这段文字在另外两个文本中对应一句话："格斯尔骑上枣溜神驹"）：

1	ayuqu metü boɣda	可畏的圣主
	ariluɣsan nom-un ordu qarsi-dur güyüǰü oron	跑进经法殿堂
	Burqan baɣsi-yin ǰokiyaǰu öggügsen	将佛祖制作的
	arban tabun odud-un toboruɣu	十五颗星星
5	ǰergečegül-ün toboruɣulun bütügegsen	并列镶嵌的
	Silkür altan bilig-ün	金色智慧的
	qaǰaɣar-iyan barin güyün	马嚼子拿起跑出
	üsü büri-yin üǰegüür-eče	为从每根发尖
	bilig-ün ɣal angɣida tuɣuluɣsan	透射智慧之火的
10	altan bilig-ün kegere morin-iyan barin qaǰaɣarlabai	金色智慧马驹套上
	dumdadu ɣučin doluɣan bodi tegüsügsen	将中间三十七菩提齐备
	üǰegür siǰigür-eče	从毛发尖
	bilig-ün ɣal angɣida tuɣuluɣsan	透射智慧之火的
	bulɣan dotur-tai čingdaɣ-a önggö-tei	貂皮里子白兔色的

续表

15	bilig-ün toqom-iyan toqoba	马鞍屉套上
	urdu bügürgen-düni	前鞍鞯
	arčigsan naran-u mangdal tegüsügsen	明亮太阳升起的
	qoyitu bügürgen-düni	后鞍鞯
	saran-u mangdal tegüsügsen	月亮升起的
20	erdeni-yin tabaǰang emegil-iyen toquba	宝贵的马鞍套上
	arban tabun odod-un taburuɣus-iyar	将十五颗星星
	toboruɣul-un bütügegsen	镶嵌着制作的
	belig-ün sikür alta	智慧的金的
	kömölderig-ban kömölderigülbe	攀胸套上
25	qutaraɣa-ban qutaraɣalba	前鞧套上
	qoyar qonur-un ǰaɣura üǰegdekü	将两天行程远处可见的
	gerel-ün tuya tegüsügsen	发出霞光的
	qoyar altan molčug-iyan ǰegübe.	两束金穗儿戴上

此例中也同样有明显的尾韵 AB BBBCBDBCBDEBBBBE FEE GBE。此段中还存在词的头韵，如 bilig-ün（智慧的）四次，altan（金的）两次，qoyar（两个）两次——"智慧""金"等都是蒙古史诗中的常见意象。[1] 此外，也有诗行的重复：诗行 6 与 22、8 与 13、9 与 14、4 与 23 分别重合，这也是蒙古史诗韵律的一个特征，即韵律不仅限于音素，有时也表现为一个词甚至是一个诗行的重复。这里也有对仗句：诗行 16 + 17 与 18 + 19、25 与 26 形成对仗。此外，每组诗行都是一个带有修饰部分的名词/动词词组形成的自然诗行，有主语词组、谓语词组、定语词组。其中，作为修饰语的定语词组诗行所占比例最大，共 15 个。

除这些韵文片段之外，文中还存在非常丰富的内韵，如 ǰasaɣsan qarčaɣai metü/ǰalaran mordaba（猎鹰般/飞奔而去），kilingčes-yin talan-i

---

① 巴·布林贝赫：《蒙古英雄史诗诗学》，内蒙古教育出版社，1997，第 259 页。

qarču/ kilis ügei qairan biy-e erüsdekü（越过罪孽之地/牺牲宝贵的身躯），keltegei tala-tur/ qusamalǰin kenggerig（半边的/锣鼓），üsügsen daisun-iyan/ ülmei-degen darubau/ ǰanugsan daisun-iyen/ ǰuuǰai-daγan darubau（把愤恨的敌人/踩踏在脚下/把仇恨的敌人/征服在马下）等。可见，该异文中的程式丰富多样，部分片段中韵文特征明显，是一个韵散结合的口头文本。

第三节　人物的形成与演变

"格斯尔镇压黑纹虎之部"与北京木刻版《格斯尔》中其他与藏文《格萨尔》密切相关的章节不同，它是一个穿插进去的蒙古本土故事。涅克留多夫等学者也曾指出过这一点。[①]

"黑纹虎"在木刻本第四章中有较为对应的形象，如表7-3所示。黑纹虎的形象与木刻本第四章中的一个母题即十二颗头的蟒古思的一个公牛的灵魂有一定相似度，而后者与藏文《格萨尔》中的北魔鲁赞母题又有几分相似。三个异文中，策旺本异文中的黑纹虎形象与木刻本第四章中的十二颗头的蟒古思关联度最大，黑纹虎与蟒古思一样来自东方，是"上嘴唇顶着天空、下嘴唇拖到金色大地"的十二头蟒古思化身的老虎，与"右角顶到天上、左角拖到金色大地"的蟒古思的公牛灵魂密切对应。在扎雅本异文和木刻本异文中变异度逐步增加。

而对于此章中勇士斗巨兽这一母题，若干学者曾做过专门分析。若松宽和涅克留多夫等学者对木刻本文本的母题来源进行过专题研究。若松宽

---

① 谢·尤·涅克留多夫：《蒙古人民的英雄史诗》，徐昌汉、高文风等译，内蒙古大学出版社，1991，第218页。涅克留多夫指出木刻本中只有第二章"格斯尔镇压黑纹虎之部"和第六章"格斯尔变驴之部"是藏文《格萨尔》中无对应内容的诗章。

表 7 - 3　《格斯（萨）尔》中"黑纹虎"的相关形象对比

策旺本	扎雅本	木刻本	木刻本第四章	藏文《格萨尔》
巨大如山的黑纹虎	巨大如山的黑纹虎	巨大如山的黑纹虎	十二颗头的蟒古思的化身——公牛	北魔鲁赞
格斯尔 15 岁	格斯尔 15 岁	格斯尔 15 岁		格萨尔 15/13 岁
东方	东方	北方	东方	北方
十二颗头的蟒古思化身老虎	十方妖魔聚集，化身老虎	蟒古思的化身老虎	十二颗头的蟒古思化身公牛	灵魂为公牛
巨大如山（ayula-yin činege）	巨大如山（ayula-yin činege）	巨大如山（ayula-yin činege）	拉了一泡巨大如山的屎（ayula-yin činegen bayasun-iyan bayad）	
胸部大如一片奥勒木图（olum-tu）草原，臀部大如威猛猛大草原，四腿如山崖支起巨大巨山，爪子锋利如铁钩（čegeǰi biy-e-inü olum-tu čayan tal-a metü, bügsen-inü doγyšin čayan tal-a metü, kül-inü aγula-iyar aγula-i tulaγsan metü, kül-tin kimusu-inu temür dege-e metü）	身宽如一片草原，身长一百缝那，身高比大山还巨大逾缝那（bey-e-yin ürgen-inü yeke kemegsen čayan tala-yi bütügenem, urtu-inu ǰayun baira-yin yaǰar boyu, üngdur-inü yeke kemeg-sen aγulan-ača ülemǰi yeke bai-nam）	身高一百遍缝那（baiqu beye-ni ǰayun ber-e-yin yaǰar bainam）	能吃掉一片牧场的草，能喝掉一河的水（nige ideküi-degen tala übesü-yi tasu tolunam, nige uuyuqu-dayan nige aγula-yin goruqun-u usun-i eki adaγ ügei tasu ǰalγǰu orqinam）	

续表

策旺本	扎雅本	木刻本	木刻本第四章	藏文《格萨尔》
背后射出如雷般火红色的冰雹，胸前喷出熊熊大火（aǰu beyen-ečegen ayungya činegen ulayan möndür oruyulǰu öbür beyen-eče ulayan tüimer durbanayulǰu）	右鼻翼大火熊熊，左鼻翼浓烟滚滚（barayun samsayan-eče-inü tu-mangdan šitaǰu, ǰegün samsayan-eče-inü utay-a burqireǰu bainam）	右鼻翼大火熊熊，左鼻翼浓烟滚滚（barayun samsayan-ača-ni gal mangdan šitaǰu, ǰegün samsan-eče-inu utay-a burqirayulǰu bain-am）		嘴中喷火
上嘴唇顶着天空 下嘴唇拖到金色大地（degedü tanglai-ber oytaryui-i tulumui, dooradu uruyul-iyar altan delekei-i šidurun）			右角顶到天上 左角拖到金色大地（barayun eber-iyen tegri-dü tulyaǰu ǰegün eber-iyen altan delekei-dü tulyaǰu）	
一跳变成大风将万千动物吞入口中（nige ürübkikü-degen yeke salkin boluyad bomdi bomdi amitan-i aman-dayan oruyulun ǰalyimui）	从半天行程之遥一跳即能吞掉（ude-yin yaǰar-ača ürübkeyǰü ǰalyinam）	从半天行程之遥一跳即能吞掉（ude-yin yaǰar-ača ürübkiǰü ǰalyinam）	一跳跳出十里远（arban-u yaǰar qaraiba）	
被吸进虎口中	跳进虎口	跳进虎口	朝额头射的箭穿过了头顶	射箭杀死
拿水晶刀割断上颚一百零八根血管，九十三条气孔	拿玻璃刀割断喉咙	拿玻璃它首割断喉咙		
用皮做一千五百件头盔、一千五百件铠甲	用皮做三十件头盔、三十件铠甲	用皮做三十件头盔、三十件铠甲		

认为，它与希腊神话中的大力士赫拉克里斯的故事有关联[①]；涅克留多夫则将它与武松打虎的故事做了比较，并认为两者相似度很高[②]。参看蒙古民族和其他民族的史诗传统，英雄勇斗巨兽的母题在全世界神话、史诗中都很常见——蒙古史诗以及遥远的希腊神话中都有类似的母题，而"镇压黑纹虎之部"中的一些主要元素在《格斯（萨）尔》传统以及各种故事中都能找到（见表7-4）。

表7-4　东西方一些神话、史诗中"勇士斗巨兽"母题的对比

蒙古文《格斯尔》	卫拉特史诗《骑着花白马的赫热岱莫日根》	希腊神话《赫拉克里斯的十二个任务》		藏族《格萨尔》
	其母下达的三项任务之一	国王下达的十二项任务之一	国王下达的十二项任务之一	
杀死巨大如山的黑纹虎	拔公牛的肾和心脏	剥下尼密阿巨狮的兽皮	降服克里特公牛	北魔鲁赞
格斯尔15岁				格萨尔15/13岁
东方/北方				北方
老虎	公牛	狮子	公牛	灵魂为公牛
右鼻翼大火熊熊，左鼻翼浓烟滚滚			嘴中喷火	嘴中喷火
上嘴唇顶天 下嘴唇立地	上嘴唇顶天 下嘴唇立地			
射箭未能杀死		射箭未能杀死		射箭杀死
从嘴里钻入	从嘴里钻入			
割断喉咙	拔出肾和心脏	掐喉咙杀死		
用皮做盔甲		用皮做盔甲		

① 若松宽：《〈格斯尔〉与希腊神话》，《内蒙古社会科学》1994年第3期，第84~86、90页。

② 谢·尤·涅克留多夫：《蒙古人民的英雄史诗》，徐昌汉、高文风等译，内蒙古大学出版社，1991，第218页。

本书无意进一步探索该母题是如何在世界不同民族中产生或传播的，但可以确定，该母题的产生不是偶然的，其中一些元素存在于不同民族的神话、史诗中，并通过文化交流传播到蒙古神话、史诗中来，在文化交融过程中产生了新的故事。东西方传统之间存在如此多的相同之处，使我们无法忽略两者之间的交流历史，这在很多学者的研究中得到了证实。比如，一些学者认为，希腊神话受到了东方游牧社会中萨满文化与渔猎文化的影响；还有一些学者认为，希腊文化经由中亚传到了阿尔泰语系民族之中，再传到了日本。① 现存史诗故事在《格斯尔》原有故事的基础上再生成时，一定是从已有史诗、神话以及其他外来文化中吸取了多种养分的。此外，卫拉特民间固有的丰富史诗传统也为这种独特的史诗章节的产生和传播提供了肥沃的土壤。"勇士斗巨兽"是卫拉特英雄史诗中非常常见的母题，由此，"格斯尔镇压黑纹虎之部"的形成、演变过程可用图7-1简易说明。

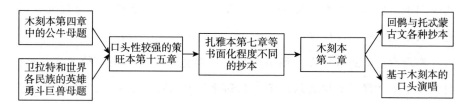

图7-1 "格斯尔镇压黑纹虎之部"的形成、演变过程

本章小结

本章通过对"格斯尔镇压黑纹虎之部"的三种异文进行对比，阐释了此章内容的产生与演变过程，以及不同文本之间的关系。

---

① 若松宽：《〈格斯尔〉与希腊神话》，《内蒙古社会科学》1994年第3期，第84~86页。

从故事的情节结构和程式使用情况来看，策旺本异文是一个口头性较强的文本，而扎雅本异文和木刻本异文是在此基础上经过删减、改编而成的书面文本，但它们仍保留了许多口头文本的特征，是"源自口头"的文本。巴雅尔图在其北京木刻版《格斯尔》的研究中认为它是作家小说，笔者认为这是有失偏颇的。就木刻本而言，其中仍然保留着诸多程式的痕迹，如有口头语言特征的语言、简化的程式、典型母题等，但它也有书面文本的特征，只是书面化特征是次生的、附加的。

通过对三个文本的结构分析，本章对"口头文本"的书面化或经典化过程和规律进行了一些探索。第一，大量典型场景的韵文诗歌被删减为散文体的简略描述，为诗行和韵律所服务的大量修饰性内容被删减；第二，为"口头演述"服务的大量重复的程式被删除；第三，"图释"化的大脑文本被改编为简洁的描述；第四，大量典型母题被删减，叙事节奏加快；第五，情绪渲染的程度有所降低，夸张手法的使用被抑制；第六，从词语、句子的层面上来看，文本也体现出了口语变为书面语、非敬语变为敬语、从句变为单句等规律。

本章所论证的口头文本经书面化、经典化后进入木刻本的演变规律，与前文中的《隆福寺格斯尔》第十章和北京木刻版《格斯尔》第六章两个异文的对比分析结果相互呼应，而北京木刻版《格斯尔》中的这两章均为藏族《格萨尔》中尚未发现而蒙古文《格斯尔》独有的两个诗章，也是木刻本中篇幅最短的两章，这一结果似乎也说明了蒙古文《格斯尔》中部分诗章的形成与流布过程，即口头文本经书面化和经典化改编而成为木刻本的一个组成部分，继而得以广泛传播。

第八章

从《格斯尔》核心诗章到
《隆福寺格斯尔》的形成

前文主要在异文对比分析的基础上对《隆福寺格斯尔》中的诗章进行了详细的文本分析，探讨了各诗章的生成与演变机制。蒙古文《格斯尔》在形成相对稳定的"传记体"长篇史诗文本的过程中经历了多方面的演进或改编过程，呈现"口头与书面双重性""不统一性""佛教传记性"三大特点。《隆福寺格斯尔》是蒙古文《格斯尔》的一个重要组成部分，其各诗章的演变和组合过程展现了蒙古史诗自身的演进规律，以及史诗书面化和经典化规律，为蒙古文《格斯尔》在蒙古民间的独立发展和对其演变模式的探索提供了诸多线索。本章将在对《隆福寺格斯尔》各诗章加以分析的基础上，对其各诗章的形成规律和抄本化过程进行归纳、总结，以阐释蒙古文《格斯尔》文本三大特点背后的形成原因和过程。

第一节　人物的衍生与诗章的生成

《格斯尔》史诗是围绕格斯尔这一核心人物展开的宏大传统，其名称就是以格斯尔的名字命名的。每个诗章都是一个围绕某个敌方人物的独立故事，因此各诗章以对应的敌方人物命名，即"格斯尔镇压××蟒古思/大汗之部"，其中关键变量是"××蟒古思/大汗"。故而，《格斯尔》中的每个诗章都有两层人物信息：一级信息"格斯尔"和二级信息"敌方人物"。人物作为史诗句法中的"主语"，对于史诗的记忆和演述有重要意义，是艺人演述史诗时的关键要素和重要提示信息。在史诗集群中，衍生人物已成为每个诗章形成、演变及相互组合的关键前提。因此，"谓语"（即情节）是史诗故事展开的关键部分，而"主语"（即人物）是每个诗章的形成和传承过程中承载着该诗章故事的核心要素。

一 人物的衍生

以往关于蒙古传统英雄史诗人物结构特点的研究指出，蒙古英雄史诗人物体现出黑白形象体系。正方勇士年轻力壮、英勇无比，住在太阳升起的地方/美丽富饶的家乡，生活欣欣向荣、安居乐业；而反方则力大无穷、丑陋无比、凶神恶煞，住在太阳落山的方向，一幅阴森恐怖的景象——其各方面的属性特点与正方恰好相反。仁钦道尔吉在谈到并列复合型史诗的变异过程时提出人物的变化方式有三种：一是正面人物或英雄人物不断增加；二是在英雄人物结构中，存在着由同一代人向三代人发展的趋向；三是反面人物不断增加。①

那么，在史诗变异过程中人物是如何增加的呢？在史诗中，影响人物衍生过程的，有必然因素，也有偶然因素，且对《格斯尔》这种流传广泛、异文较多的史诗集群而言，人物类型虽然依赖传统的类型结构，却又不仅限于传统的类型结构模式。据传，一些优秀的民间艺人能够根据当下、眼前的人甚至动物，即兴衍生出一些人物和情节并加以演述。虽然浩

---

① 仁钦道尔吉：《江格尔论》，内蒙古大学出版社，1999，第 273~274 页。

瀚的史诗传统给予了歌手一定的范式、结构和无尽的素材，然而歌手对传统和个人才艺的结合和创编仍是一个十分复杂的过程，其中的奥秘怕是艺人自己也说不清。然而，若对艺人所演述的内容或后期形成的文本加以细读，也可以对此过程的某些方面进行有益的探索。

《隆福寺格斯尔》各诗章中人物的生成依赖的是《格斯尔》传统的根和蒙古传统英雄史诗的富饶土壤。本研究在对《格斯尔》各诗章的分析过程中，对其中的人物、母题、情节、语言、结构等进行了分析，并在这些分析的基础上进一步归纳总结，探索其中的规律，以及人物的衍生过程对诗章生成的重要作用。

（一）人物形象构成

《隆福寺格斯尔》的演进过程与传统史诗的变异过程一样，随着诗章的增多，正反面人物都逐渐增多。仁钦道尔吉先生曾指出："蒙古英雄史诗的整个任务体系是以早期史诗的人物为核心向前发展的。"[①] 分析表明，《格斯尔》新的诗章中的人物，无论是正方还是反方，均与北京木刻版《格斯尔》第四章、第五章等《格斯尔》核心诗章中的人物有密切关联，是在这些人物的基础上以不同方式组合、演变而成的。反方人物和正方人物有各自的组合、演变方式。

1. 反方人物

在蒙古传统英雄史诗中，反方人物是极为类型化的，核心人物有两种类型，即"蟒古思"和"人类敌人"。但是在《格斯尔》中，每个诗章的敌方人物在类型化的基础上也形成了一些特有的程式。本研究发现，反方人物的特点是"庞大"、"凶狠"、"魂魄多"和"勇士成群"；在类型化的人物形象基础上，各诗章以不同方式对一些基本母题进行了创编，包括"对照式""组合式""重组式"等。

---

① 仁钦道尔吉：《蒙古英雄史诗源流》，内蒙古大学出版社，2001，第131页。

（1）对照式

对照式指的是对照已有的核心人物的形象特点来创编、构建敌方人物形象的方式。一个典型的例子是《隆福寺格斯尔》第九章中的昂都拉姆蟒古思。如前所述，对昂都拉姆蟒古思的形象描述基本与对格斯尔的形象描述一一对应，且从程度上来看有过之而无不及：格斯尔来自瞻部洲，昂都拉姆蟒古思来自多休尔之州；格斯尔有"十方诸佛""四大天王""四海龙王"附身，昂都拉姆蟒古思有"万眼万手罗睺""四大天""八大巨人"附身；格斯尔有三十勇士、三百个先锋，昂都拉姆蟒古思有三千勇士、三百六十个先锋；等等。这一人物形象模式凸显了昂都拉姆蟒古思与格斯尔势均力敌甚至略胜一筹，因此最后格斯尔只能借助死后逗留天国的嘉萨之力、从天上射出神箭才消灭了昂都拉姆蟒古思。

（2）组合式

组合式指的是由已有的两个或若干人物特点和母题复合而成的人物。《隆福寺格斯尔》最后三章里的三个蟒古思大汗及蟒古思女儿便属此类。这些人物前文已详细分析过，此处不赘述。

（3）重组式

重组式，顾名思义就是将一些已有的人物形象分解并重新组合形成新的人物。该模式通常用于一些属性较为复杂或具有矛盾性特点的人物身上。比如，第十章"格斯尔镇压罗布沙蟒古思之部"中蟒古思的两个姐姐——这两个人物母题是由蒙藏《格斯（萨）尔》第四章中的蟒古思妹妹/姐姐重组而成的。两人在外貌上与"格斯尔降妖救妻"中的蟒古思姐姐的部分形象对应，而在情节母题上是蒙藏《格斯（萨）尔》第四章中的蟒古思妹妹/姐姐两个人物的重新组合。这种方式在后期的胡仁乌力格尔等情节和人物关系较为复杂的口头传统中十分多见。

总之，《隆福寺格斯尔》各诗章的反方人物作为具有识别性的核心变量，均有一些独特之处，但在本质上仍是类型化人物。他们的特征及其形

成有结构性规律可循。《隆福寺格斯尔》反方人物的构成方式如图 8 - 1
所示。

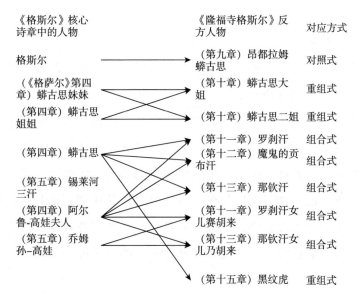

图 8 - 1　《隆福寺格斯尔》反方人物与《格斯尔》中人物的对应关系

2. 正方人物

随着诗章的增加，诗章中也通过一些传统方式增加了正方人物数量，
以应对越来越强大的反方人物。正方人物的演进方式主要体现为在原有人
物保持不变的基础上人物数量增加。《格斯尔》中的正方人物是格斯尔和
他的三十勇士，当然还包括他的几位夫人。在《隆福寺格斯尔》中，这些
核心人物保持不变；同时，随着新的诗章的形成，正方人物的数量逐渐增
加。正方人物数量增加的方式有勇士的复活、勇士后代的加入、其他人物
的加入等。

（1）勇士复活

勇士复活是《隆福寺格斯尔》第八章"格斯尔复活勇士之部"的核心
主题，在《隆福寺格斯尔》被构建为北京木刻版《格斯尔》"续本"的过
程中发挥了重要作用。死而复活也是几乎所有复合型蒙古史诗中都会出现

的母题，但复活的方式有很多种：勇士的母亲/妻子/姐妹从死者身上跨过三次、给死者身上涂三次药、给死者点三次甘露等，其共同特点是通常需要三步来完成，第三步便是复活的奇迹时刻。

（2）二代勇士

二代勇士的加入也是正方勇士人数增加、保持故事连环式展开的重要方式。在《隆福寺格斯尔》中，正方人物基本是在保持原有人物的基础上增加了二代勇士。相对一代勇士而言，二代勇士的诞生和成长过程不再那么重要，但他们的成人仪式却是必要的，即通过蒙古传统英雄史诗中的赐名、赐武器等仪式成为一个格斯尔勇士。此外，二代勇士所用的武器、所骑的马都与其父辈在"锡莱河之战"中使用的装备相同。但二代勇士有着蒙古文名字，且他们的名字往往具有叠音、押韵等蒙古传统英雄史诗人名的特点，这与有着藏文名字的一代勇士不同，呈现蒙古本土化特点。

（3）其他人物

随着诗章的增多，《隆福寺格斯尔》中还陆续有其他人物加入正方，使正方团队的体量增加。比如，在《隆福寺格斯尔》最后三章中，越来越多的人物加入正方勇士团队、参与战争：第十一章中，二代勇士加入勇士队伍；第十二章中，除了二代勇士，还有格斯尔夫人和叛变而来的勇士参与征战，赴敌方突破蟒古思大汗的关卡；第十三章中，除了二代勇士、格斯尔夫人、叛变而来的勇士，来自天上的小神仙也加入了战斗。这种人物增加方式与前两者相比较为随意，也较少见，新增的人物通常属于边缘化人物，在故事中的重要性较低。

（二）人物结构逻辑

人物衍生过程中的逻辑主要体现为人物的类型化和两极化。《隆福寺格斯尔》的各诗章中人物较多，既有人、神、妖、动物，又有智谋型将领和勇猛型将领①，然而，其正反方人物的属性和功能均趋于单一。一些来自《格斯尔》核心诗章的具有正–反复合型特征的人物原本较复杂的角色功能在《隆福寺格斯尔》中被简化和类型化，正方英雄与反方英雄之间的二元对立结构从而得以强化。例如，茹格牡–高娃夫人和格斯尔的叔叔晁通虽然仍保留了《格斯尔》核心诗章中的人物特征，但其角色的复杂性大大降低。敌方家族的女性成员被赋予了正方身世，人物角色的正反方二元对立结构特点更加凸显。总之，虽然《隆福寺格斯尔》中的人物形象主要来自《格斯尔》核心诗章，但其形成过程是以蒙古英雄史诗的传统模式为依据的。

（三）人物身份的合理化

人物的衍生过程，除了上述通过对照式、组合式、重组式等方式形成的反方人物以及通过复活勇士、二代勇士的加入等方式加入正方勇士团队的新生人物，还有一个重要环节，就是人物身份的合理化。这些人物通常需要通过衍生过程/程序的合理化/身份的合理化等方式获得史诗中的身份，比如通过既定的、合理的复活仪式或成人仪式获得合理性，或由"神祇"赋予其合理的身份。这通常是新生的史诗人物被受众所认可和接受、进而进入传统的必要条件。

二 诗章的生成

本研究对《隆福寺格斯尔》各诗章的分析表明，这些诗章均有其各自的结构特点和演变过程。这些诗章在表层上讲述了一个个独特的故事，但在深层上有着共同的结构和逻辑。《隆福寺格斯尔》各诗章的生成是一个对《格斯尔》主题、人物、母题及母题系列等多个叙事元素不断选择的过

---

① 这些都是蒙古英雄史诗中常见的典型人物，见仁钦道尔吉《蒙古英雄史诗源流》，内蒙古大学出版社，2001，第130、136页。

程，各诗章在这种不同的选择和组合过程中形成了独特的内容特点。

特点一：主题是史诗传统中最稳定的部分。这一点很明显地体现在《隆福寺格斯尔》中。除了"格斯尔复活勇士之部"（第八章），第九章"格斯尔镇压昂都拉姆汗之部"、第十章"格斯尔镇压罗布沙蟒古思之部"、第十一章"格斯尔镇压罗刹汗之部"、第十二章"格斯尔镇压魔鬼的贡布汗之部"、第十三章"格斯尔镇压那钦汗之部"、第十五章"格斯尔镇压黑纹虎之部"均为征战主题的故事，在这些诗章中，正方人物需要镇压前来侵略的反方人物。第八章"格斯尔复活勇士之部"的"非典型"主题与结构则是其深层的语篇功能所决定的，是一部"功能型诗章"。

第九章"格斯尔镇压昂都拉姆汗之部"主题单一、结构简单、母题典型，是较典型的单篇型史诗，体现了《格斯尔》与蒙古传统英雄史诗一致的主题和情节特点。此章是《隆福寺格斯尔》中口头流传范围最广的一章，说明流传程度与传统英雄史诗结构的关联程度相关：与传统英雄史诗结构越贴近，接受程度越高，流传得越广泛。

特点二：母题的组合方式多样。《隆福寺格斯尔》各诗章的母题形成过程与其人物衍生过程相似，主要是《格斯尔》核心诗章母题与蒙古传统英雄史诗母题以不同方式组合而成。其中，组合型诗章中的母题繁多，主要由《格斯尔》核心诗章中的母题构成，但也有来自北京木刻版《格斯尔》与《隆福寺格斯尔》其他诗章中的母题，组合和变异过程较为复杂。组合方式有"串联""大套小""连环"等多种变异方式，且篇幅越长、人物越多，母题的变异程度越大。

《隆福寺格斯尔》各诗章与北京木刻版《格斯尔》各诗章之间的母题对应关系可以总结如图8-2。

分析表明，组合型诗章高度依赖《格斯尔》原有的母题，而在其他诗章中，蒙古传统英雄史诗的典型母题也较多，如"格斯尔复活勇士之部"（第八章）的核心母题便是来自蒙古传统英雄史诗的典型母题。

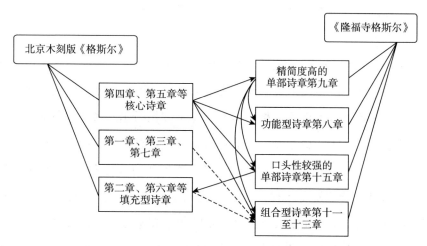

图 8-2　北京木刻版《格斯尔》与《隆福寺格斯尔》
各诗章之间的母题对应关系①

可以说，《隆福寺格斯尔》在表层上，即在主题、人物、母题等方面与北京木刻版《格斯尔》尤其与其中核心诗章之间的关系最为密切。《隆福寺格斯尔》各诗章是在《格斯尔》核心诗章的基础上，在源远流长的蒙古传统英雄史诗语境中产生与演变的②，其表层结构成分主要来自北京木刻版《格斯尔》的核心诗章，但其形成和演变过程主要遵循蒙古英雄史诗的逻辑体系和史诗发展规律。这些诗章经过了不同程度的书面化过程，被组合、编排成了《隆福寺格斯尔》文本。

特点三：相比表层结构，深层结构的模式化更值得挖掘。本书各章的分析表明，《隆福寺格斯尔》在表层上与北京木刻版《格斯尔》密切相关，而在叙事模式和逻辑传统等深层结构上则是以蒙古传统英雄史诗逻辑体系为导向，且深层结构比表层结构更具稳定性。这些诗章的形成和变异过程

①　"核心诗章""同源诗章""填充型诗章"等为前人的研究中提出的概念，见谢·尤·涅克留多夫《蒙古人民的英雄史诗》，徐昌汉、高文风等译，内蒙古大学出版社，1991。

②　据统计，已记录的蒙古英雄史诗共有 550 余部。见仁钦道尔吉《蒙古英雄史诗源流》，内蒙古大学出版社，2001，第 3 页。

虽然错综复杂，但在叙事模式和内在逻辑层面仍有规律可循，主要体现在以下两个方面。

第一，《格斯尔》的情节有模式化的因果逻辑。史诗的模式化不仅取决于典型母题、类型化人物等模式化结构成分，还有成分之间模式化的逻辑关系。相比北京木刻版《格斯尔》，《隆福寺格斯尔》各诗章更向传统史诗模式和传统史诗逻辑靠拢，这是其创编和传唱过程决定的必然结果。在对《格斯尔》原有的母题、情节进行组合和扩展的过程中，《隆福寺格斯尔》各诗章的情节发展在很大程度上遵循了蒙古英雄史诗的传统叙事逻辑，如已经升天的嘉萨从天上下凡、格斯尔杀死敌方家族的女性等。而第八章"格斯尔复活勇士之部"则用一整章让死去的勇士们复活，改写了"锡莱河之战之部"中勇士们战死沙场的结局，这也是《格斯尔》本土化的必然结果。

第二，《隆福寺格斯尔》的各诗章将较大程度偏离传统叙事逻辑的"非典型"情节加以合理化。在《隆福寺格斯尔》中，人物与母题在组合的过程中产生了一些搭配上的逻辑问题，在文本化过程中亦由于精简情节等原因产生了逻辑跳跃。《隆福寺格斯尔》主要通过以下两种方式对这些组合、变异过程中产生的问题进行合理化：①通过"神的旨意"的方式，如"神剑出鞘"（第九章）、"释迦牟尼查阅命运书"（第八章）、"霍尔穆斯塔查阅命运书"（第八、第九章）、"那布莎－古尔查祖母查阅命运书"（第十一、第十二、第十三章）等；通过神祇、命运之书的指示来对一些偏离《格斯尔》传统的叙事情节进行合理化解释，如勇士们死去的必然性（第八章）、昂都拉姆之战的必要性（第九章）、杀昂都拉姆蟒古思的美丽夫人的原因（第九章）、格斯尔夫人出征的原因（第十二、第十三章）、出征日期的选择（第十一、第十二、第十三章）等。②对部分不符合传统情节逻辑的地方做了某种补充或解释，如为什么不杀晃通（第九章）、蟒古思女儿为什么背叛父亲成为格斯尔夫人（第十一、第十三章）等均属此类。

总之，无论在人物衍生还是诗章生成方面，《隆福寺格斯尔》都是《格斯尔》核心诗章与传统英雄史诗逻辑相结合的结果，且过程逻辑自洽。虽然《隆福寺格斯尔》的表层叙事因素主要源自《格斯尔》核心诗章，但其内在逻辑却主要受蒙古英雄史诗传统逻辑的制约，当情节发展与蒙古英雄史诗传统逻辑发生较大偏差时，文本便以传统逻辑改编，或进行合理化解释。

第二节　组合与书面化

《格斯尔》最初的形态是由独立传播和传承的无固定顺序的多个诗章构成的史诗集群。这些诗章与胡仁乌力格尔等源自书面文本的口头传统有本质上的区别。其中一个关键区别是演述的自然单位：北京木刻版《格斯尔》、《隆福寺格斯尔》等文本除开头诗章以外，其他都是循环性讲述格斯尔出征打败敌人的故事，即都是一个完整的征战（并娶亲）故事，各诗章之间没有必然的联系。每个艺人所熟悉的《格斯尔》诗章不同，他们通常选择自己熟悉的诗章来演述，每次的演述是当下的、完整的，并不关注"后事如何"；而胡仁乌力格尔通常是有头有尾、情节连续的完整故事。在《格斯尔》诗章的文本化过程中，其内容和形式都经过了多重改编的演进过程。

（一）诗章的书面化

通常，书面化过程作用在文字层面和叙事结构的表层，主要是对典型场景、程式等口头性文本特征的削弱和变异，对深层结构影响较小。由于各诗章处于书面化的不同阶段，因此存在各诗章风格不一、篇幅差距巨大等现象。有的诗章文本化较彻底，如第八章、第九章，这些诗章在抄本体系中的稳定性也就相对较高。上述两章在文字简练程度上与木刻本相近，因此这两章往往与木刻本结合形成九章本，如《诺木齐哈屯格斯尔》《鄂尔多斯格斯尔》等。有的诗章如最后三章则仍处于初步书面化阶段，尚未经过精简，其文本化程度仅限于将其与其他诗章衔接并组合成整体，因此只有文字表面的衔接、连贯等，而没有达到内部情节和表述的精练与统一，与木刻本以及第八、第九章有较大的文体差异，这就是《隆福寺格斯尔》常被认为文学性差的原因所在。这些诗章的文本化主要体现在对时间、方位、谱系的建构以及诗章衔接等方面，为的是使文本呈现整体性。文本化过程所产生的变异在第十章与第六章、第十五章与第二章的对比分析中得到了明确的答案：第十五章精简化的异文进入了木刻本，成为第二章，这是所有《格斯尔》诗章中篇幅最小的一章，而第十五章本身则是文本化过程中的"过渡性"诗章，书面流传程度较低，在整个《格斯尔》文本中是极不稳定的。

《隆福寺格斯尔》文本媒介转换过程中的变化方式可总结如表 8 - 1。

表 8 - 1　《隆福寺格斯尔》文本的演变

演变方向	演变的成分	方式或特点	效果
口头化	同一母题的重复	平行式，功能完全一致	扩展
	不同母题的组合	串联 大套小 连环	
	典型场景、抒情诗歌的重复	平行式	
	复杂人物、复杂逻辑、复杂转折的简化	直线化	简化
文本化	部分过程情节的删减		精简
	典型场景、程式的缩减	核心词汇的保留	
	诗章的关联	时间、方位、人物关系的建构	附加
	诗章的衔接	回顾性指涉	附加

（二）组合与排序

《格斯尔》的书面文本将这些诗章进行组合并书面化的过程，必然经过了对诗章的排序，以及对内容、文字的统一。口头演述经过书面化形成固定的文字时，各诗章必然形成先后顺序，且一旦书写完成，这一顺序便固定下来，不再改变。同时，按照书面文学的惯例，文字的顺序代表着情节发展的逻辑顺序。因此，对于书面化文本来说，对内容的先后顺序进行调整并对其逻辑性做出一定的合理化解释是写本编纂者必须费心处理的问题。

在原有的故事基础上添加时间、空间维度来进行排序的情况在《格斯尔》文本中较常见。本书第六章详细讨论了《隆福寺格斯尔》最后三章通过给主人公添加年龄来给诗章排序并增强诗章顺序的作法。在北京木刻版《格斯尔》第一、第二章的内容中，我们也可以清晰地看见这种顺序化的尝试。木刻本第一章讲述了格斯尔出生后的奇功伟绩，虽在正文详细叙述中并没有提及年龄，但在第一章末尾附有格斯尔儿时的编年史，为前面所描述的故事做了年龄排序，历数了格斯尔从降生到十四岁期间的种种事迹，称"格斯尔让茹格牡－高娃面向四方，向诸神各顶礼四九三十六次，然后详述了他的神圣历史"，从"在我刚出生时……"开始，一直到"十三岁时……"，紧接着，又叙述了格斯尔娶阿鲁－莫日根的故事："格斯尔十四岁的时候，龙王的女儿阿鲁－莫日根和他二人去狩猎。……就这样，格斯尔十四岁的时候，娶了龙王的女儿阿鲁－莫日根。格斯尔接着说道：'今天，十五岁的我正像上天一样万雷震顶，像龙神一样呼啸威武……'"至此，第一章结束。然而，问题是，这些年龄提供的时间信息有时候与前文中的叙述并不相符，如在叙述格斯尔迎娶茹格牡－高娃的故事时，前文描述这一事件是在几天内发生的，并明确有"次日"等时间标识；然而，在故事末尾的编年史中，这一事件被拆分为在格斯尔不同年龄阶段发生的故事。在第二章的开头讲述格斯尔杀死黑纹虎的故事时，格斯尔说："十五岁以前，我在这个世界上施过百般神通，却还没有在你面前真正显露过我英勇的一面。现在，我要去给你们展示展示我的英勇……"这一描述将杀死黑纹虎一事设定为格斯尔十五岁时的事迹，并编入"格斯尔传记编年史"。该诗章作为第二章，在时间上完美衔接了第一章。在《隆福寺格斯尔》中，通过人物年龄和年代信息将事件固定在时间轴的不同位置上，从而使诗章顺序化的做法更为普遍，如在最后三章中特地指出了格斯尔等人的具体年龄，说明主人公格斯尔和敌方人物都已年过花甲，还在人物对话中以回忆的方式说明了以往事件中格斯尔的年龄，使相关诗章之间有了相对顺序。相关内容在本书第七章第三节中已详细论述，此处不再赘述。可见，这种年龄维度是附加在格斯尔的传奇事迹之上的，与故事本身没有内在联系，在故事情节中没有实际意义，它们只不过是在文本书面化、文献化过程中添加的一个顺序标签而已。这些年龄信息在书面文本中发挥了非常重要的作用，确定了诗章顺序，提高了诗章的稳定性，同时强化了故事的历史性和文本的传记性。

（三）诗章间的关联性

诗章间的关联或衔接主要在诗章的组合过程中形成，这种关联或衔接也体现在与木刻本的关联上。根据前文分析，关联或衔接的主要方法有以下几种：①介绍前一章梗概（几乎所有诗章）；②对诗章故事进行对比或关联（第九章）；③给人物建构年龄顺序或亲属关系（第十一、第十二、第十三章）；④在对话中对以往诗章进行回顾（第十一、第十二、第十三章）；等等。

《隆福寺格斯尔》各诗章与木刻本相关联或衔接时，有一个关键特点是它们主要与《格斯尔》核心诗章即第四章"镇压十二颗头颅的蟒古思之部"、第五章"锡莱河之战之部"的内容进行关联或衔接，而不是与木刻本的最后一章——"格斯尔地狱救母之部"进行关联或衔接。比如，《隆福寺格斯尔》的开头诗章即第八章"格斯尔复活勇士之部"直接与第五章衔接，让在第五章的锡莱河之战中死去的勇士们复活；在第九章的结尾处，则提到让在第五章中死去后升天的嘉萨从天上返回人间。因此，在一些现代的《格斯尔》整理版本中，第八、第九章甚至被安排在第五章之后。

第三节　佛教化改写与刊刻

《隆福寺格斯尔》中有多处佛教化改编的痕迹。斯钦巴图曾指出，《隆福寺格斯尔》的内容佛教化特征明显，是对北京木刻版《格斯尔》加以佛教化改编而成的。实际上，《格斯尔》《江格尔》与佛教的关系十分紧密，至今，《格斯尔》《江格尔》的书面文本一直被视作佛教经书。但《隆福寺格斯尔》抄本的佛教化改编不只是内容与佛教有关系，还体现在故事情节上附加的多层佛教化改写上，突出体现在佛陀权威的建构和佛教思想教条化两个方面。

一　佛陀权威的建构

在《格斯尔》故事中，佛教的影响十分深远。格斯尔是霍尔穆斯塔天神次子，因释迦牟尼的命令而下凡转世为格斯尔。在藏文《格萨尔》中，格萨尔是莲花生转世。但是在北京木刻版《格斯尔》以及口头传统中，人间和神界是有明确界线的，格斯尔汗和勇士们是靠自己的神勇战胜人间的各种敌人，化解了面临的各种困境，格斯尔的天神父亲和胜慧三神姊只有在必要时才从暗中给予指示，并不直接参与人间的战斗。但在《隆福寺格斯尔》中，人间和神界的界线变得模糊，神灵往往可以直接参与人间的战争，并且指挥和决定着人间事务的发展。第九章中，霍尔穆斯塔让天神去协助格斯尔杀死昂都拉姆，彼时正值嘉萨的灵魂在天界，嘉萨便从天上射了一支神箭杀死了昂都拉姆；第十三章中，莱查布之子萨仁－额尔德尼在天上操纵了一切，让那钦汗的女儿乃胡来嫁给格斯尔，又指挥她杀死了那钦汗的贴身侍卫。

在人物形象上，对英雄的描述也套用佛陀、神灵形象，运用了很多相关的程式或表述，使得勇士们上战场时具有了活佛现世般的梦幻色彩，如面部显现金刚持（或瓦其尔巴尼佛）、身上环绕大鹏金翅鸟、九条龙从头顶呼啸而上等。

在故事逻辑上，神祇的地位和作用大大提升。第八章中，讲述信息的流传过程时建构了人物地位的金字塔模式，释迦牟尼位于金字塔的顶端；第九章中，则用"佛陀、神灵降旨"母题代替了故事中原有的一些传统母题。

二 佛教思想教条化

在《隆福寺格斯尔》的佛教化尝试中，另一个重要改编过程就是佛教思想的植入——在一些与佛教无关的内容的叙述中，也添加了教条化的佛教思想相关内容。《隆福寺格斯尔》的一些诗章内容清晰地保留了这一佛教化改编的痕迹。第十二章中，格斯尔在出征讨伐魔鬼的贡布汗之前，向山河神灵献祭，其中有"释迦牟尼佛以身喂雌虎的金塔"。整个《格斯尔》故事与释迦牟尼以身喂虎的典故没有任何关系，却在其中插入了这一典故，表明了其借此弘扬佛教思想的目的。

《格斯尔》中，敌方大汗试图入侵格斯尔家乡时，通常会有手下良言进谏，试图阻止。在《隆福寺格斯尔》中，这些进谏内容常包含佛教"因果报应"论或"功德"论。比如，第十三章中，朱思泰－思钦向那钦汗谏言献策时，就先述说了一番佛教的"功德"论。他说道：

> 珍宝一般的可汗您听我说：要生一个好儿子，两份功德归哥哥，一份功德归姐姐，半份到一份功德归弟弟，剩下的一份功德归妹妹。这些功德一个好男儿是可以回报的。父亲如佛祖，他的两份功德是不

可能回报的。母亲的十份功德中，也就能够回报一份而已，剩余九份，连半份都无力回报，因为母亲如菩萨空行母。……一个好汗诞生，将有无数国师、大臣聚集于手下，牲畜遍布于高山荒野，并将娶到无数聪慧的夫人；让自己的思想传遍世间，好的影响如大海般浩瀚；即便留在家中，也将福佑众生，收起十份菩提心。

又如，第五章中，希曼比儒札劝白帐汗时直接奉劝他不要招惹格斯尔汗，并建议他给儿子娶别的美女做夫人。他说：

格斯尔是上界霍尔穆斯塔腾格里天神的儿子。他在天界就所向无敌，降生到人间来，谁还敢动他？他那以威猛震慑一切生灵的哥哥嘉萨西格尔和他的三十勇士也都是神的化身。别说是去抢十方圣主格斯尔可汗怀抱中的妻子茹格牡－高娃了，就是那三十勇士的妻子，我们也休想抢到一个……

与之相比，朱思泰－思钦的劝谏与故事内容毫无关联，只是生硬地插入了一段佛教思想的讲述。

《隆福寺格斯尔》中关于佛教思想的箴言诗也十分多见，而多数训谕诗的原型来自北京木刻版《格斯尔》核心诗章，通过句式的重复和扩展，将其变成佛教思想突出的箴言诗。下面举例子来说明。

第四章中，一尺高的小矮人占卜师给格斯尔指路时说道：

你不要去白色河流的源头，那是神佛走的路；
你也不要去黄色河流的源头，那是凡人走的路；
你去黑色河流的源头吧！你是冲着蟒古思来的。

(4－15－下)

第十一章中，那布莎－古尔查祖母对格斯尔说：

> 去往白色河的人少；
>
> 去往黑色河的人多；
>
> 去往黄色河的人少；
>
> 去往野草河的人多；
>
> 去往棕色河的人少。

（11－6－上）

第十三章中，三神姊对嘉萨等说道：

> 不要走黑色的河流；
>
> 走佛陀的白色道路；
>
> 不要走黄色的河流；
>
> 走释迦牟尼佛的白色道路；
>
> 不要走现实的河流；
>
> 走圣主的白色道路；
>
> 走十方白色道路；
>
> 活捉那钦汗回来。

（13－37－上、下）

第四章中，三种颜色的道路既有象征意义，也是实际的方向，是占卜师给格斯尔占卜的方向。而在后面两章的例子中，原诗被扩展为更长、更复杂的训谕诗，不同颜色和道路的含义已被抽象成为佛教思想的象征。比如，原诗中的"你不要去白色河流的源头，那是神佛走的路"并没有宣讲佛教思想的意思，而最后的诗歌中的"走佛陀的白色道路""走释迦牟尼佛的白色道路"等则是在讲述佛教思想。

第四章中，茹格牡－高娃夫人对格斯尔说道：

　　雪山是外部世界，白色雄狮是内部世界的珍宝，雪狮青色的鬃毛是这个世界的点缀；

　　黑色的山是外部世界，黑色的鹿是内部世界的珍宝，黑鹿的角和尾巴是这个世界的点缀。

（4－9－上、下）

第十一章中，格日勒泰－思钦说道：

　　蓝天之上霍尔穆斯塔腾格里是点缀；

　　宇宙之中众多星星是点缀；

　　众人之中十方圣主格斯尔为点缀；

　　在这州三十勇士为点缀；

　　在这世上我的年龄是点缀；

　　金色世界上莲花为其点缀；

　　我这一生镇压敌人而为其点缀；

　　蓝天之上虽有众多天神却不如霍尔穆斯塔腾格里；

　　蓝天之下虽有众多星星却不如北斗七星；

　　众多部落中虽有众多大汗却不如我们格斯尔汗；

　　在这州上虽有三十万个部落却不如天上下来的三十勇士；

　　在此州虽有众多长寿之人却不如我的岁数；

　　在这世上虽有众多花朵却不如美丽莲花；

　　在这宇宙中虽有众多发光物却不如日月；

　　在这凡间虽有众多积水却不如恒河；

　　在这宇宙中虽有众多部落却不如三十位勇士……

（11－23－上）

第十三章中，格日勒泰－思钦说道：

> 高山之中树木为其点缀；
>
> 大海之底巨鱼为其点缀；
>
> 宇宙之上日月为明亮之物，点亮宇宙天空；
>
> 天空之中日月之下众星为其点缀；
>
> 在我们这州上圣主为其点缀……

（13－14－上）

第十三章中还有，萨仁－额尔德尼捎去的金色天书中写道：

> 在众多佛陀中唯有释迦牟尼为其点缀；
>
> 在众多天神中唯有霍尔穆斯塔、那布莎－古尔查祖母为其点缀；
>
> 在天空之中众多星星是其点缀；
>
> 在众多星星之中七星为其点缀；
>
> 在这宇宙之中日月为其点缀；
>
> 在这宇宙的上下天神之中从天而降的天子为其点缀；
>
> 在十方圣主之中为威勒－布图各其为其点缀；
>
> 在众多部落之中三十勇士为其点缀；
>
> 在众多仙女之中三神姊为其点缀；
>
> 在众多大海中唯有恒河、黄河为其点缀；
>
> 在众多泉水之中唯有格斯尔枣骝神驹踩出来的青海湖为其点缀；
>
> 在众多土山之乳海之中绿树葱葱的须弥山为其点缀；
>
> 在众多树木之中拉茶格日树为其点缀；
>
> 在众多岩石中砍断格斯尔脐带的坚硬的黑色石头为其点缀；
>
> 在众多草原之中其其格图草原为其点缀；

在众多佛塔寺院中魔法白塔观世音塔为其点缀……

（13 – 23 – 上）

第四章中的两句诗歌在此三章中被大大扩展，重点突出了佛教思想，出现了"霍尔穆斯塔""释迦牟尼""魔法白塔观世音塔"等多个佛教象征。

概言之，《隆福寺格斯尔》中不仅有多处与佛教相关的情节，也有很多与内容无关的佛教典故、佛教思想、箴言诗等。这些改编说明《格斯尔》的各种书面文本尤其是《隆福寺格斯尔》的形成和传播具有佛教思想传播功能。《格斯尔》的书面化与佛教化相辅相成，是同步进行的，在书面化过程中，其进一步佛教化并发挥了传播佛教思想的作用。

本章小结

本研究在第一章中提出了蒙古文《格斯尔》的三个基本特征。本研究对于《隆福寺格斯尔》各诗章分析结果的总结和归纳回答了这些文本特征的形成原因。对《隆福寺格斯尔》各诗章结构和生成过程的分析，展示出《格斯尔》文本从《格斯尔》核心诗章衍生出多个新诗章的过程，以及《隆福寺格斯尔》抄本的组合和演进过程，说明了《格斯尔》口头传统和书面文本之间的相互交错演变，以及诗章组合为一个整体的过程中所形成的多层、多角度的书面化、经典化、佛教化改写过程。

结　语

　　《格斯尔》史诗早在几个世纪前便形成了多部书面文本流传民间，这些文本在《格斯尔》的形成、传播、传承和演进过程中发挥了重要作用，《隆福寺格斯尔》便是其中之一。这些书面文本的形成过程不是简单的口语向文字的转换，而是经过了以口头演述方式流传的多个《格斯尔》诗章的组合、书面化，经历了多种文化影响，以及口头传统与书面文本之间相互交错的演变，此过程漫长而复杂，但有规律可循。《格斯尔》口头传统和不同时期的书面文本为我们提供了就《格斯尔》乃至整个口头传统的演进规律和奥秘进行探索的机会。研究表明，这些同属一个传统的不同文本之间的差异很大，但在深层上总体现出一些规律，通过对这些规律进行深入分析，可以总结出其生成和演变的机制，这是口头传统研究引人入胜之处。本研究的目的便是以《格斯尔》演述和传承的自然单位——诗章为分析单位，通过细致的文本分析和对不同异文的对比分析，探索《格斯尔》诗章的形成演变过程及其书面化的规律和逻辑，进而对其背后的生成机制进行探索和总结归纳，主要涉及以下几点。

　　第一，对诗章结构的分析和描述。《格斯尔》在原有核心诗章和传统史诗主题及结构的基础上，不断生长出新的诗章，形成了一个枝繁叶茂的宏大史诗集群。每个诗章的生成是在传统中不断进行选择的过程，丰富而悠久的蒙古英雄史诗传统为《格斯尔》的本土化扩展提供了富饶的土壤。

不同诗章的形成是在传统中不断编织的过程，这个过程有必然因素，也有偶然因素，就像一棵参天大树不仅有常规的枝叶，有时也会因各种外界影响而长出不同寻常的枝叶。《格斯尔》有结构典型的诗章，也有传统英雄史诗所未见的独特诗章结构。比如，在"勇士死而复活"母题和传统英雄颂词的基础上，形成了没有征战内容却不乏英雄性的"功能型诗章"；在"多头蟒古思"和"敌方大汗"两种人物类型组合而成的组合型人物的基础上形成了"组合型诗章"。对这些结构的探讨将使我们对丰富的蒙古英雄史诗的结构了解得更加深入而全面。

第二，文本关系研究。对《格斯尔》版本的关注和探讨始于19世纪末《格斯尔》研究开始之初，并延续了近两个世纪，至今仍有相关研究且争议不断。《隆福寺格斯尔》和北京木刻版《格斯尔》通常被学界默认为"接续"关系，虽有一些学者对此提出异议，但并没有进行深入探讨。本研究通过对《隆福寺格斯尔》各诗章的细读和详细分析，试图解答此问题。《隆福寺格斯尔》这一抄本无疑是在北京木刻版《格斯尔》之后形成的，但是正如石泰安所说，我们不能根据这一点就认为《隆福寺格斯尔》各诗章都是在北京木刻版《格斯尔》之后形成的。研究表明，北京木刻版《格斯尔》的核心诗章的确是《隆福寺格斯尔》各个诗章赖以生长的"根"，《隆福寺格斯尔》几乎所有诗章中的人物均与北京木刻版《格斯尔》核心诗章中的人物有一定关系，尤其是《隆福寺格斯尔》中人物繁多、篇幅巨大的最后三个诗章，就是在以北京木刻版《格斯尔》核心诗章的反方人物组合而成的人物的基础上，融合了多个诗章的情节、母题而最终形成的。北京木刻版《格斯尔》其他诗章与《隆福寺格斯尔》各诗章之间则有着相互交错的多重关系。对《隆福寺格斯尔》第十章、《策旺格斯尔》第十五章的分析表明，北京木刻版《格斯尔》中的第二、第六章是在这些诗章的基础上经过经典化改写而成的。

需注意的是，很多《格斯尔》史诗的文本关系问题至今悬而未决，原因就在于《格斯尔》文本是由口头传统转化为书面文本的，而不是真正的书面形成的文献，若从文献角度出发，以其中文献信息为解题关键，其结果一定是失之偏颇的。比如，20世纪60年代，蒙古国最著名的两位蒙古学家宾·仁钦和呈·达木丁苏伦在文献研究的基础上就北京木刻版《格斯尔》和《诺木齐哈屯格斯尔》的关系提出了相反的观点。这两个观点继而发展成为两个派系，国内知名《格斯尔》学者如格日乐扎布、确吉扎布等各持一方，一直未达成一致。实际上，研究者很难通过文献研究对抄本之间的关系问题给出一个满意的答案，原因就在于它们是源自口头的文本，在书面化过程中不仅经过了不同诗章的组合及增删改写，还经过了规律性、结构性演变过程，所以抄本之间并非直线关系，而是错综复杂的。

第三，诗章生成过程中的人物衍生机制。人物对于史诗诗章的扩展和传承有重要作用。"史诗叙述的中心是人物"，"当我们讨论史诗的程式化特征时避开人物形象的程式化塑造这一层面，是有严重缺陷的"。[1] 本研究中的文本分析证明了这一点。比如，在《隆福寺格斯尔》第十章中形成了阿鲁－莫日根这一人物，在此基础上形成了多个内容相关的诗章，包括蒙古文《格斯尔》不同抄本中的"格斯尔智娶阿鲁－莫日根""阿鲁－莫日根裁断茹格牡－高娃和图门－吉日嘎朗两个夫人的纠纷"等诗章。在当代传承中，《格斯尔》还围绕这一新人物形成了很多史诗诗章和传说（相关论述见本书第五章）。而本书第六章对《隆福寺格斯尔》最后三章的分析表明，这三章是在组合型敌方大汗的人物基础上形成的篇幅巨大的三个组合型诗章。对诗章结构的分析表明人物的创编是史诗诗章生成的重要前提。国内外的蒙古英雄史诗研究通常聚焦于结构，由于蒙古英雄史诗人物几乎都是类型化、模式化的，因此结构研究主要关注情节、母题系列而忽

---

① 斯钦巴图：《从诗歌美学到史诗诗学——巴·布林贝赫对蒙古史诗研究的理论贡献》，《民族文学研究》2018年第4期，第19页。

略人物的结构。然而，对于《格斯尔》中的多数诗章而言，人物对整个诗章的演述和传承具有关键作用，很大程度上决定了整个诗章的叙事结构。

第四，《格斯尔》文本的三大特点。本研究在第一章中描述了蒙古文《格斯尔》的三大文本特点——口头与书面相结合的双重性、不统一性、佛教传记性，通过对《隆福寺格斯尔》抄本形成过程中的一些系统性演进方式和规律的分析，解释和论证了这三个特点形成的原因，其中口头与书面的双重性是其本质特点。《格斯尔》从最初的口头诗章不断演化，形成口头传统和书面文本两种形态。口头传统和书面文本不是两条独立发展的平行线，而是相互交错、相互影响的，涉及口头传统的书面化与书面文本的口头化过程。一方面，《格斯尔》是源自口头的文本，与书面文学有本质的区别。口头传统的统一性主要在于结构、主题和程式的传承上，而书面文学的统一性体现在内在的连贯性和有序发展之上。另一方面，《格斯尔》的早期书面文本与现代口头演述记录本也有很大差异。口头传统早期的书面化，目的不是将口头文本原原本本地记录，而是与"经典化"和"佛教化"改编同步进行的书面文献化改写，往往具有多层文献化特征。书面文献不仅需要有完整、自足的叙事内容，在叙事手法上也讲究逻辑性和连贯性，以及时间和空间的系统性。《格斯尔》早在 1716 年便被官方印制成书面文本并且广泛传播，其背后有一些特殊的时代背景原因，而这个演化过程也涉及一些人为的改编、改写：不仅是文字表面的增删改写，更多的是结构性的调整和演进。这些诗章原本没有内在联系，但在组合和演进过程中形成了一定的内在衔接。虽然具体细节已无从知晓，但一些结构性的改编如一些文献性的建构、诗章间的关联和衔接等仍可以通过对比分析来考证。分析表明，《格斯尔》在书面化过程中，通过一些书面叙事手法，将多个独立的诗章在一条时间线上串联起来，形成了前后有序的传记体书面文本。结合对《格斯尔》文本三个特点的论述，和对《格斯尔》形成和演变过程的归纳总结，我们可以对《格斯尔》口头传统和书面文本之间的关系及其相互转换过程形成较为清晰的认识。

《格斯尔》研究经历了一个漫长而复杂的过程。在此漫长的过程中，诸多国内外大家倾注了心血，通过一代又一代学者的努力，使这一浩瀚又神秘、口头与书面并存的宏大传统逐渐呈现出真实的面貌。随着研究成果、研究方法和研究资料的不断累积，至今学界已形成诸多共识，并逐渐转向具体的文本分析。当然，《格斯尔》的文本量非常巨大，每种研究在方法、视角上都难免有其局限性和片面性。相信在未来，通过更广泛的分析，尤其是借助语料库、数据库等先进方法和手段的分析，我们可以形成更加客观、完善、科学的认识和结论。

参考文献

一 《格斯尔》文本

1. 《蒙古〈格斯尔〉影印本》系列丛书（9卷），2016，内蒙古自治区古少数民族古籍与《格斯尔》征集研究室编，内蒙古文化出版社。

2. 《蒙古英雄史诗大系》（第四卷），2009，仁钦道尔吉主编，朝戈金、旦布尔加甫、斯钦巴图副主编，民族出版社。

3. 《格斯尔全书》（12卷），2002～2019，斯钦孟和主编，民族出版社、内蒙古人民出版社等。

4. "全国《格萨（斯）尔》领导小组"组织整理、出版的《格斯尔》抄本系列：

《诺木齐哈屯格斯尔》，1988，格日勒扎布校勘注释，内蒙古文化出版社；

《扎雅格斯尔》，1989，乌云巴图校勘注释，内蒙古文化出版社；

《乌素图召格斯尔传》，1989，龙梅校勘注释，内蒙古少年儿童出版社；

《隆福寺格斯尔传》，1989，巴·布和朝鲁、图娅校勘注释，内蒙古人民出版社。

5. 蒙古国石印出版的五部《格斯尔》抄本：

《赞岭曾钦传》，1959，宾·仁钦编辑、作序，科研出版厂；

《扎雅格斯尔》，1960，呈·达木丁苏伦编辑、作序，科学教育出版社；

《诺木齐哈屯格斯尔》，1960，宾·仁钦编辑、作序，科研出版厂；

《策旺格斯尔》，1960，宾·仁钦编辑、作序，科研出版厂；

《托忒文格斯尔》，1960，呈·达木丁苏伦编辑、作序，科学教育出版社。

6. 《阿拜·格斯尔》，1982，巴尔达诺整理编辑，乌日占、达西尼玛转写，内蒙古人民出版社。此为 1959 年在俄罗斯乌兰乌德出版的斯拉夫蒙古文本的转写本。

7. 《格斯尔的故事》（上、下册），1956，内蒙古人民出版社。

8. 《卡尔梅克〈格斯尔〉文本及注释》，2020，旦布尔加甫整理编辑，民族出版社。

9. 《多种失传记音符号记录卡尔梅克史诗文本与注释》，2023，旦布尔加甫整理编辑，民族出版社。

中文译本

《十方圣主格斯尔可汗传》，2016，陈岗龙、哈达奇刚等译，作家出版社。

《格萨尔王传》（8 卷），2011，角巴东主主编，高等教育出版社。

《格萨尔王传》（《贵德分章本〈格萨尔〉》译文），2016，王沂暖、华甲译，中国国际广播出版社。

二 《格斯尔》及蒙古史诗研究著作

（一）外文论著

Allen，Graham. 2000. *Intertexuality*. London and New York：Routlege.

Bergmann，B. 1804 – 1805. *Nomadische Streiferrein unter den Kalmuken*. Riga.

Chiodo，Elisabetta. 2000. *The Mongolian Manuscripts on Biech Bark from Xarbu-hyn Balgas in the Collection of the Mongolian Academy of Sciences*，Part 1. Harrassowitz Verlag，Wiesbaden. pp. 148 – 159.

Дамдинсүрэн，Ц. 2013. "*Гэсэр судлал*"-ын *түүхээс*. А. Д. Цендина，Д.

Цэдэв оршил бичиж хэвлэлд бэлтгэв. Улаанбаатар хот："Соёмбо принтинг" ХХК-д хэвлэв.

Дамдинсүрэн Ц. 2017. *Эрдэм Шинжилгээний Бүтээлийн Чуулган* (9 Боти). Улаанбаатар "Соёмбо принтинг" ХХК-д хэвлэв.

Foley, John Miles. 1995. *The Singer of Tales in Performance*. Bloomington：Indiana University Press.

Foley, John Miles. 2003. *How to Read an Oral Poem*. Urbana：University of Illiois Press.

Heissig, W. 1972. *Geschichte der mongolischen Literatur*. Wiesbaden：Verlag Otto Harrassowitz.

Heissig, W. 1983. *Geser-Studien. Untersuchungen zu den Erzahlstoffen in den "neuen" Kapiteln des mongolischen Geser-Zyklus. Abhandlungen der Rheinisch-Westfalischen Akademie der Wissenschaften*, Band 69. Opladen/Germany：Westdeutscher Verlag.

Honko, Lauri. 1998. *Textualizing the Siri Epic* (Folklore Fellows' Communications 264), Helsinki：Academia Scientiarum Fennica.

Kara, G. 1970. *Chants Dun Barde Mongol*. Budapest：Adademiai Kiado.

Козин, С. А. 1953/1936. (пер, вступит. ст., коммени.). *Гесериада Сказание о милостивом Гесере Мерген-хане, искоренителе десяти зол в десяти странах света*. М. —Л.

Khundaeva, E. O. 1981. "《Geseriada》 v Mongolii i Buriatii." In *Literaturnye sviazi Mongolii*, Moskva：Naka.

Ligeti, L. 1951. Un episode d'origine chinoise du Geser-qan, *Acta Orientalia*. Acadeimiae Scientiarum Hungaricae, Vol. 1, Fasc. 2 – 3.

Lord, Albert B. 1991 *Epic Singers and Oral Tradition*. New York：Cornell University press.

Lörincz, L. 1972. "Geser-Varianten in Ulan-Ude, Ulan-Bator und Leningrad." In *Acta Orientalia Acadeimiae Scientiarum Hungaricae*, Vol. 25.

Lörincz, L. 1975. "Die burjatisc hen Geser-Varianten." In *Acta Orientalia*, Acadeimiae Scientiarum Hungaricae, Vol. 29.

Nagy, Gregory. 1996. *Homeric Questions*. University of Texas Press.

Nekljudov, S. Y. and Z. Tomorceren. 1985. Mongolische Erzahlungen uber Geser. Neue Aufzeichnungen. Translated from the Russian by Jorg Backer. *Asiatische Forschungen*, Band 92. Wiesbaden: Otto Harrassowitz.

Neklyudov, S. Y. 1996. "The Mechanisms of Epic Plot and the Mongolian Geseriad." In *Oral Tradition*, 11/1, pp. 133 – 143.

Olrik, Axel, 1992. *Principles for Oral Narrative Research*. Trans. by Kirsten Wolf and Jody Jensen. Bloomington and Indianapolis: Indiana University Press.

Ong, Walter J. 1983. *Orality and Literacy: The Technologizing of the Word*. New York: Methuen.

Pallas, P. 1776. *Reisen durch verschiedene provinzen des Russischen Reichen*. 3. St. Petersburg.

Poppe, N. 1958. "Review of *The Historic Roots of The Geseriade* by C. Damdinsuren." In *Harvard Journal of Asiatic Studies*, Vol. 21. pp. 193 – 196.

Poppe, N. 1979. *The Heroic Epic of the Khalkha Mongols*. Translated by J. Krueger, et. al.

Поппе, Н. Н. 1915. *Произведедения народной словесности халха-монголов. Северо-халхаское* 1907 *Изд.* 3 – *е, испр. и доп.* -Петроград: Тип. И. Бораганского.

Потанин, Г. Н. 1883. *Очерки Северо-Западной Монголии.* СПб. Вып. 2, 1881; Вып. 4.

Потанин, Г. Н. 1899. *Восточные мотивы в средневековом европейском эпосе.*

Bloomington，IN：Publications of The Mongolia Society.

Сэцэнбат. 2020. *Гэсэрийн тууж хийгээд бурханы намтар цадиг.* "Бэмби сан" хэвлэлийн газар.

Сэцэнбат. 2020. *Бурхны шашны судрын Үлгэрийн монгол аман уламжлалын судлал.* "Бэмби сан" хэвлэлийн газар.

Цэцэнмөнх，Ө. 2001. *Монгол бичгийн "Гэсэрийн тууж"-уудын харилцаа холбоо（Хэл бичгийн ухааны докторын зэрэг горилсон бүтээл）.* Улаанбаатар："Бембн Сан" хэвлэлийн газар.

Schmidt，J. I. 1839. *Die Taten Bogda Gesser Khan's des Vertilgers Der Wurzel der zehn Uebel in den zehn Gegenden.* Petersburg.

Владимирцов，Б. Я. 1971. *Mongolo-ojratskij geroi č eskij epos.* Farnborough：Gregg Press.

Zeitlin，I. 1927. *Gessar Khan：A Legend of Tibet.* New York：George H. Doran Company.

（二）中文论著

专著：

巴·布林贝赫，2018，《蒙古英雄史诗诗学》，陈岗龙等译，中国社会科学出版社。

理查德·鲍曼，2008，《作为表演的口头艺术》，杨利慧译，广西师范大学出版社。

朝戈金，2000，《口传史诗诗学：冉皮勒〈江格尔〉程式句法研究》，广西人民出版社。

朝戈金，2016，《史诗学论集》，中国社会科学出版社。

陈岗龙，2003，《蟒古思故事论》，北京师范大学出版社。

霍姆诺夫，1986，《布里亚特英雄史诗〈格斯尔〉》，内蒙古社科院出版社。

卡尔·赖希尔，2011，《突厥语民族口头史诗：传统、形式和诗歌结构》，阿地里·居玛吐尔地译，中国社会科学出版社。

李连荣，2017，《〈格萨尔〉手抄本、木刻本解题目录》，中国社会科学出版社。

阿尔伯特·贝茨·洛德，2004，《故事的歌手》，尹虎彬译，中华书局。

格雷戈里·纳吉，2008，《荷马诸问题》，巴莫曲布嫫译，广西师范大学出版社。

谢·尤·涅克留多夫，1991，《蒙古人民的英雄史诗》，徐昌汉、高文风等译，内蒙古大学出版社。

诺布旺丹，2014，《艺人、文本和语境》，青海人民出版社。

P. S. 帕拉斯，2002，《内陆亚洲厄鲁特历史资料》，邵建东、刘迎胜译，云南人民出版社。

普罗普，2006，《神奇故事的历史根源》，贾放译，中华书局。

普罗普，2006，《故事形态学》，贾放译，中华书局。

仁钦道尔吉，2001，《蒙古英雄史诗源流》，内蒙古大学出版社。

仁钦道尔吉，2013，《蒙古英雄史诗发展史》，中国社会科学出版社。

萨仁格日勒，2001，《蒙古史诗生成论》，中央民族大学出版社。

斯钦巴图，2006，《蒙古史诗——从程式到隐喻》，民族出版社。

申丹、王丽亚，2010，《西方叙事学：经典与后经典》，北京大学出版社。

石泰安，2012，《西藏史诗和说唱艺人》，耿昇译，中国藏学出版社。

赵秉理编，1990~1998，《格萨尔学集成》（5卷），甘肃民族出版社。

王浩，2015，《启蒙与建构：策·达木丁苏伦蒙古文学研究》，北京大学出版社。

维柯，1986，《新科学》，朱光潜译，人民文学出版社。

沃尔特·翁，2008，《口语文化与书面文化：语词的技术化》，何道宽译，北京大学出版社。

乌日古木勒，2007，《蒙古突厥史诗人生仪礼原型》，民族出版社。

论文：

巴莫曲布嫫，2003，《口头传统与书写传统》，《读书》第 10 期。

陈岗龙，2011，《内格斯尔而外关公——关公信仰在蒙古地区》，《民族艺术》第 2 期。

陈岗龙，1996，《评〈格萨尔史诗和说唱艺人的研究〉》，《中国藏学》第 2 期。

陈岗龙，2012，《〈蛮三旺〉与格萨尔史诗》，《西北民族大学学报》第 6 期。

瓦·海西希，1983，《关于蒙古史诗中母题结构类型的一些看法》，赵丽娟译，《民族文学译丛》（第一集），中国社会科学院少数民族文学研究所编，内部资料。

瓦·海西希，1984，《蒙古史诗中的起死回生和痊愈母题》，王步涛译，《民族文学译丛》（第二集），中国社会科学院少数民族文学研究所编，内部资料。

呼日勒沙，1989，《〈格斯尔传〉中的死亡与复生母题》，《民族文学研究》第 3 期。

乌·纳钦，2016，《论口头史诗中的多级程式意象——以〈格斯尔〉文本为例》，《民族文学研究》第 3 期。

乌·纳钦，2017，《传说情节植入史诗母题现象研究——以巴林〈格斯尔〉史诗文本为例》，《西北民族研究》第 4 期。

乌·纳钦，2017，《格斯尔射山传说原型解读》，《民族文学研究所》第 5 期。

乌·纳钦，2016，《格斯尔的本土形象与信仰》，《内蒙古社会科学（汉文版）》第 2 期。

乌·纳钦，2018，《史诗演述的常态与非常态：作为语境的前事件及其阐析》，《民族艺术》第 5 期。

齐木道吉，1986，《国内外〈格斯尔〉研究概述》，《蒙古学资料与情报》
　　第 3 期。

齐木道吉，1995，《纪念 N. N. 波佩教授》，《蒙古学信息》第 1 期。

秋喜，2012，《论〈格斯尔〉史诗的口头叙事传统——以〈圣主格斯尔可
　　汗〉的时间程式为例》，《民族文学研究》第 1 期。

若松宽，1994，《〈格斯尔〉与希腊神话》，《内蒙古社会科学》第 3 期。

斯钦巴图，2014，《北京木刻本〈格斯尔〉与佛传关系论》，《民族艺术》
　　第 5 期。

斯钦巴图，2016，《〈格斯尔〉降妖救妻故事变体与佛传关系考述》，《西北
　　民族研究》第 4 期。

斯钦巴图，2018，《从诗歌美学到史诗诗学——巴·布林贝赫对蒙古史诗
　　研究的理论贡献》，《民族文学研究》第 4 期。

尹虎彬，1996，《史诗的诗学：口头程式理论研究》，《民族文学研究》第
　　3 期。

（三）蒙古文论著

专著：

巴雅尔图，1989，《蒙古族第一部长篇神话小说——北京版〈格斯尔〉研
　　究》，内蒙古大学出版社。

巴·布林贝赫，1997，《蒙古英雄史诗诗学》，内蒙古教育出版社。

朝格吐、陈岗龙，2002，《芭杰研究》，内蒙古文化出版社。

S. 杜拉姆、G. 南丁毕力格，2007，《蒙古民间文学理论》，额尔登别立格
　　等转译，内蒙古人民出版社。

格日乐，2011，《蒙古英雄史诗研究概况》，民族出版社。

海西希，2001，《唐朝故事》，内蒙古人民出版社。

那顺巴雅尔，2002，《蒙古文学叙事模式及其文化蕴含》，内蒙古教育出
　　版社。

齐木道吉，1981，《论蒙文〈格斯尔可汗传〉及其各种版本》，内蒙古科学院出版社。

乔吉校注，1983，《黄金史》，内蒙古人民出版社。

树林、王小琴、毕启伦，2017，《蒙古文〈格斯尔〉与藏文〈格萨尔〉比较研究》，内蒙古文化出版社。

玛·乌尼乌兰，2015，《〈格斯尔传〉西部蒙古异文研究》，内蒙古文化出版社。

乌力吉，1991，《蒙藏〈格斯尔〉的关系》，民族出版社。

中国社会科学院民族文学研究所编，2003，《〈格斯尔〉研究论文集》，内蒙古人民出版社。

论文：

哈·丹毕扎拉森，1982，《蒙藏〈格斯（萨）尔〉的关系与蒙古〈格斯尔〉的特点》，《内蒙古大学学报》第3期。

格日乐扎布，1996，《空洞的猜测还是有证据的论证》，《内蒙古大学学报》第3期。

哈斯其木格，2015，《北京版〈格斯尔传〉语言研究》，内蒙古大学蒙古学学院博士论文。

领小，2010，《论〈木刻本格斯尔〉与〈诺木齐哈屯格斯尔〉的关系》，《内蒙古社会科学》第3期。

瓦·海西希，2001，《唐朝故事》（序），哈斯巴特尔译，内蒙古人民出版社。

米哈伊洛夫，1990，《必须珍惜文化遗产——关于格斯尔史诗的内容本色》，《格萨尔学集成》第2卷，甘肃民族出版社。

却日勒扎布，1992，《蒙古文〈格斯尔〉最初版本之我见》，《内蒙古大学学报》第1期。

却日勒扎布，1990，《蒙古文〈格斯尔〉语言特点》，《蒙古学研究》第

4 期。

却日勒扎布，1987，《新发现的蒙古文〈格斯尔〉》，《内蒙古大学学报》第 2 期。

却日勒扎布，1987，《乌素图召召〈格斯尔〉辨析》，《内蒙古大学学报》第 4 期。

仁钦卡瓦，1985，《〈格斯尔传〉语言研究》，载《〈格斯尔传〉研究论文集》，内蒙古社科院文学研究所与内蒙古格斯尔工作领导小组办公室编。

仁钦嘎瓦，1962，《关于〈格斯尔传〉语言特点的探讨》，《花的原野》第 7 期。

斯钦孟和，1995，《论〈北京版格斯尔〉与〈诺木齐哈屯格斯尔〉历史来源》，《蒙古语言文学》第 2 期。

附录 1

国外学者人名英汉对照表

国外学者名字英文拼写	中文译名
Bawden，C.	查尔斯·鲍顿
Bergmann，B.	B. 贝尔格曼
Damdinsurun Ts.	呈·达木丁苏伦
Dimitriyev，P. D.	德米特里耶夫
Galganov，C.	C. 加尔加诺夫
Kara，G.	卡拉·捷尔吉
Khundaeva，E. O.	E. O. 洪达耶娃
Kozin，S. A.	S. A. 科津
Heissig，W.	瓦·海西希
Honko，Lauri	劳里·杭柯
Homonov，M. P.	米·彼·霍姆诺夫
Jakobson，Roman	雅各布森
Mihailov，G. Y.	G. Y. 米哈伊洛夫
Nagy，Gregory	格雷戈里·纳吉
Namzhil，Baldano	N. 巴尔达诺
Neklyudov，S. Y.	谢·尤·涅克留多夫
Ligeti，L.	L. 李盖提
Lipkin，S.	S. 李普津
Lord，Albert B.	阿尔伯特·贝茨·洛德
Lörincz，L.	拉·劳仁兹

续表

国外学者名字英文拼写	中文译名
Mansut，Imegenov	M. 伊米根诺夫
Pallas，P.	P. 帕拉斯
Poppe，N.	尼·波佩
Potanin，G. N.	G. N. 波塔宁
Pozdneev，A.	阿·波兹德涅耶夫
Rachwiltz，Igor de	罗依果
Rintchen B.	宾·仁钦
Schmidt，J. I.	J. I. 施密特
Vladimircov，B. Ya.	B. Ya. 符拉基米尔佐夫
Zamcarano，C.	策旺·扎姆察拉诺

附录2

文本名称与史诗人物名称的蒙汉对照表

蒙古文拉丁转写	中文译文
Čewang-un Geser	《策旺格斯尔》
Arban ǰüg-ün eǰen Geser qaɣan-u tuɣuǰi orušiba	《十方圣主格斯尔可汗传》
Longfu Si keyid-ün Geser	《隆福寺格斯尔》
Ordus Geser	《鄂尔多斯格斯尔》
Usutu-yin ǰuu-yin Geser	《乌素图召格斯尔》
Sudur Bičig-ün Küriyeleng	（蒙古人民共和国）经书院
Qurmusta tegri	霍尔穆斯塔腾格里
Nabša-gurǰe emege eke	那布莎－古尔查祖母
Yilaɣuɣsan ɣurban öküi	三神姊
Senglün ebügen	僧伦老头
Gegse amurǰila	苟萨阿木尔吉拉
J̌asa	嘉萨
Čargin ebügen	叉尔根老人
Čotung	晁通
Bilig-ün keger mori	枣骝神驹
Rogmu ɣuu-a	茹格牡－高娃
Arlu ɣuu-a	阿尔鲁－高娃
Tümen ǰirɣalang	图门－吉日嘎朗
Alu mergen/ Aǰu mergen	阿鲁－莫日根/阿珠－莫日根
Boidung	伯通

续表

蒙古文拉丁转写	中文译文
Ančung	安冲
Baras baɣatur	巴尔斯巴特尔
Erlig-ün qaɣan	阎罗王
Tamu-yin ordun	阎罗殿
Mangɣus	蟒古思
Kitad-un Güma qaɣan	汉地贡玛汗
Širaigool-un ɣurban qaɣan	锡莱河三汗
Raɣčas-un qaɣan	罗刹汗
Čidkür-ün Gümbü qaɣan	魔鬼的贡布汗
Način qaɣan	那钦汗
Čoimsun ɣuu-a	乔姆孙－高娃
Saiqulai	赛胡来
Naiqulai	乃胡来

附录 3
《格斯尔》部分诗章译文

第八章 格斯尔复活勇士之部

统辖十方众生、根除十方十恶之源的雄狮圣主格斯尔汗，赴十二颗头颅的蟒古思之洲，以神奇法力镇压了那头一跃可吞掉瞻部洲所有生灵的黑色蟒古思之后，与阿尔鲁－高娃夫人一同，在十二颗头颅的蟒古思的黄金宝塔里住下。阿尔鲁－高娃夫人本是以慈悲为怀的空行母，却为嫉妒心所累，在酒中兑了令人失忆的黑色魔食，献给十方圣主格斯尔，她说："根除十方十恶之源、威慑天下的圣主，您灭了十二颗头颅的蟒古思，与我阿尔鲁－高娃一起坐在这黄金宝塔之上，我开心不已，想敬您一杯，请您喝了这杯酒。"十方圣主格斯尔汗本不应中她的计，却因命中有此一劫，端起酒杯喝了下去，忘却了以往的一切。

就在圣主格斯尔汗滞留十二颗头颅的蟒古思家乡的十九年里，锡莱河三汗攻击了金色乌鲁姆塔拉草原，将格斯尔汗的一切夷为平地，十方圣主却对此毫不知情。天上的胜慧三神姊见了，哀叹不已，说："哎呀！天下无敌的鼻涕虫弟弟！难道是中了阿尔鲁－高娃夫人的魔食的奸计？"于是，三神姊来到蟒古思之地，用化身规劝格斯尔汗，格斯尔汗却仍未察觉异样。金色空行母①写了信，用嘉萨的魔法白羽箭射给格斯尔汗，十方圣主看了箭上的信，说："哎呀！这不是我高贵的嘉萨的箭吗？"他刚刚回想起家乡，阿尔鲁－高娃夫人又给他献上魔食让他再次失忆。之后，胜慧三神姊又来到蟒古思之地，以本尊现身向格斯尔汗下旨道："鼻涕虫弟弟，十方诸佛占据上身的观世音化身格斯尔汗，你的金色空行母在何处？十大天神围绕腰身的力大无穷的鼻涕虫弟弟，你的十三座金刚寺、黄金白塔都在何处？哎呀！你这是怎么回事？八海龙王占据下身鼎立天下的格斯尔汗，你那些用透明宝石筑成的宫殿在何处？与你同甘共苦的哥哥嘉萨在何处？陪伴你左右的胆大的苏米尔在何处？与你情同手足的十五岁的安冲在何处？三十名先锋、三百名勇士在何处？你八十岁的叉尔根叔叔在何处？湖海般散布四处的三个鄂托克兀鲁思在何处？哎呀！格斯尔你这是怎么回事？你赶紧启程回家去吧！"听着胜慧三神姊如此哭号，十方圣主格斯尔汗将吃进去的魔食全部吐出，回想起了自己的家乡，当下怒吼起来，他的狮吼之声令八十八层黄金宝塔和四角城堡震动起来，转了三圈才稳定下来。十方圣主格斯尔汗将十二颗头颅的蟒古思的一切烧成灰烬，穿戴上自己的装备、铠甲，追踪锡莱河三汗的足迹，将一次可变化千次的锡莱河三汗杀死，夺回了金色空行母和所有财产，返回了自己的家乡，并建起一百零八座城堡和十三座金刚寺。

正当格斯尔汗将一切修复妥当，安稳度日时②，八十岁的叉尔根老人带领着三十名勇士和三百名先锋中仅剩的几名勇士、八岁的来查布带领着

---

① 在《隆福寺格斯尔》等抄本中，茹格牡－高娃夫人被称为 altan dayini（"金色空行母"）。"金色"并非实指，而是史诗中常见的表示尊贵地位的象征。

② 以上为《隆福寺格斯尔》同源异文《策旺格斯尔》第八章的开头部分，《隆福寺格斯尔》第八章中没有该内容。《隆福寺格斯尔》第八章中，开头的"十方众生"一词后，直接连接了下一段的"叉尔根老人……"，可见《隆福寺格斯尔》中删掉了概述"锡莱河之战"的内容，此处根据《策旺格斯尔》补充了所删除内容。

三十名勇士留下的子孙，前来拜见格斯尔汗。十方圣主格斯尔见了，问道："前方走来的是哪些勇士们？"金色空行母回道："啊，圣主，前方走来的是叉尔根老人和一些孩子们。"十方圣主见叉尔根老人独自走来，不由得想起三十名勇士和三百名先锋，愉悦的心情顿时暗淡下来，发出狮吼般的吼声，悲痛无比地说道：

　　　　啊！人中海东青，

　　　　心如坚硬的铜器，

　　　　凡事带头到来的

　　　　我亲爱的嘉萨－席克尔去哪里了？

　　　　人中雄鹰，

　　　　坚定不移，

　　　　心如坚硬的钢铁，

　　　　力大如未加纤绳的大象的

　　　　我的人中之好汉苏米尔去哪里了？

　　　　众人之舅，

　　　　心无斑点，

　　　　志坚不移，

　　　　心如玉石，

　　　　从小辅助我的

　　　　我众人之首伯通去哪里了？

　　　　狮之尖爪，

　　　　人中游隼，

　　　　内心镇定从不慌乱，

　　　　八十八唐古特部落之侄，

　　　　行动如游隼的

我十五岁的安冲去哪里了？

圣主如此哭号，宝石筑成的城堡转动了三圈。霍尔穆斯塔腾格里之子格斯尔汗停止哭号，焚烧煨桑，方使城堡平静下来。稳定了世界后，十方圣主格斯尔汗当即下令道："马上鞴上我的枣骝神驹，备好我的各种装备，我要去搜寻我的三十名勇士三百名先锋的尸骨。"他又问："哎呀！叉尔根叔叔，你曾见到了哪些勇士？"叉尔根说："我的侄子格斯尔，从乌鲁姆塔拉草原过来的时候，如大海般的我的心情变得一片昏暗，什么也没有看到。啊！圣主所建的城堡从沼泽地一直延伸至黄河边。啊！我的万兽之圣主，我心中一片昏暗，独自留下，除了嘉萨－席克尔，谁也没有见到。"叉尔根哭着，东一句西一句地说完，十方圣主也东一句西一句地听完，之后，便朝着三十名勇士死前作战的方向奔去。八十岁的叉尔根老人骑着高头大黑马，从左右两方不停鞭策着，跟在格斯尔后面。

十方圣主格斯尔汗如狮吼般喊着，到达锡莱河三汗的家乡。格斯尔首先看到了巴尔斯－巴特尔和伯通二人的尸骨，昏了过去。这两位勇士是最先上战场搏斗的。圣主昏倒在两位勇士的尸骨之上。叉尔根老人赶了过来，看见格斯尔，扑过去喊道："哎呦，我的圣主！您这是怎么了？"他不知圣主只是昏倒，清醒一阵糊涂一阵地哭喊了好一阵，抬头想道："哎呀，十方圣主不应这样死去，可能是看到勇士的尸骨后因过于悲痛而昏倒了吧！"叉尔根这么想着，拔了下巴上的胡子，用火点燃，熏了熏圣主。十方圣主被熏后，勉强醒了过来，左右瞟了一眼，发现自己倒在巴尔斯－巴特尔和伯通二人的尸骨中间。十方圣主再往前走，又看到两具尸骨，大声喊道："哎呀！怎么回事？这不是我的安冲、苏米尔两位勇士的尸骨吗？"于是又忍不住大声哭喊。当格斯尔哭喊着两位勇士的名字昏倒在地时，安冲的灵魂变成狮子扶住了他，苏米尔的灵魂变成大象扶住了他。他们二人的灵魂在圣主昏倒时如同活人般扶持着圣主，没有让他倒

下。十方圣主苏醒过来，朝左一看，有一头狮子扶着他，朝右一看，有
一头大象扶着他。

十方圣主仔细看着他俩，发出巨大的吼声，抱着狮子和大象的脖子，
叫着安冲和苏米尔，十方神圣之心灵念想着十方生灵，呼叫着万物，哭
喊道：

> 哎呀！我的三十名勇士怎么了？
>
> 无可比拟的三百名先锋怎么了？
>
> 如同我身上皮肤的安冲、苏米尔两人怎么了？
>
> 如同我生命的亲爱的嘉萨－席克尔怎么了？
>
> 做我全军之先锋的巴尔斯－巴特尔怎么了？
>
> 年幼时相见并为我战斗的，
>
> 在众人之前作为岗哨的，
>
> 在黑夜里作为明灯的，
>
> 我的心爱的伯通怎么了？
>
> 我心爱的三十名勇士怎么了？
>
> 我玉石般坚固的教政二者怎样了？
>
> 我大门般围起来的三个鄂托克怎样了？
>
> 我乃天下之圣主，
>
> 却不知天下已被铲平，
>
> 难道是被十二颗头颅的黑魔的诅咒蒙蔽了？
>
> 还是被奸诈的阿尔鲁－高娃的魔食蒙蔽了？
>
> 哎呀！这是怎么了？

格斯尔向上天发出怒吼，吼叫声如青龙一般，使大地震动起来。三十
名勇士的灵魂变成雄狮、大象、猛虎、野狼的样子，将十方圣主围了三

圈，悲痛地哭喊起来。

　　天上的胜慧三神姊听见十方圣主的哭喊声，从霍尔穆斯塔城堡飞到人间。根除十方十恶之源的十方圣主见所有勇士的灵魂围着他，顿时心生深深的怨气，他呼喊着三十名勇士的名字，痛哭起来。三十名勇士的尸骨发出响彻世界的声音，聚集到格斯尔汗的身边，如同城堡般堆积而起。锡莱河三汗的士兵们的尸骨全部被冲进了黄河。胜慧三神姊心里想着："我们的鼻涕虫不应该这样不停嚎啕大哭，这到底是怎么回事？"走到他的身边一看，原来格斯尔正趴在他亲爱的三十名勇士的尸骨上痛哭呢！三神姊说道："哎呀！我们的鼻涕虫原来是为三十名勇士而哭号呢！"她们赶紧变回本人走过去，说道："啊，鼻涕虫弟弟，你为何如此不停地哭号？"十方圣主放下狮子、大象的头颅，说："啊，我的胜慧三神姊，你们为何说这种话？最初从霍尔穆斯塔腾格里那里下来时，我按照释迦牟尼佛祖的指令，为了不违背父亲霍尔穆斯塔腾格里的命令，放弃我原本的血肉和身躯，来到这瞻部洲。当时我是独自一人来的吗？从那里来时是几个人一起来的？你们看看现在还剩几个人？"说完又痛哭起来，三神姊也忍不住哭了起来。随后三神姊下令道："哎呀，我们的鼻涕虫不要悲痛，不要像个女人一样，总这么哀哭不止。我们三人回去禀告霍尔穆斯塔父亲。若是三十名勇士命中注定比你先死去，那也没有办法；若是他们命中本该常伴在你身边，你的霍尔穆斯塔父亲会有办法的吧？"说完，三神姊便飞回天上。十方圣主格斯尔十分高兴，如同三十名勇士已经复活一般，心中向十方神佛祈祷，品尝圣食，安心等待。

　　这时，胜慧三神姊来到霍尔穆斯塔面前，禀告道："我们三人听到鼻涕虫的声音从下界瞻部洲传来，便下去看了看。原来鼻涕虫赴十二颗头颅的蟒古思的住处营救阿尔鲁－高娃夫人的时候，锡莱河三汗侵略了格斯尔的家乡，把他的十三座宝塔夷为平地，并抢走了黄金白塔、活如意宝和金色空行母，还杀死了三十名勇士。我们鼻涕虫从蟒古思之处回来后独自一人追上去报了仇，回到家乡，坐在三十名勇士的尸骨旁边哀号呢！我们三人前去劝阻无果，所以回来向霍尔穆斯塔父亲您禀告。"

霍尔穆斯塔腾格里说道："哎呀！我的威勒布图格齐为何在那尸骨上哀号？还不如来见我们，一起想办法。"说着，他取出九十九本命运簿一看，发现格斯尔从天上带着下凡的三十名勇士本不该在格斯尔之前死去，但很早之前威勒布图格齐曾攻击叛逆的三位腾格里天神并将其领地夷为平地，勇士们死去是在偿还上次欠下的债。霍尔穆斯塔马上去找释迦牟尼佛祖，叩拜释迦牟尼佛祖后禀告道："啊！佛祖派到瞻部洲的威勒布图格齐转生为格斯尔汗时，从我这里带走了三十名勇士与他一起转生人间。如今勇士们战死沙场，他悲痛万分。我的三个孩子下凡看到后回来告诉了我，我听到后马上来向佛祖禀告。有什么化解的办法？请佛祖赐教。"佛祖微微笑着，说道："威勒布图格齐与其在那里哀怨，不如到这里来。"又说道："那些勇士们本不该在威勒布图格齐之前死去，是之前威勒布图格齐先招惹叛逆的三位腾格里，将其领地夷为平地，那时叛逆的三位腾格里便求我说：'现在他把我们的领地夷为平地，以后定有一日让他自食其果。'后来三位腾格里转生为力大无穷的三汗，因前世的因缘，杀死了格斯尔的勇士们。勇士们虽然已死去，但也无碍。"说着，佛祖从面前的千佛开光的黑色化钵中倒了一杯甘露，赐给霍尔穆斯塔并说道："将这甘露拿去，送给威勒布图格齐。把这甘露在勇士们的尸骨上滴一下，骨骼重新连接，肉体形成；滴两下，脏腑齐全，灵魂入体；滴三下，他们就能死而复活了。"佛祖又取来另一瓶甘露，赐给霍尔穆斯塔，说道："喝了这个甘露，分散各处的神灵就会与自己的身体相结合，脏腑齐全，恢复原身。"霍尔穆斯塔接过那瓶甘露，派三神姊给格斯尔送去，并下令道：

你们去跟威勒布图格齐这样转达：

威勒布图格齐，你这般受难是有前因的。

　　你不是十方诸佛占据上身的观世音化身格斯尔汗吗？

　　不是八海龙王占据你的下身的八十一位神灵的化身格斯尔汗吗？

　　不是一百零八位空行母围绕中身的佛徒化身格斯尔汗吗？

　　不是统辖十方人兽、让天下众生皈依的源自霍尔穆斯塔的格斯尔汗吗？

　　你从这里带去的勇士们只要总在一起不分离，便不会有危难。

　　三神姊接过那甘露，从天上下到凡间去。十方圣主听到如同二十条龙翻滚而来的声音，说道："哎呀！看来胜慧三神姊正欢快地向我走来，会是什么事呢？应该是三十名勇士们可以复活了吧！"叉尔根老人听到格斯尔的话，摘下帽子，双手合十向十方圣主叩拜了九下，说道：

　　啊！愿我十方圣主

　　根除十恶之源的侄子仁智圣主所说成真，

　　愿与您亲密无间的三十名勇士复活。

　　愿一切愿望成真而永享天福，

　　愿将所有仇敌踩在脚尖下，

　　愿将所有敌人压制在马嚼边。

　　正说着，三神姊已经来到他们面前，十方圣主迎过去，说："啊！胜慧三神姊是否办妥了事务？"三神姊答道："办什么事情？"格斯尔汗听了，连忙摘下帽子，向三神姊叩头。三神姊说："哎呀！鼻涕虫弟弟为何要给我们叩头，你可不该给我们叩头啊！"格斯尔汗说道：

　　如同太阳般照耀万物的我的三神姊，

　　如同佛祖般指明一切的我的三神姊，

如同影子般形影不离的我的三神姊，

啊！我的三神姊，我给你们叩头有什么不妥？

　　说着，格斯尔双手合十向三神姊叩拜三下，回身坐在黄金宝座上。三神姊也坐在黄金宝座上，说道："啊！鼻涕虫弟弟，我们来转达释迦牟尼的命令：这些勇士们本不该比你先死去，只是因为你曾带着勇士们侵犯了叛逆的三位腾格里天神，将他们的领地夷为平地，现在遭此磨难，正是那次造成的果。佛祖赐给你这瓶甘露，说这甘露在勇士们的尸骨上滴一下，会让骨骼重新连接，肉体形成；滴两下，脏腑齐全，灵魂入体；滴三下，人就能死而复活。还有，让他们喝了这甘露，可以让分散各处的灵魂与身体相结合，使他们脏腑齐全，恢复原身。"格斯尔听了三神姊的话，心中犹如升起了太阳般顿时明朗，欣喜不已。三神姊将霍尔穆斯塔的命令传达了三遍，十方圣主回道："请你们回去后禀告霍尔穆斯塔父亲，他所说的完全正确。我为瞻部洲的魔食所害，犯了错误。我亲爱的霍尔穆斯塔父亲曾经忘记了释迦牟尼的指令，七百年后仍未记起，导致善见城一边的城墙坍塌，不知霍尔穆斯塔父亲是否还记得。虽这么说，霍尔穆斯塔父亲所说的还是十分正确。"三神姊说："我们会向你霍尔穆斯塔父亲转达的。"

　　十方圣主格斯尔汗起身，双手合十向释迦牟尼佛祖叩拜了九次，然后又向霍尔穆斯塔腾格里叩拜了九次，再把甘露滴在三十名勇士的尸骨上：滴了一下，骨骼重新连接，肉体形成；滴了两下，脏腑齐全，灵魂入体；滴了三下，勇士们满血复活，盘腿而坐。格斯尔又给他们喝了甘露，他们分散而去的灵魂与身体结合。十方圣主格斯尔汗的三十名勇士如同分散的八十支军队欢聚在家乡般，纷纷站起来，抱着格斯尔汗一阵痛哭。十方圣主看到三十名勇士们复活，发出的狮龙之吼声，使三界震动起来。他哭喊道：

　　啊！从霍尔穆斯塔之处带领而来的三十名勇士，

> 在我身边永不分离的三十名勇士；
>
> 从上天一起带领而来的三十名勇士，
>
> 在我身边绝不分离的三十名勇士；
>
> 从汗腾格里之处带领而来的心爱的三十名勇士，
>
> 在我身边从未分离的三十名勇士！

从人中雄鹰苏米尔、十五岁的安冲、通晓所有生灵语言的伯通、能精确射中眼中所见之物的巴尔斯-巴特尔开始，三十名勇士纷纷松开揪住圣主衣襟的手，跪着说道：

> 啊！根除十恶之源、
>
> 手握世间一切生灵之心脏的，
>
> 我们的十方圣主；
>
> 身驱庞大如四洲须弥山、
>
> 力大无穷平定四州、
>
> 将世间众生纳为信徒的，
>
> 上天般的圣主格斯尔汗！
>
> 当你追逐十二颗头颅的蟒古思、
>
> 营救阿尔鲁-高娃夫人的时候，
>
> 也是锡莱河三汗侵袭我们的时候。

以嘉萨为首的我们迎着敌人而去，杀死好汉中的好汉，抢回好马中的好马，但邪恶的晁通诺彦去挑战敌人时被捉住，回来欺骗了我们。嘉萨说晁通叔叔不可能勾结敌人，因此大家都散去，就这样我们中了邪恶的晁通的奸计，我们的家乡被夷为平地。这些遭遇我们哪里说得完？虽然十方圣主不在家，以嘉萨为首的勇士们不还在吗？我们本不惜生命，冒死作战，最后却战死在沙场上。敌人多得杀都杀不完。我们本可以保住自己的性命，但是后人若说三十名勇士在战场上为保命而逃跑，岂不是玷污了十方圣主的千年英名？因此，我们便舍去生命，战死在沙场。如今，在三神姊的帮助下，按照霍尔穆斯塔腾格里的命令，依托呼图克图佛祖的法力，以十方圣主您的意志，我们终于又得以与您相见。啊！圣主您不要哭泣。

三十名勇士跪着磕头说完后，十方圣主说道：

> 见到了从霍尔穆斯塔腾格里那里领来的勇士们我太欣慰了，
> 但是如青纹虎般冲锋，
> 如青白大雕般飞冲，
> 如青龙闪电般力大无比的，
> 我的人间雄鹰嘉萨－席克尔在哪里？

格斯尔和众勇士号哭三次之后收起哭声，焚烧煨桑，稳住了大地。

十方圣主带领三十名勇士、三百名先锋、三个鄂托克，举行如大海般浩瀚的宴席。十方圣主格斯尔取出两个肩膀上开出莲花、白天耀眼看不得、晚上无需灯光便能看清的如意宝衣袍，给三十名勇士每人赏了一件。三十名勇士穿着衣袍，跪谢十方圣主，欢宴三个月，方各自回家。此为十方圣主格斯尔汗完结一切、享受无尽幸福安康的第八章。

第九章　格斯尔镇压多黑古尔洲昂都拉姆可汗之部

十方圣主格斯尔汗传教于民，如日中天，立国安邦，坚如玉石。那时，多黑古尔洲有个昂都拉姆汗，其上半身具备万眼万手罗睺之力，腰身具备四大天王之力，下半身具备八大巨人之力，刀枪不入，一次可变化出七十一种样子，有着三千名勇士、三百九十名先锋、三亿三百万名士兵，坐骑是有十三条巨龙之力的巨大如山的黄斑马。昂都拉姆汗将居住于恒河对岸的唐地的五个兀鲁思纳为信徒。等他离开后，五个兀鲁思的大汗给十方圣主派了信使，对信使嘱咐说："你们去向十方圣主格斯尔汗转达：'多黑古尔之洲来了一个昂都拉姆汗，说瞻部洲无人比他更强，侵占了我们兀鲁思。我们无力抵抗，便向他投降了。据说他有三千名勇士，三百九十名先锋，三亿三百万名士兵。他的坐骑是有十三条巨龙之力的巨大如山的黄斑马。他居住的地方叫作多黑古尔洲，离此地有十五年的路程。'"五个兀鲁思派了以三个诺彦为首的一百号人，给每个人配了一百匹马，并吩咐道："你们要日夜兼程，三年到达目的地，再过三年回到这里。"

格斯尔汗的家乡本来离这里有九年路程远，那一百人走了三年就到了。在十方圣主格斯尔汗的黄金城堡附近、约一扇地之外驻扎，向格斯尔汗叩了九次头。百姓们见了，纷纷议论："哎呀，这是哪里来的人？来这里做什么？"格斯尔汗听了，派了使者去询问。使者转达了格斯尔的命令，来的那些使者说道："我们是从恒河对岸的唐之地来的使者，我们的诺彦派我们来给十方圣主格斯尔汗传信。从多黑古尔之洲来了一个昂都拉姆汗，他有三千名勇士、三百九十名先锋、三亿三百万名士兵，说在瞻部洲无人能与其匹敌，便侵占了我们的五个兀鲁思。我们五个兀鲁思无力抵抗，也就没有抵抗。等他离开后，我们诺彦派了我们来给十方圣主传信。"格斯尔的使者回去向格斯尔报告："他们说他们是从恒河对岸的唐之地来的。"又把他们说的话一五一十地汇报了一遍。

十方圣主格斯尔汗召集了三十名勇士，说："你们都听到了吗？恒河对岸的兀鲁思派来使者说从多黑古尔洲来的昂都拉姆汗侵占了他们的兀鲁思，我们该如何是好？"三十名勇士都说："悉听圣主的命令。"这时，勇士苏米尔大笑着说道："哎呀！哎呀！这可真是好消息！"领头的伯通以首领的口吻对他说道："苏米尔，为何这样一个人大笑？等圣主下了命令后再说。"

十方圣主格斯尔汗用神通对昂都拉姆汗探测了一番，下令道："哎呀，我的勇士们听着！多黑古尔洲有个有十五颗头颅的、名叫昂都拉姆的巨人之汗。他的上半身具备万眼万手罗睺之力，腰身具备四大天王之力，下半身具备八大巨人之力，刀枪不入，这蟒古斯是十五颗头颅的巨人的化身。他的坐骑是有十三条巨龙之力的巨大如山的黄斑马。他一次可变化出七十一种样子，居住的地方有三百座城堡，夫人是使金黄的太阳黯然失色的名叫巴达玛瑞的绝色美人。因为离我们太远，其他的都看不清了。"

三十名勇士回道："啊！根除十方十恶之源的仁智的圣主领着我们出征吧！他再厉害，我们能怕他吗？即使害怕，我们能躲着他吗？"安冲、苏米尔跪在十方圣主面前，说道："圣主，您是根除十方十恶的圣主东珠，您的命令能使我们的九项愿望成真。请您骑上您的枣骝神驹，请您穿上宝石装备，请您带领整装待发的三十名勇士尽快出发吧！我们心里已经迫不及待了！"十方圣主面露微笑，下令道："我的人间雄鹰苏米尔，你等等。雄鹰之尖爪、十五岁的安冲，你且等等！"又说："现在我们要带多少名士兵出征？"带领右翼众勇士们的、通晓一切生灵语言的伯通跪下，说道："圣主，请您向十方大汗派使者，叫他们各自领着几亿名士兵，日夜兼程赶来，告诉他们在百花盛开的草原野上聚集吧！请圣主带领那些士兵出征！"十方圣主说："你说的对。"便准备向十方大汗派出使者。正在此时，勇士苏米尔骑着高头大黑马，戴着一百零八层铸铁弓弦和一千五百个九翼黑色硬弓，围上皮制箭筒，里面装了八十八支黑羽箭，穿上闪电铠甲，挎着九庹长的黑钢宝剑走到圣主身边，说道："威慑十方的圣主格斯尔汗，齐聚五毒之力的十五颗头颅的蟒古思化身到来，把我们的五大兀鲁思都吞掉了，我们怎能还这么拖延？我先出发去探探路！"十方圣主下令道："好汉中的好汉苏米尔，你说得对。士兵们正在赶来，我们马上出发。"三十名勇士和三百名先锋都得知苏米尔已到达，也佩戴好装备，骑着马，排成队，飞奔而来。十方圣主震惊，问道："哎呀！这是怎么回事？是昂都拉姆汗的军队到来了吗？"勇士苏米尔也不知道怎么回事，说："瞧，说着就来了！"他匆忙跨上马，拔出九庹长的黑钢宝剑，策马而去。格斯尔向前遥望，认出了自己的勇士们。苏米尔飞奔而去，伯通见了，说："哎呀，这不是苏米尔吗？"便迎面走过来，说："勇士苏米尔，你真是听到一点风声就跳起呀！"苏米尔认出了伯通，大声笑着，勒马停下。安冲说："苏米尔，等我们到了昂都拉姆汗的领地，再尽情享受盛宴吧！在这荒野上傻笑做什么！"三十名勇士走到圣主身边，安冲、苏米尔二人跪下，禀报道："十方圣主，请你明鉴！你是千种化身的千佛之一，呼图克图圣主格斯尔汗，岂能输给那一次只可变出七十一个化身的十五颗头颅的蟒古思。折腾这么多的士兵做什么。我们的十方圣主，您带领我们三十名勇士和三百名先锋出发吧！"十方圣主格斯尔汗赞同安冲、苏米尔二人的话，向伯通问道："他们二人说的话是对是错？"伯通说："十方圣主您决定便是。"格斯尔汗取消了带士兵出征的计划，让十方的大汗们带着兵返回了各自的家乡。

根除十方十恶之源的威慑十方的格斯尔汗带领三十名勇士和三百名先锋，向蟒古思之域出征。十方圣主仅用十二个月走完了骑马要走十五年的路程。格斯尔汗对叉尔根老人说道："叔叔你回家去，管理家乡的庶民和牲畜吧。"叉尔根老人哭诉道："圣主，我的侄子，我难道还能再活八十年来观看如此盛大的喜宴吗？当初你父亲霍尔穆斯塔腾格里派你到瞻部洲时曾说，世间会有两次大战，一次是恶毒的锡莱河三汗之战，另一次便是这次大战。圣主，我的侄子，入土安息的日子已经越来越向我靠近，活在世上享受生活的日子离我越来越远了，不经历这次喜宴便回去，今后还能碰到什么喜宴呢？圣主，我的侄子，不要阻拦我，让我也一起去吧！"十方圣主见八十岁的叉尔根老人哭求，也忍不住哭了起来。安冲走过来，对叉尔根老人说道："父亲，您怎能违背圣主的命令呢，回去有什么不好？"叉尔根老人哭着说："我十五岁的独生子安冲你知道吗？你八十岁的老父亲年事已高。高头大黑马已咬不动草了，白发老头我已吃不动酸奶酪了。让我在十方圣主面前，和我十五岁的独生之子一起，加入这次的喜宴再回去吧！"所有勇士们见了，都感伤地哭了起来，十方圣主将自己穿的珍珠衫脱下来，给叉尔根老人穿上，说道："叉尔根叔叔，你说的很对。你什么时候违背过我的话。回去管理我大国百姓，扶持我坚如玉石的大政吧！"叉尔根老人说：

　　　　圣主，我的侄子，你说得对，

　　　　叉尔根老人年轻时从未违背你的话，

　　　　年老了怎能违背你的话？

　　　　玉石般的骨头已经变薄，

　　　　浓稠的血液已经变稀，

　　　　我的身体已变老。

　　　　本想在敌人面前为您护驾而死，

　　　　圣主，我的侄子，您既然这么阻拦，

　　　　无奈我只好回去。

　　说罢，叉尔根老人便哭着返回了家乡。

　　十方圣主在出征蟒古思之国的路上，派了伯通和乌兰尼敦先去打探敌人的情况，说："你去跟昂都拉姆说，瞻部洲的主人格斯尔汗要来把他的十五颗头一一砍下来。"伯通、乌兰尼敦二人接了命令，欢欣雀跃地去了。到达敌人的领地后，伯通、乌兰尼敦二人发出震天动地的吼声，从昂都拉姆汗的白色马群中赶走了一万匹白马。昂都拉姆汗问道："这吼声震动大地的人是谁？这世上应该没有人敢来招惹我。是霍尔穆斯塔汗来了？还是恶毒的格斯尔来了？"正在这时，他的牧马人跑过来，向大汗汇报道："来了一群强盗，抢走了我们的一万匹白马！"大汗问："来了多少士兵？"回说："听奔腾的马蹄声就像数万人，一看却只有两个人。"昂都拉姆汗说："果然是恶毒的格斯尔派来了探兵。"于是他给阿尔海、沙尔海两名勇士配了一千名士兵，叫他们速去把他们活捉了带来。两名勇士带着一千名士兵从猴年追了去。

伯通和乌兰尼敦二人赶着马群，走到狮子山山头，从马群里挑了一匹马杀了，献祭给上天，并叩拜腾格里，又在心中向十方圣主祈祷。伯通听到马蹄声，跨上自己的白马，走上狮子山山头一看，原来是阿尔海、沙尔海领着千人的军队追了上来。伯通对乌兰尼敦说："哎呀！乌兰尼敦你快上马，敌人来了！"乌兰尼敦跨上马，大声笑着问："在哪里？在哪里？"领头的伯通以首领的口吻说："乌兰尼敦，你小心点，千万别被敌人暗中袭击，坏了你的英名！"乌兰尼敦说："伯通，难道一个勇士就能把你杀死吗？别再磨蹭了，快去搏斗吧！"说着便拔出黑色宝剑，张开能盛整只羊的木盘子一样大的嘴巴，火红的眼珠子瞪得碗一样大，大声吼着，驾马冲过去。伯通也跨上白马，拔出钢铁宝剑，大声吼着策马冲上去。在两人的吼声中，阿尔海、沙尔海二人吓得胆颤心惊。伯通、乌兰尼敦二人心中祈祷着十方圣主神灵保佑，冲了上去。伯通将阿尔海的头一刀砍了下来，挂在马脖子上做了装饰。乌兰尼敦砍断了沙尔海的两只手，将其横跨在马背上，伯通连忙说："哎呀，乌兰尼敦，不要杀他！"他们又横扫了两下，杀死了一千个士兵。他们活捉了沙尔海问话，沙尔海把昂都拉姆汗所说的话一五一十地告诉了他们，又叩头恳求道："请两位圣主留条性命！"伯通说："哎呀！这称呼我们可叫不得，只有我们的十方圣主才配得上这称呼。留你还是杀你都没什么区别，你回去告诉你们大汗，瞻部洲的主人格斯尔汗率领威慑四方的勇士们到来，准备把昂都拉姆的十五颗头一个一个地取下来，缴收他的一切财产。我们是格斯尔汗的探兵。格斯尔汗让我们来给你们报个信。"说罢，便将沙尔海的两只手插在他的腰带里，将他放走了。

沙尔海被困在马背上，回到昂都拉姆汗身边，回禀道："哎呀！我们去了一看，果然只有两个人，打起仗来却胜过万人。他们让我给您传信，说瞻部洲的主人格斯尔汗带着威慑四方的勇士们到来，准备杀了十五颗头颅的昂都拉姆汗，缴收他的一切财产，还说自己是格斯尔的探兵，来给我们报信的。"昂都拉姆汗听了，拍手叫道："哎呀！你们两个勇士带着一千名士兵去，被区区两个人打得这么狼狈，没手没脚，还有脸回来？"说完便把沙尔海杀了。

昂都拉姆汗敲打大战鼓，大的一万兀鲁思聚集，敲打小战鼓，小的一万兀鲁思聚集。面对三千名勇士、三百六十名先锋和所有士兵，昂都拉姆汗说道："你们知道吗？恶毒的格斯尔汗向我们迎战而来。先只来了两个人，却把我们的一万匹白马抢走了。我派了阿尔海、沙尔海二人带着千人去追，他们竟把我们的两名勇士和千名士兵都杀了，赶着马群走了。我们该如何应对他们？"勇士们沉默不语，昂都拉姆汗说："你们为何都不出声？"右翼勇士的头领哈丹哈日巴图尔说："我们如果没去吞掉那恶毒的唐地，怎会遇到如此可怕的敌人？格斯尔是十方诸佛占据上身的观世音的化身，八海龙王占据下身的八十一位神灵的化身，一百零八位空行母围绕中身的佛徒化身。恶毒的格斯尔汗若真是领兵来征战，我们可有的忙了！"左翼勇士的头领、三百六十名先锋的第一位扎那说："格斯尔汗有这般那般神力，难道我们的大汗就没有吗？我们还是赶紧出征迎战吧！"昂都拉姆汗同意他的话，骑了有十三条巨龙之力的巨大如山的黄斑马，穿上九层黑色石甲，领着所有的士兵，从三百座城堡里出来迎战。

这时，伯通、乌兰尼敦二人赶回来一万匹裸马和一千匹披着铠甲的马，献给格斯尔汗，说："按照圣主的命令，我们去抢了昂都拉姆汗的一万匹白马，回来的路上昂都拉姆汗的阿尔海、沙尔海两名勇士领着一千名士兵追上来，我们便在心中向您祈祷着，去和他们作战，杀了一名勇士和一千名士兵，又把剩下的一名勇士的手砍掉，把他困在马背上，将他的断手夹在他自己的腰带里，向他转达了圣主的命令，让他回去给昂都拉姆汗报信，我们自己赶着马群回来了。"十方圣主说："看来所有事情都将马到成功。伯通、乌兰尼敦你们二人很好地完成了任务！"大家把那一万一千匹马当作吉祥之物各自分了，继续前进。

格斯尔在还有三个月路程的地方看到了昂都拉姆汗的三百座城堡，十方圣主说道："哎呀，你们看见了吗？那不是昂都拉姆汗的城堡吗？"十方圣主拉缰绳调整了前进的方向，朝目的地直奔而去，所有勇士们心中欣喜万分，纷纷说道："在哪里？在哪里？"他们边说边拉着缰绳，跟着十方圣主，领着十亿一千一百万个士兵，铺天盖地地冲了上去。昂都拉姆汗见了，心惊胆颤地说："哎呀！哎呀！这是怎么回事？就像地震一样，这些士兵到底是从哪里出来的？"

十方圣主格斯尔汗向勇士们嘱咐道："身体结实如岩石钢铁、内心坚硬如黑色石头的我的亲友们，你们听着：敌人力大无穷，你们和敌人搏斗时，如果筋疲力尽，心中一定要默念着我的名字祈祷。我乃积聚十方力量的格斯尔汗，我会赐予你们力量。你们作战时心里念着我的名字祈祷，我会让你们黑石般的心脏更加坚硬。你们被刀剑刺伤时心里念着我的名字祈祷，伤口会自然愈合。与劲敌作战，黑血干稠而口干舌燥时心里念着我的名字祈祷，我会用甘露给你润肺解渴。"勇士们都跪在格斯尔汗面前，说："根除十方十恶之源，威慑十方的圣主！您是我们唯一的信念。"十方圣主对此很是欣慰，他跨上智慧的枣骝神驹，头戴并列镶嵌着太阳和月亮的宝盔，身穿七种珍宝层层叠加缝制成的漆黑铠甲，带上三十支绿松石箭杆的白翎箭、磁铁制作的九庹长青钢宝剑和神威黑木硬弓，向十五颗头颅的昂都拉姆汗冲了过去。

十方圣主如千条龙齐吼般怒吼，头顶出现九色彩虹，两只鼻孔里火焰冲天，额头显现出大黑天神，五只大鹏金翅鸟从发丝中呼啸而出。十方圣主拔出用磁性青钢铸成的宝剑冲上去，智慧的枣骝神驹毛发上冒出火焰，两只鼻孔里冒着浓烟，马蹄擦出火星。十方圣主的三十名勇士骑着插翅飞马，戴着各种装饰，心中如捡了无数珍宝一般无比兴奋地冲上战场。

人中雄鹰苏米尔肩上披着星光铠甲，背上背着一百零八块铸铁编成的一千五百条黑筋的黑色硬弓，腰上挎了用十头牛的牛皮做的箭筒，里面装了用十二种铜铁制作的八十八支黑箭，手握九庹黑钢宝剑，骑着高头大黑马，像二十条龙齐吼般怒吼着，最先冲了上去。苏米尔的头上出现了五色彩虹，头顶上显现瓦其尔巴尼佛的法相金刚般若，高头大黑马的四蹄擦出火星。安冲从旁边叫他等一下，他都没听见，让高头大黑马马力全开，冲到十方圣主前面，冲着昂都拉玛汗的旗帜冲上去，刹那间天地旋转如同混沌一体。

昂都拉姆汗的手下哈丹哈日巴图尔看见苏米尔从前方冲过来，便骑着他巨大如山的黑马，穿着黑袍铠甲，举着三庹长的宝剑迎苏米尔而上。二人刚打了一回合，哈丹哈日巴图尔看到苏米尔头上显现的金刚般若，心惊胆颤，不能下手。苏米尔用九庹黑剑将哈丹哈日巴图尔的头一剑砍断，挂在高头大黑马的脖子上当作装饰，又将九庹长的黑钢宝剑拉成九十九庹长剑，从昂都拉姆汗的三亿三百万士兵中间冲出去，一路扫杀了一万人，到对面回头一看，十方圣主领着三十名勇士正从亿万士兵之中杀过来，声如千条龙齐吼，使大地震动起来。苏米尔又回头冲进敌军，扫杀了三万人，与其他勇士们会合。

十方圣主格斯尔汗将磁性铸铁制作的宝剑变成一把一千八百庹长的长剑，挥一次杀死一万人，共杀死了一亿零一十万一千人。

伯通杀了一百万名士兵。

十五岁的安冲杀死了一百零五万士兵。

巴尔斯－巴特尔杀了八十万名士兵。

苏米尔之子乌兰尼敦杀了五万零一千名士兵。

安巴里的儿子班珠尔杀了六万名士兵。

巴达玛瑞的儿子巴姆－苏尔扎杀了八万名士兵。

其他勇士四人一组，分别杀死了两三万名士兵，最后聚集在圣主身边。勇士们依次上前报告，只有苏米尔没有回来。众人很是担心，连忙向圣主报告：“哎呀！难道是昂都拉姆汗杀死了我们的苏米尔？”正在这时，苏米尔骑着高头大黑马恋恋不舍地从昂都拉姆汗的军队中走了出来，马身上沾满了血，成了血红马，身上穿的闪电铠甲也被染成了火红色。苏米尔大声笑着说：“你们是饥饿了？还是口渴了？为什么这么着急集合呢？”说罢，他走过去坐在圣主身边，又说：“我本不想出来。看见十方圣主您，我只好出来了。”格斯尔汗问道：“我的人中雄鹰苏米尔，你杀了多少人？”苏米尔说：“圣主，我杀了一百一十万名士兵，然后就匆匆忙忙地出来了。”格斯尔汗又问：“现在敌人还剩多少人？”苏米尔回道：“我什么也没注意，我想大概剩了三百一十万个吧！”十方圣主下令道：“我们吃了些圣食，喝了些甘露，马也休息了一会儿，我们现在回到战场吧！”说着，十方圣主格斯尔汗朝昂都拉姆汗冲了上去，其他勇士们分两翼，从两边冲了上去。

十方圣主格斯尔汗与昂都拉姆汗相遇，格斯尔汗用磁性铸铁制作的九庹黑色宝剑砍去昂都拉姆汗的十五颗头，昂都拉姆的头却瞬间又接了回去。昂都拉姆汗的勇士扎那将一棵五个人手拉手圈一圈都圈不起来的大树连根拔起，向左右挥舞，苏米尔、安冲二人从后面追上去，用计谋杀死了他。十方圣主格斯尔汗打掉了昂都拉姆汗的十五颗头，但那些头又总是能接回去。昂都拉姆汗用五丈黑色长剑从格斯尔的左肩砍到脚底，十方圣主格斯尔被劈开的两半身体却瞬间又连接在了一起。格斯尔汗心想：“看来这个大汗是一个我无法战胜的勇士。”便向天上的胜慧三神姊祈祷道：“哎呀！胜慧三神姊们在哪里？安达三个腾格里在哪里？我听从霍尔穆斯塔腾格里的命令来到这瞻部洲，根除十恶之源，消灭十方之敌，却从未碰到过如此强悍的敌人。”

　　三神姊听到了，向霍尔穆斯塔腾格里禀报，霍尔穆斯塔腾格里下令道："威勒布图格齐到了瞻部洲，会遇到两次大战，这次便是其中一次。现在谁能去支援他？"格斯尔的安达三个腾格里正要说下去支援，嘉萨走到霍尔穆斯塔面前，说："据说十方圣主格斯尔汗不能杀死十五颗头颅的巨人之汗，这是他无法打败的对手，你们三个腾格里去了恐怕也不能打败他。还是让我去试试吧！我之前在瞻部洲常与圣主一起作战，比你们更有经验。"霍尔穆斯塔腾格里说嘉萨说得对，就没让三个腾格里去。此前，嘉萨的夫人格姆孙－高娃（格措－高娃）心想："先是与十方圣主离别，后又与姻缘相连的嘉萨－席克尔永别，我该到哪里跳河自尽呢？邪恶的晁通诺彦又来侮辱我，我不如一死了之。"便从九梁屋顶的金色柱子上悬梁而死，死后转世到天上，与嘉萨相见。如今，嘉萨－席克尔跨上十八岁的插翅枣骝飞马，把享誉天下的宝盔戴在他高贵的头上，穿上坚固无比却轻薄如丝的铠甲，佩戴三十支箭杆的白翎箭、黑色硬弓、九庹纯钢宝剑，带着格姆孙－高娃夫人，向霍尔穆斯塔告别道："霍尔穆斯塔腾格里父亲和其他天神们，希望你们吉祥安康。我要去找十方圣主了。"

　　嘉萨－席克尔和格姆孙－高娃一起，从天上下凡，回到瞻部洲，从需要飞行五天路程的地方向四处眺望，看到格斯尔与昂都拉姆汗正在搏斗角力。嘉萨－席克尔便对格姆孙－高娃说："那巨人之汗的身体是刀剑所伤不了的，他的命根在两只眼睛中间。用五天时间飞过去再射的话，圣主的身体怕吃不消。"说罢，他便从需要飞行五天的路程的地方瞄准昂都拉姆汗的两只眼睛射了一箭，那箭正好射中昂都拉姆汗的命根处，巨人之汗从具有十三条巨龙之力的黄斑马上如同巨山倒塌般摔了下去。十方圣主格斯尔汗说："是胜慧三神姊来为我助力了吗？还是安达三个腾格里来协助了我？"格斯尔汗用鞭子将巨大如山的黄斑马卷起来一看，昂都拉姆汗的两只眼睛中间插着一支箭。格斯尔汗一眼认出了嘉萨－席克尔的箭，拔出箭抚摸着哭道：

> 哎呀！这不是我亲爱的嘉萨的箭吗？[①]
>
> 这不是你玉石箭杆
>
> 岩石般钢铁铸成的
>
> 绿宝石白羽箭吗？
>
> 好汉中的好汉我高贵的嘉萨－席克尔，
>
> 如今你到底在哪里？

格斯尔汗正如此哀哭时，嘉萨－席克尔骑着插翅枣骝飞马，手持纯钢宝剑，以全速飞驰而来，如同闯入羊群中的狼一样，将昂都拉姆汗剩余的士兵击溃，士兵们在他的长剑下灰飞烟灭。十方圣主看到心爱的哥哥嘉萨－席克尔，来不及从枣骝神驹上下来，一跃跳到他的身边，哭喊道：

> 保护我不受敌人攻击的玉石山，
>
> 柔化一切坚硬之物的钢铁锤，
>
> 与我从无二心，
>
> 内心坚硬无比的，
>
> 我心爱的嘉萨－席克尔你去了哪里？

嘉萨－席克尔哭着回答道：

> 根除十方十恶之根的圣主，

---

① 《策旺格斯尔》中写为"这不是我的箭吗？"，而《诺木齐哈屯格斯尔》中为"这不是我亲爱的嘉萨－席克尔的箭吗？"，显然前者中落下了"亲爱的嘉萨－席克尔"几个词。这里根据《诺木齐哈屯格斯尔》做了补充。

在你追随阿尔鲁－高娃夫人

赴十二颗头颅的蟒古思的城堡后，

恶毒的锡菜河三汗

将你的一切夷为平地。

你心爱的哥哥嘉萨－席克尔我，

不惜自己的生命去战斗

虽然圣主不在家，

我不顾生命去打仗，

血液干枯，

精疲力竭，

喝了黄河之水，

醉倒在地，

被敌人趁虚而杀。

之后按照你的指令，

转生在你霍尔穆斯塔父亲身边时，

你胜慧三神姊来说：

"鼻涕虫弟弟在瞻部洲，

带领勇士们征战十五颗头颅的巨人之汗，

与之搏斗但一直不能杀死对手。"

你的安达三个腾格里说要下来援助，

我想自己来为你助力，

便叫他们留下，

自己下来了。

　　在十方圣主格斯尔汗与嘉萨－席克尔二人的哭声中，大地震动了三回，十方圣主格斯尔汗松开拥抱嘉萨－席克尔的手，施法稳住了大地。安冲、苏米尔等人也跑来，纷纷与嘉萨拥抱。

十方圣主消灭了十五颗头颅的巨人之汗，缴收了他的全部财产。昂都拉姆汗还有一个可与天上的太阳和月亮媲美的绝世美人巴达玛瑞夫人。苏米尔正想将其据为己有，十五岁的安冲说："苏米尔哥哥，将她赐给我吧！"苏米尔不给，说："别的东西你可以向哥哥我讨要。我只想要这么一个女人作为俘虏，你非跟我抢不可吗？"因为那女子美如天仙，嘉萨也走来，说："一来是我杀死了昂都拉姆汗，二来我也是你们的长兄，这女人应该归我。"苏米尔说："哎呀！嘉萨哥哥以神勇的勇士自居，何必与弟弟们抢这个女人。"十方圣主走来，说："你们互相抢这个女人做什么？她是嘉萨和我的俘虏，你们就算想要也得由我们来赐给你们中的一个才行。"正在这时，格斯尔汗的磁性铸铁宝剑突然出鞘，十方圣主说："我的宝剑为何出鞘？之前砍锡莱河三汗的头时它也出了一次鞘。这次出鞘，又想砍谁的脑袋？想必是为了砍这女人的头吧！"说罢，他便拔出宝剑，砍断了那女人的头。嘉萨惊叫道："哎呀！你为何砍了这女人？"格斯尔汗说："嘉萨－席克尔你不知道吗？我的磁性铸铁铸成的剑是不会无缘无故地出鞘的。如果出鞘，一定是为了砍掉恶人的头。我的嘉萨，你好好看看，这女人是娶不得的。"嘉萨－席克尔用纯钢宝剑刺破了那女人的肚子，里面居然还有一个九个月大的十五颗头颅的小蟒古思。嘉萨说："如果没有十方圣主，我们什么都不知道。"便把那蟒古思之子放火烧死，又把昂都拉姆汗的三百座城堡放火烧掉，收缴了他的全部财产。十方圣主领着哥哥嘉萨－席克尔和勇士们，起驾返回自己的家乡，此为第九章。

第十章开头 晁通之第十部①

十方圣主格斯尔汗赴昂都拉姆之城时，将骑行五年②的路程缩短为十二个月。如今，消灭了昂都拉姆汗，回去的路程更是缩短成了十五天。金色空行母、阿鲁－莫日根、图门－吉日嘎朗等夫人以及八十岁的叉尔根老人、僧伦老人听闻嘉萨从天上下凡与格斯尔汗汇合，且十方圣主已杀死了十五颗头颅的巨人之汗，都欣喜万分，出城走到五天的路程远处来迎接。嘉萨向格斯尔汗禀报道："十方圣主，听说金色空行母带领大家一起来迎接我们。我先行一步，去拜见金色空行母和叉尔根叔叔。"十方圣主说："嘉萨你说得对。你应该先去拜见他们。"嘉萨与安冲一起向前方飞驰而去。来迎接他们的人们远远看见他们，说道："哎呀！十方圣主走过来了。"叉尔根老人说："哎呀！你们在胡说什么？十方圣主怎会先来？必定是嘉萨－席克尔先来见我们吧？"金色空行母说："叉尔根老人说的是。"正说着，嘉萨－席克尔骑着插翅枣骝飞马飞奔而来，众人说："哎呀！原来真的是嘉萨－席克尔！"叉尔根老人一边问着："在哪里？在哪里？"一边骑马迎着嘉萨飞奔而去，大声叫道："哎呀！嘉萨－席克尔，你这是从哪里回来？是否安好？"嘉萨急忙从马背上跳下来，扶着叉尔根老人，两人紧紧拥抱在一起。叉尔根老人哭着说道：

> 如同黑色的山峰上跳跃的

---

① "晁通之第十部"是《隆福寺格斯尔》第十章的开头部分，在同源抄本《策旺格斯尔》中则是第九章的结尾部分。

② 在《策旺格斯尔》中为"十五年"。

> 黑纹虎一样的嘉萨－席克尔，
>
> 如同黄河水下欢腾遨游的
>
> 巨鱼一样的嘉萨－席克尔，
>
> 你到底从哪里来？
>
> 和锡莱河三汗作战时，
>
> 不顾生命安危
>
> 舍身作战的嘉萨－席克尔，
>
> 可曾与圣主相见？

嘉萨－席克尔与众人相见之时，晁通在最后一个人走来见嘉萨－席克尔。嘉萨对他说道："众人想念我是假的呢。唯独晁通叔叔是真正想念我的吧？"众人说嘉萨说得对，晁通闭口不作声。

十方圣主消灭了十五颗头颅的巨人之汗，迎接了从天而降的嘉萨－席克尔哥哥，回到金色的乌鲁姆塔拉草原，修建了十三座宝塔和一百零八座琉璃城堡，又建了能容下一千五百人的金色大殿，聚集十方的众多兀鲁思，举办了三个月的浩大宴席，尽享天福。嘉萨－席克尔喝了二十辆勒勒车的酒，大醉，又见到晁通，说：

> 毁我十方圣主
>
> 坚如玉石的教与政，
>
> 让我高贵的嘉萨遇难的
>
> 内心险恶的晁通；
>
> 撼动我不可撼动的教与政，
>
> 让圣主悲伤煎熬，
>
> 使其所有的一切被夷为平地的，
>
> 内心黑暗如墨的晁通；

勾结锡莱河三汗，

忘了十方圣主，

让我们和圣主生离死别，

毁掉了我们所有一切的，

内心恶毒

黑暗如炭的恶毒的晁通！

我要吃了你的肉！

嘉萨-席克尔拔出纯钢宝剑，怒气冲冲地冲过来，晁通诺彦尖声叫道："哎呀，圣主！我该怎么办？"说着钻到桌子底下。十方圣主劝嘉萨道："嘉萨-席克尔，你杀他做什么？若要杀他，我不是早该杀他了吗？要是没有他，我们也不可能去消灭十方的恶敌。"嘉萨又说：

十方之主，威慑十方的圣主，

消灭十方恶敌之时

从未见过晁通作战。

却让你的金色大殿被摧毁，

让你的金色空行母被掠夺，

让我们与十方圣主您生离死别，

让我的身体和灵魂分处两地的

内心恶毒的晁通；

让三十名勇士遇难，

让十方圣主的教政动摇，

喂饱了锡莱河三汗贪婪的心，

让我们家乡被掠夺一空的

内心邪恶的晁通！

你的罪行我一个都不能忘！

说着，嘉萨又起身冲过去，晁通诺彦躲在桌子底下，吓得差点昏过去。十方圣主说道："嘉萨－席克尔你等我说完。嘉萨－席克尔，你不该杀他。晁通的行为警醒我所寐、提醒我所忘，否则我将沉浸在享乐中，不能成就任何事业。我一千个化身之一便是这邪恶的晁通。若没有一点法力，这邪恶的晁通不是早该恶贯满盈而死去了吗？他能活到现在便是因为这个原因。我的嘉萨，我给你看看晁通为何不能杀死。"于是格斯尔召集了众人，叫晁通道："嗨，晁通叔叔，过来拜见一下。"晁通跌跌撞撞地走过去，拜见圣主。这时，十方圣主格斯尔汗与晁通诺彦两人宛如一个人。嘉萨－席克尔见了，对晁通说："你有福气，与我遇见时圣主在旁边，否则我决不让你活着走出去。"说完，他将纯钢宝剑收起，挎在腰间。

十方圣主把十五颗头颅的巨人之汗有十三条巨龙之力的黄斑马赐给了嘉萨－席克尔，把九种钢铁铸成的石头铠甲赐给了苏米尔，把昂都拉姆汗手下勇士扎那巨大如山的红马赐给了叉尔根，五层火红铠甲赐给了安冲，又把剩余的战利品分给了其他人。

> 十方圣主格斯尔汗
> 结束了所有战事，
> 在金色的乌鲁姆塔拉草原上
> 完成了所有事业，
> 尊天上诸神的礼节
> 高坐在宫殿之中，
> 根除十方十恶之根的
> 圣主格斯尔汗
> 享受幸福安康。

威慑十方的格斯尔汗

杀死了十五颗头颅的

巨人之汗，

迎接了从天而降的嘉萨－席克尔哥哥，

让天下众生共享幸福安康。

此为晁通之第十部。

图书在版编目（CIP）数据

《格斯尔》史诗叙事结构研究：以《隆福寺格斯尔
》为中心 / 玉兰著. -- 北京：社会科学文献出版社，
2024.4

ISBN 978 - 7 - 5228 - 2708 - 7

Ⅰ.①格…　Ⅱ.①玉…　Ⅲ.①蒙古族 - 英雄史诗 - 诗
歌研究 - 中国　Ⅳ.①I207.22

中国国家版本馆 CIP 数据核字（2023）第 205165 号

《格斯尔》史诗叙事结构研究：以《隆福寺格斯尔》为中心

著　　者 / 玉　兰

出 版 人 / 冀祥德
组稿编辑 / 赵　娜
责任编辑 / 李　薇
责任印制 / 王京美

出　　版 / 社会科学文献出版社（010）59367002
　　　　　　地址：北京市北三环中路甲 29 号院华龙大厦　邮编：100029
　　　　　　网址：www. ssap. com. cn
发　　行 / 社会科学文献出版社（010）59367028
印　　装 / 三河市龙林印务有限公司

规　　格 / 开　本：787mm × 1092mm　1/16
　　　　　　印　张：17.75　字　数：245 千字
版　　次 / 2024 年 4 月第 1 版　2024 年 4 月第 1 次印刷
书　　号 / ISBN 978 - 7 - 5228 - 2708 - 7
定　　价 / 98.00 元

读者服务电话：4008918866